큰　　　글
한국문학선집

김내성 장편소설

애인(上)

일러두기

1. 이 책은 1954년 경향신문에 연재된 김내성의 장편소설로, 영화로도 제작되어 폭발적인 인기를 끌었던 작품이다.

2. 원전에는 '한자[한글]' 또는 '한글(한자)'의 형태로 혼재되어 있어 그대로 두었다. 다만 제목의 경우, 한자를 삭제하고 한글로 표기하고 이를 각주를 달아 한자를 알아볼 수 있도록 하였다.

3. 원전에서 알아볼 수 없는 글자는 '●'으로 표시하였다.

4. 이해를 돕기 위하여 편집자 주를 달았다.

5. 등장인물의 이름의 경우 성과 이름이 띄어쓰기와 붙여쓰기 혼재되어 있는 것을 모두 붙여쓰기로 통일시켰다.

목 차 (上)

연애강좌[1]

1

철학교수 임학준(林學準) 선생의 '연애강좌(戀愛講座)' 제 일회 강의가 오후 두 시부터 영문학부 교실에서 열렸을 때, 교실은 입추의 여유도 남기지 않고 꽉 차 있었다.

임학준 교수는 한 달 전, 이 M여자 대학교가 환도하면서부터 초빙해 온 강사로서 한 주일에 두 차례씩 철학강좌를 담당하고 있었는데, 오늘부터 이회에 걸쳐 이처럼 연애에 대한 강좌를 열게 된 것은 하나의 과외강의(課外講義)로서 학교 교무과에서 특히 학생들의 교양을 위하여 개강한 것이었다.

더구나 저급반에서 고급반까지 학년의 구별이 없는 이

---

1) 戀愛講座

강좌는 철학과나 문과 학생들만을 상대로 하는 것이 아니고, 음악과, 가사과, 법과, 교육과, 정치외교과 등, 뭇 색다른 학생들을 위한 일종의 교양 강좌이기 때문에 너무 학술적인 딱딱한 강의가 되기보다도 평이한 이야기로서 누구나 얼른 들어 이해할 수 있도록 배념해 달라는 것이 교무과의 특별한 부탁이었다.

과연 교무과의 예상대로 아니, 예상을 훨씬 넘어서 임학준 교수의 연애 강좌는 일대 성황을 이루어 각과 학생들은 자기네들의 수업 시간을 이스케이프하고 임 교수의 강의를 들으려고 밀려들었다. 교실은 터져나갈 듯이 배가 불러, 좌우 옆과 맨 뒤에도 배꼭2) 찾고 그러고도 모자라서 복도까지 긴 꼬리를 늘이고 있었다.

이렇듯 성황을 이룬 강좌를 일찌기3) 교무과에서는 본 적이 없다. 무엇 때문이냐? 성실한 인격자로서 학계의 존경을 받아 오는 임학준 교수의 덕망도 물론 있었을 것이다.

그러나 그것보다도 좀 더 절실한 문제 — 현재 그들이 당면해 있고 또한 가까운 장래에 있어서 부닥쳐 올 남녀 간의 애정 문제를 취급한다는 이 연애강좌가 마치 그 어

---

2) 빼꼭
3) 일찍이

떤 달콤한 러브시인을 스크리인이 예약하는 것처럼 감미로운 호기심의 대상이 그들에게는 되어 있었기 때문이다.

"연애란 무엇이냐?! ―"

각자가 다 너무도 잘 알고 있는 문제였다. 그러나 진작 거기에 대한 설명이 요구될 때, 그리 쉽사리 답변할 수 없는 실로 불가사의한 생명력의 약동과 신비로운 영육(靈肉)의 연소(燃燒)에 대한 해석과 구명 앞에 그들은 당면하고 있는 것이다.

그렇다. 그들은 모두가 다 이십 대에 발을 갓 들여 놓은 젊은 생명체의 소유자였다. 그들은 식욕도 왕성하지만 그보다 못지않게 왕성한 욕구 하나가 있다. 그것은 연애였다. 사랑이었다. 이성에게 부치는 애정의 프레젠트이며 또한 거기에 상응하는 애정의 반응이었다.

그들의 젊고 발랄한 생명체는 너 나 할 것 없이 모두가 다 하나처럼 이성의 애정을 꿈꾸고 희구하고 또한 섭취한다. 그러나 그들은 그러한 애정의 섭취가 그들의 인생에 있어서 어떠한 영양 가치를 지니고 있는가에 대해서는 가볍게 단안을 내리지 못하고 있는 것이다.

연애란 무엇인가? ― 이성의 애정을 무자각하게 섭취하고, 또한 섭취하려는 태세를 충분히 갖추고 있는 절실한 욕망을 성실한 철학 교수 임학준 선생의 강의에서 그들은 구명해 보려는 것이다.

이윽고 교무과장이 임 교수를 인도해 가지고 교실로 들어왔다.

2

오십의 고개를 넘어 선 임학준 교수는 반백의 머리에다 키가 후리후리한 점잖은 신사였다. 채림새⁴⁾만 좀 더 산뜻 했으면 틀림없는 영국의 젠틀맨이다.

안경을 쓴 길음한 얼굴이 절반이나 세인 올백의 머리와 기품있는 조화를 이루고 있었다. 동작이 무겁고 사색하는 사람에게서 흔히 볼 수 있는 깊은 주름살이 두 개 양 미간 에 아로새겨져 있었다.

"오늘부터 하루 걸러 한 번씩 이회에 걸쳐 임학준 교수의 연애 강좌를 열기로 했읍니다."

교무과장인 사십 대의 박교수가 단상에 오르자 소개의 말을 시작하였다.

"팔·일오 해방과 더불어 우리 한국은 온갖 봉건적인 굴레에서 벗어나 자유 민주 국가로서 새로운 발족을 하게

---

4) 차림새

되었읍니다. 따라서 개인의 인권과 남녀 평등을 옹호하는 헌법의 제정을 보게 되었다는 사실은 실로 하나의 문화 민족으로서의 긍지가 아닐 수 없읍니다. 그러나 여기서 한 가지 유감되게 생각하는 바는 그러한 자유 민주주의를 참되게 받아 드릴 만한 정신적 토대의 결핍, 다시 말하면 교양의 부족으로 말미암아 자유주의는 방자주의(放恣主義)를 의미하게 되었고 개인주의는 이기주의로 변해 버리고 말았다는 서글픈 사실이 바로 그것입니다. 더우기[5] 근자, 육 〃 이오 사변을 전후하여 식자들의 눈썹을 모이게 하는 젊은 남녀의 풍기문란은 하나의 중대한 사회 문제로서 다음 세대의 일군이 될 학생 여러분의 장래를 위해서 우려하여 마지않는 바입니다. 민주주의를 향유하는 학생들에게 있어서 연애는 물론 자유일 것입니다. 그러나 연애의 자유로움과 방자함을 혼동함으로써 대해와 같이 양양하고 주옥과 같이 귀중한 여러분의 인생을 스포일하는 (좀먹는) 결과를 맺어서는 과연 될 것인가? 매일과 같이 섭취하는 우리의 음식물이 우리의 육체를 기르는 데 있어서 어떠한 영양 가치를 지니고 있는가를 알아야만 하는 것과 마찬가지로 여러분이 목하 당면하고 있는 절실한

---

5) 더욱이

욕구의 하나인 연애 문제에 있어서도 그것이 여러분의 인생을 영위하는 데 어떠한 영양 가치를 갖고 있는가에 대해서 참된 인식이 필요하다고 생각합니다."

"아이고, 하품이 나네요. 우리들은 여학생이 아니랍니다."

어디선가 극히 명랑한 소리가 한 마디 툭 튀어나왔다.

"하하하하……"

학생들이 모두 뒤를 돌아 보면서 조용히 웃었다.

그것은 확실히 교실 맨 뒤 어느 한 구석에서였다. 자리가 모자라 좌석 맨 뒤에는 학생들이 겹겹이 쌓이듯이 모여서 있었다. 그 겹겹이 쌓인 얼굴 가운데 어느 하나가 여학생이 아닌 대학생임에 틀림없었다. 그러나 교무과장은 그 얼굴을 골라 낼 시간의 여유도 필요도 없었기 때문에 분위기에 어울릴 미소 하나를 싱긋이 지어 보이며,

"앞 말이 다소 길어져서 미안합니다. 그러면 이제부터 임 교수의 강의를 시작하겠읍니다. 임학준 선생은 새삼스레 소개할 필요도 없을 만큼 사계의 고명하신 분으로서 학덕이 겸비하신 인격자이시며……"

"인제 그만해 두세요. 애처가로서도 고명하신 선생님인 줄을 잘 알고 있지요."

"하하하핫……"

"하하하핫……"

이번에는 학생들이 마음을 놓고 웃어댔다.

3

"하하하핫……"

"하하하핫……"

억제할 바가 없는 젊음의 희열이었다. 그래서 학생들은 생리가 명령하는 대로 꽃다운 웃음을 폭팔시키고 있을 무렵, 창밖은 초가을이다. 넓은 잔디밭 위에는 오후의 태양이 눈부시게 범람하고 있었다.

교무과장도 한 번 씩하고 웃으며,

"조용들 합시다."

했다. 그리고는 교실 맨 뒤곁을 다시금 바라보았다.

목소리는 아까와 꼭같은 지점에서 들려왔었다. 그러나 겹겹이 쌓인 채 캬득캬득 웃어대고 있는 수많은 얼굴 중에서 어느 것이 농담의 범인 인지는 좀처럼 분간할 수가 없었다.

그래서 학생의 그러한 발언이 근엄한 임학준 교수의 감정을 혹시나 건드리지 않았을까 저허하는 마음으로 교무과장은 힐끗 뒤를 돌아다보면서 임 교수를 향하여 머리를 약간 숙이어 보였다.

그러나 임 교수도 웃고 있었다. 교단 한 편 쪽 걸상에 걸터앉아서 팔장을 지긋이 낀 채, 어서 이야기를 계속하라는 듯이 부드러운 웃음과 함께 가벼운 답례로써 교무과장을 대했다. 그러한 무언극(無言劇)이 학생들의 젊은 생리를 또다시 자극하였다. 교실은 또 한 차례 웃음의 꽃바다로 변해버렸다.

"여러분은 참으로 잘 웃어서 좋습니다. 나뭇잎이 떨어지는 것을 보아도 여러분은 웃는다지요?"

그래서 또 한 바탕 웃음이 폭발하였다.

"아뭏든 좋은 현상입니다. 처음부터 이처럼 분위기가 좋은 것을 보니, 임 교수의 연애 강좌는 확실히 성공하리라고 믿습니다."

"아예, 교무과장께서 숫제 강좌를 맡으시지요. 시간두 없는 데……"

빨리 내려 가라는 뜻이다. 거기서 웃음의 꽃은 또 피었다.

교무과장은 이 세 번째 발언에서 마침내 범인을 발견하였던 것이다.

그것은 지금, 겹겹이 서 있는 맨뒤 줄에서 흰담벼락을 등지듯이 하고 푸르디 푸른 가을 하늘을 표정 없는 얼굴로 무심히 내다보고 섰는[6] 학생 — 까만 비로드 리봉을 머리에다 맨 곤색 양복의 학생이었다.

그 학생이 무슨 과 몇 학년인지 교무과장은 모른다. 그래서 싱긋이 웃는 얼굴로 그 학생을 덤덤히 바라보았다. 다른 학생들의 시선도 일제히 쏟아져 갔다.

그러나 까만 리봉의 그 학생은 여전히 푸른 가을하늘과 마주 서 있다가 이윽고 얼굴을 돌리면서 방그레 웃었다. 따라서 학생들도 유쾌히 웃었다.

"퇴장 명령이 세 번이나 내렸읍니다. 그러면 소개의 말은 이만하고 소생은 물러나야만 하겠읍니다."

학생들의 손벽 치는 소리가 유달리 컸다. 그것은 임 교수의 등장보다도 교무과장의 퇴장을 환영하는 신호였다.

처음에는 임 교수도 그것이 어느 학생인지 알지 못하고 있었다. 그러나 어디선가 한 번들은 적이 있는 것 같은 목소리기에 그 목소리가 들려온 방향을 더듬고 있을 무렵에 소위 '애처가'가 튀어나왔던 것이다. 그러니까 임 교수는 교무과장보다 한걸음 앞서서 범인을 발견한 셈이다.

임 교수는 그 학생을 알고 있었다. 그리고 그 학생의, 어딘가 정열적인 성숙한 시선 앞에 오십삼 세의 자기의 연령을 망각했던 한 순간이 있었던 사실을 생각하며 교단

---

6) 서 있는

앞으로 걸어나왔다.

4

임 교수가 교탁 앞으로 나와 서자 떠들석하던 교실이 갑자기 조용해졌다.

"오늘은 연애와 인생의 관계를 총괄적으로 이야기해 보기로 하겠읍니다. 그리고 다음 시간에는 여러 학자들의 연애론을 소개하고 나의 연애관 비슷한 것을 이야기 해 봄으로서 이 강좌를 마치기로 하겠읍니다."

임 교수의 음성은 그의 동작과 같이 무겁고 그의 시선과 같이 부드러운 데가 있었다.

"한 남자가, 그리고 한 여자가 그의 일생에 있어서 어떠한 연애를 하였는가? 다시 말하면 어떤 종류의 연애의 이력서를 쓸 수가 있느냐? — 하는 문제는 그 사람의 지닌 인간적 가치를 저울질하는 데 있어서 하나의 귀중한 재료가 되는 동시에 또한 예민한 시금석(試金石)이 아니 될 수 없읍니다. 여러분은 어떠한 연애를 어떻게 하였느냐? — 거기 대한 여러분의 대답은 곧 여러분을 평가하는 데 있어서 중요한 기초를 형성하는 것입니다."

무겁고 부드러우면서도 어딘가 확고한 신념을 가진 늠렬(凜烈)한 어조였다.

그 순간까지도 일종의 명랑한 유흥 기분이 아직도 꼬리를 물고 있던 교실 안이었다. 그러던 것이 임 교수의 기백 있는 최초의 한 마디로서 미사를 드리는 성당처럼 교실 안은 엄숙해졌다.

과연 교육이란 지식의 산매(散賣)가 아니라는 확실한 증거를 학생들은 본 것 같았다. 그것이 만일 임학준 교수가 아니고 천박한 다른 젊은 세대에 속하는 교수의 입에서 흘러나왔던들 도리어 그와는 정반대의 효과를 학생들에게 주었을는지 모른다.

"사람은 자기 이상의 연애를 할 수는 없는 것입니다. 입신양명(立身揚名)은 교언영색(巧言令色)으로도 꾀할 수 있읍니다만 연애만은 절대로 그럴 수가 없을 것입니다. 여러분의 인간적인 가치만이 여러분으로 하여금 그 가치만큼의 연애를 시키는 것입니다. 동시에 여러분은 그런 정도의 연애관밖에 더 가지지를 못하는 것입니다. 그리고 여러분의 그러한 연애관은 여러분의 인생관내지 세계관과 중요한 관련성을 지니게 되는 것입니다. 아름답고 참되고 훌륭한 연애를 하는 사람이라면 그는 또한 아름답고 참되게 훌륭한 인생을 지낼 수 있을 것이요, 그와 반대로 야비하고 위선적이고 불미로운[7] 연애를 하는 사람은 또한 그 정도의 인생밖에는 차지할 수가 없는 것입니다."

달콤한 러브시인의 스크리인 같은 것을 연상하고 왔던 학생들의 기대는 전연 틀어지고 말았다. 학생들은 그러나 그것이 조금도 불만스럽지는 않았다.

"연애는 청춘의 심볼입니다. 동시에 인생이 부닥치는 최초의 도장(道場)입니다. 이 최초의 인생도장을 여러분은 더럽히지 맙시다. 허영심의 만족을 위한 연애, 또는 취미내지 장난을 위한 연애 혹은 시험적인 연애 같은 경박한 연애로서 인생의 스타아트를 그르치지 맙시다. 연애는 인생을 장난하는 목도시합(木刀試合)이 아니고, 진실로 한 번 빗맞으면 피를 보고 목숨을 건 드리는 진검승부(眞劍勝負)인 것입니다."

교실은 한층 더 조용하고 엄숙해졌다. 그리스도의 교훈을 신도에게 가르치는 신부의 모습을 학생들은 임 교수에게서 발견하는 것 같다. 그러나 그러한 엄숙한 분위기를 깨뜨려 버리는 명랑한 목소리가 다시금 한가스레 흘러나왔다.

"너무 지나치게 심각하신 것 같아요."

---

7) 불미스러운

까만 리봉의 학생이었다.

그러나 이 여러 번째의 지궂은[8] 야유는 임 교수를 자극하기 전에 먼저 학생들의 엄숙한 감정을 건드려 버리고 말았다.

5

연애의 달콤한 일면만을 소설적으로 확대하여 환상하고 실천해 오던 학생들은 연애가 지닌 또 다른 한 면의 엄숙성을 민감하게 깨닫고 가벼운 몸서리까지를 느끼고 있던 순간인 만큼 까만 리봉의 잡음이 적지 않게 귀에 거슬릴 수밖에 없었다.

이번에도 아까처럼 웃는 학생이 몇 있었으나,

"좀 잠자코 있어요!"

하는 소리가 하나 튀어나오자 웃음소리는 그만 힘없이 소리를 잃어버리고 말았다.

그것은 교실 중간쯤에 자리잡은 안경을 쓴 학생이었다. 그 바람에 다른 대다수의 학생들도 불쾌한 표정을 노골적

---

8) 짓궂은

으로 지으며 뒤를 힐끔힐끔 돌아다보았다.

그런데 지극히 조용한 발언 하나가 어수선한 분위기를 뚫고 다시금 흘러나왔다.

"잡음이 없도록 교무과장께서 실내를 좀 엄숙하게 통솔해 주시면 고맙겠읍니다."

그것은 확실히 대다수 학생의 감정을 대표하는 추상같은 한 마디이기는 하였으나 어조에 모가 없고 어감에 가시가 서지 않는 일견 온건한 발언이었다.

발언자는 앞에서 세째 줄, 복도 쪽으로 맨 끄트막 걸상에 앉아 있는 비교적 나이를 먹은 학생이었다. 자주 벨베트 치마에 흰 저고리를 그 학생은 입고 있었다.

부드럽고 조용한 모습의 학생이었다. 그러나 예뻐 보이기는 하지만 얼굴에 생기가 없다. 통 보지 못하던 학생이다.

그때까지도 들창 밖 가을 하늘과 마주 서 있던 까만 리봉이 홱 시선을 돌리며 자주 벨베트 치마를 한 번 쏘아보고 나서 다시금 창밖을 무심히 내려다보았다. 그런 제스츄어가 안경 쓴 학생의 비위를 다시금 건드리었다.

"교무과장은 저 학생을 퇴장시킬 의무가 있다고 생각합니다."

"조용들 합시다!"

그제서야 교무과장은 걸상에서 몸을 일으키며,

"강의하시는 분에 대하여 적당한 예의를 가춘다[9]는 것은 학생의 본분이라고 생각합니다."

그 말에 까만 리봉은 고개를 조금 숙여 보이며,

"미안합니다. ─ 다만 저는 임 선생의 강의를 듣고 느낀 바가 있어서 그랬을 뿐이예요. 하나밖에 없는 목숨으로 두 번만 연애를 하다가는 목숨 한 개가 모자랄까 보아서 그랬을 뿐이예요."

"하하하핫……"

"하하하핫……"

이번에는 누구 하나 웃지 않는 사람이 없었다. 임 교수와 교무과장을 비롯하여 퇴장을 시키라던 안경잽이까지도 씨무룩하고 웃었다.

그러나 끝끝내 웃지 않는 학생이 한 사람 있었다.

그것은 흰 저고리에 자주 치마를 입은 학생이었다.

"알았읍니다. 그러나 감상이나 질문 같은 것은 나중으로 하고 강의를 계속하겠읍니다."

교무과장은 걸상에 걸터앉았고 임 교수는 다시금 강의를 계속하였다.

한 시간 동안이나 강의를 계속하면서 임 교수는 까만

---

9) 갖춘다

리봉의 한 마디가 머리에서 좀처럼 사라지지 않았다. 임 교수는 다음과 같은 결론으로서 그 시간의 강좌를 끝마치었다.

"자연과학자가 연애를 생리학적인 자연현상으로 보고 있는 것은 부당하다는 것은 물론 아닙니다. 그러나 단지 그러한 경지에 안주(安住)해서는 아니 된다는 말입니다. 그것은 인간만이 아니라, 하등동물까지도 능히 할 수 있는 극히 용이한 일이기 때문입니다. 그러나 그것이 인간의 연애가 되고 또한 인생의 일부분으로서의 엄숙성을 지닐려면[10] 그러한 자연 발생적인 생리적 욕구를 인간만이 가진 지성으로서 통솔하는 노력이 요청돼야만 한다는 것입니다. 이리하여 쇼오펜하우에르의 형이상학적(形而上學的) 연애론, 엘렌 케이 여사의 인격주의적인 연애론 등의 출현을 보게 된 것입니다. 거듭 말하지만 연애는 청춘의 심볼입니다. 여러분 학생들, 연애를 합시다! 진실하게 아름답게 연애를 합시다! 그리하여 훌륭한 연애의 이력서를 쓰기로 합시다!"

우뢰 같은 박수 소리가 터져 나왔다. 실로 오랫동안 그 박수 소리는 교실을 뒤흔들고 있었다.

---

10) 지니려면

"연애를 합시다! 진실하게 아름답게 연애를 합시다! 그리하여 훌륭한 연애의 이력서를 쓰기로 합시다!"

임 교수의 기백 있는 이 마지막 한 마디는 학생의 순결 무구(無垢)한 영혼을 뒤흔드는 데 충분한 효과를 가져왔던 것이다.

더구나 그것이 이십 대의 청년이나 삼사십 대의 장년의 입에서 튀어나온 잠꼬대 같은 이야기가 아니라, 이미 머리에는 백발을 노경에 발을 들여 놓은 오십 대의 주인공이며 학덕이 겸비한 근엄한 철학자의 입으로부터 힘차게 흘러나왔다는 사실은 학생들로 하여금 연애에 대한 인식을 새롭히게[11] 하는데 엄숙한 양식(良識)이 되고 있었다.

학생들의 대부분은 지금까지, 연애라는 관념에 대하여 두 가지 환상에 사로잡혀 있었다. 그 하나는 연분홍 장미꽃이 있고 칠색의 찬란한 무지개가 있는 에덴동산에서의 플라토닉한 아름다운 소꿉장난이었고 또 다른 하나는 좀 더 피부적인 감미로운 향기가 있고 포옹이 있고 접순(接脣)이 있는 관능의 세계였다.

---

11) 새롭게

그러나 지금 우뢰와도 같은 박수 소리로서 임 교수의 퇴장을 장식하는 학생들의 영혼과 육체는 그러한 환상을 어느덧 지양(止揚)해 버리고 진실하고 아름답고 엄숙해야만 할 연애의 당위성(當爲性) 앞에서 완전히 승화(昇華)되고 있었다.

학생 하나가 울고 있었다. 그것은 아까 실내가 엄숙하기를 교무과장에게 조용한 어조로 제안한 흰 저고리에 자주 치마를 입은 학생이었다.

다른 학생들과 같이 그 학생도 처음에는 손벽[12]을 서너 번 치고 있었다. 그러나 손벽을 치던 손이 저도 모르는 사이에 합장을 하며 무릎 위에서 가만히 멎어 버렸다. 눈물을 담뿍 머금고 있는 긴 눈썹을 들어 퇴장하려는 임 교수를 그 학생은 물끄러미 바라보고 앉았다가 파란 손수건으로 얼른 눈물을 찍어 내며,

"저 선생님—"

하고 불렀다. 임 교수는 멈칫하고 돌아섰다.

"선생님. 시간이 바쁘시겠지만…… 한 가지 여쭤워 볼 말씀이 있어서 그래요."

"아, 무엇입니까?"

---

12) 손벽

임 교수는 다시금 교탁 앞으로 다가섰다.

학생은 다소 주저하는 빛을 보이다가 용기를 얻은 듯이 정확한 발음으로 물었다.

"저 선생님 지금, 진실하고 아름답게 연애를 하라고 말씀하셨지만…… 어떻게 하는 것이 진실하고 어떻게 하는 것이 아름다운 것인지 추상적인 말씀이 되어서 잘 알아들을 수가 없는 것 같아요. 저희들이 좀 더 쉽사리 알아듣고 실천할 수 있도록 지도해 주셨으면 좋겠어요."

어조는 지극히 부드럽고 온건하다. 그러나 아까와 마찬가지로 문제의 중심점 말의 포인트를 붙잡는 데 있어서 이 학생은 확실히 성숙한 데가 있었다.

임 교수는 질문자의 얼굴을 물끄러미 바라보았다.

"이 학생은 지금 리이베 슈멜즈(戀愛苦[연애고])에 신음하고 있구나!"

하였다.

7

"자아, 뭐라고 설명하면 좋을까요?…… 진실하고 아름다운 연애—"

답변의 곤궁을 느끼면서 임 교수는 빙그레 웃었다. 그러나 학생들은 참으로 좋은 질문이었다고 생각하는 것이다.

"그런 것은 구체적인 어떤 연애를 비판할 경우에 임해서는 모르지만 이 자리에서 뭐라고 답변하기는 대단히 힘든 문제가 아닐까 합니다. 결국 여러분 학생이 가진 깨끗한 인격만이 그것을 잘 실천할 것이라고 믿습니다."

임 교수의 답변에 다소 불만을 느끼는 것 같은 표정이었으나 그러나 자주 치마의 그 학생은 가만히 고개를 숙여 버렸다.

그 순간 어두운 오뇌의, 빛이 한 줄기 푸뜩 학생의 이맛살을 스치고 지나가는 것을 임 교수는 놓치지 않고 보았다.

오늘 임 교수는 세 사람의 발언자와 직접 대면을 한 셈이다.

까만 리봉의 학생과 안경을 쓴 학생과 그리고 이 자주 치마의 학생이었다.

그러나 그 중에서도 이 자주 치마의 학생이 제일 어른다운 데가 있어 보였다. 그만한 나이를 먹은 것 같기도 하였다. 적어도 대학 적령기를 한두 살 넘어선 학생임에 틀림없었다. 무척 부드럽고 고운 얼굴이었으나 어딘가 심신이다 피로한 것 같은 생기 없는 안색을 그 학생은 갖고 있었다.

"요다음에는 질의문답 시간을 좀 더 여유 있게 주셨으면 좋겠읍니다."

그것은 안경을 쓴 아까 그 학생이었다. 어조도 상당히 딱딱하고 엄격하지만 어딘가 석고상처럼 단련한 차거운 모습의 학생이었다.

임 교수는 그제서야 고급반 철학 강의 시간에서 그 학생을 한두 번 본 기억을 새롭히며[13],

"그렇게 하도록 하고 오늘은 이만 —"

그리고는 교무과장의 간단한 폐강의 말과 함께 임 교수는 다시금 떠들썩해진 교실을 나섰다.

교무실로 걸어가면서 임 교수는 오늘의 발언자인 세 사람의 학생이 모두 다 하나처럼 연애를 한낱 관념적으로 생각하고 있는 것이 아니라, 현재 연애문제에 직접 당면해 있다는 인상을 불현듯 느꼈다.

자주 치마 학생의 어두운 우수의 모습, 안경 쓴 학생의 차거운[14] 오뇌의 얼굴, 연애를 종달새처럼 향락하는 것 같은 까만 리봉의 명랑한 표정 —

"그러나 잘못하면 저런 학생이 위험한 걸!"

임 교수의 마음에 중얼거림이 무심중 소리가 되어 입술

---

13) 새롭게 하며
14) 차가운

을 흘러나왔다.

"위험하다고…… 어느 학생 말입니까?"

나란히 서서 걸어가던 교무과장이 얼굴을 돌리면서,

"까만 리봉 말입니까?"

"아니요, 그 학생은 연애를 재치 있게 해치우겠지요."

"그럼 안경을 쓴?"

"그 학생도 문제는 없겠지요. 그 학생의 어딘가 무척 차거워[15] 보이는 모습이 가면이 아니라면 필시 자존심과 지성의 표시일 텐데, 자존심은 연애의 적이니까."

"그러니까 연애의 괴로움 속에 오랫동안 파묻혀 있지 않고……"

"그렇지요. 자존심을 옹호하기 위해서는 연애를 포기할 수 있으니까, 결국 위험성은 비교적 적을 테지요."

"그럼 자주 치마의 학생이……?"

"네, 그 학생은 다소 위험성이 있어요. 진실하게 연애를 실천하려는 강렬한 의욕이 분명히 움직이고 있는 것 같으니까."

"그런데 진실하고 아름다운 연애와 위험성 사이에 무슨 관련성이 있읍니까?"

---

15) 차가워

상과 교수인 교무과장은 다소 얼떨떨했다. 임 교수는
얼마 동안 대답을 않고 있다가,

　　"있지요. 연애 문제를 처리하는 데 있어서 재치도 없고
또 자존심을 내세우지도 않는 학생 — 대단히 위험하지
요. 요즈음처럼 눈앞(眼前[안전]) 제일주의의 험악한 세
상에서는 있기 힘든 일이지만 또한 그만큼 위험성은 더
많지요. 잘하면 사랑의 순교자가 되지만 열이면 아홉까지
일생을 망칠 테니까요. 그런 학생에게는 내 강의가 다소
지나친 영향을 줄는지 모르지만."

　　"맞은 말씀입니다."

　　"그런 의미에 있어서 젊은 학생들 앞에 나서서 뭐라고
떠들기가 점점 더 무서워집니다."

　　그러면서 임 교수는 교육자로서의 책임감을 한층 더
절실히 느끼는 것이었다.

자연교실[16]

1

강좌를 끝마친 학생들이 가벼운 흥분과 함께 교정으로 교문을 흩어져 나가고 있었다. 대부분의 학생들은 버스 정류장을 향하여 열을 지었고 그 중 얼마는 영화관에서 갓 나온 직후처럼 넓은 교정 이 구석 저 구석에서 히히덕 거리고 있었다.

"얘 저 솔개도 아마 연애를 하는 거지?"

잔디밭 위에 학생들이 대여섯 명 누워 있었다. 그중 하나가 푸른 하늘을 쳐다보면서 말했다.

"응, 임학준 교수의 강의처럼 아주 점잖은 연애야."

까만 리봉이 웃지도 않는 얼굴로 대답을 했다.

---

16) 自然敎室

    단풍이 들기 시작한 학교 뒷산 위에 솔개 두 마리가 유유히 떠 있었다. 한 놈이 가는 데로 다른 놈도 따랐다. 그놈이 돌면 또 따라 돌았다. 그러나 조금도 조급한 데가 없다. 일정한 간격을 두고 비잉비잉 돌고만 있다.

    "점잖아! 저게 암만해두 갓 쓰고 담뱃대 물던 양반들의 연애야."

    까만 리봉이 또 한 번 감탄을 했다.

    "석란인……"

    "웅?……"

    두 손목을 포개여 베고 반듯이 누워서 드높은 하늘을 쳐다보고 있던 이 석란(李石欄)은 까만 비로드 리봉의 보드라운 촉감을 손가락 두 개로 향락하면서 대답을 했다.

    "저런 한가스런 연앤 석란이 구미엔 맞지 않을 거야."

    "흐웅…… 맘대루 들 생각하렴."

    그러는데 둘 건너 저편 쪽에 누워 있던 학생 하나가 무엇이 우스운지, 혼자서 깔깔 웃고 있다가,

    "춘삼월 눈 녹을 무렵, 고양이들이 연애를 하지 지붕마루에서, 담장 밑에서…… 뜯구 차구…… 석란의 구미엔 그런 게 맞잖아."

    했다.

    "하하하핫…… 하하하핫"

코라스단의 바라에티를 가지고 높고 낮은 웃음소리리가 일시에 터져나왔다. 그 맑고 명랑한 웃음소리 ─ 그것은 젊은 생명력의 자연적 발효(醱酵)를 의미하는 청춘의 찬미가와도 같았다.

　　"마음대로들 생각하려므나!"

　　석란도 같이 따라 웃다가 다시금 새침해지며,

　　"그렇지만 너희들, 현대의 연애에는 그러한 요소가 다분히 포함되어 있는 사실을 알아야 한다."

　　"너도 연애 강의냐?"

　　"암, 그렇지! 알아듣지 못하겠음 미스터 사아드나 미스터 마조호에게 물어 봄 되지."

　　"어려워지는구나, 점점 더……. 그게 누구냐? 미군 장교들이냐?"

　　"아이구, 맙소사! 대학 졸업반이 웃겠다, 웃겠어!"

　　석란은 여전히 하늘을 쳐다보며 임 교수의 엄숙한 음성을 흉내내는 어조로 무대에 선 배우처럼 내려 엮었다.

　　"연애는 청춘의 심볼입니다. 학생 여러분, 연애를 합시다! 진실하게 아름답게 연애를 합시다! 그리하여 훌륭한 연애의 이력서를 쓰기로 합시다! 에헴 ─"

　　학생들이 박수를 치며 또 깔깔 웃어댔다. 웃어대면서,

　　"이석란 교수, 다음을…… 다음을 그냥 계속해요!"

"암, 계속해야지. 임 교수의 강의를 보충하는 의미로서도 이석란 교수의 강의는 필요할 것이요. 에헴 —"

그러면서 석란은 발딱 일어났다.

도심지대를 멀리 등진 이 M여대 — 높고 낮은 구릉이[17] 평풍인 양 교사를 둘러싸고 있었다.

음악실에서 피아노 소리가 흘러나오는 금잔디 위에서다.

2

손벽 소리와 함께 석란은 일어서서 임 교수처럼 뒷짐을 지고 우뚝 버티고 서며,

"에헴 —"

하고 목을 뺐다

"기침 소리가 너무 잦소. 빨리 강의를 계속하시요."

"쉬이, 조용들 합시다. 학생 여러분! 강의 하시는 분에 대하여 적당한 예의를 갖추는 것은 학생들의 본분이라고 생각합니다. 에헴—"

"아이구, 하품이 나네요. 우리들은 여학생이 아니랍니다."

---

17) 언덕이

맞장구가 제법이다.

"그렇소. 여학생이 아닌 대학생 여러분! 손자(孫子)병법에, 적을 이길려면 적을 알라는 말이 있읍니다. 그와 마찬가지로 연애에 승리를 할려면 연애를 알아야만 합니다. 미스터 사아드나 마조호를 미군 장교쯤으로 생각하고 있는 대학생 여러분! 이 두 사람의 미스터로 말하면 실로 물고 뜯기우는 고양이의 연애를 철저히 연구한 작가입니다. 물고 뜯기우는 감각의 고통이 어찌 애정의 일종으로서 취급되느냐 하는 문제에 대한 자세한 설명은 교실이 너무도 엄숙하기에 여기서는 사양을 하겠읍니다만……"

"석란 선생, 사양 마셔도 괜찮아요. 이 교실은 천의무봉(天衣無縫), 인공적인 가식(假飾)의 담벼락은 두르지 않았어요. 푸른 하늘과 땅 검은 사이에 설치된 자연교실이니까요."

"학생, 학생의 그 학구적인 태도는 대단히 좋습니다만 시간이 다소 바쁜 탓으로 질의문답 시간은 후일 나의 사택에서 제공하기로 하겠읍니다. 아니 그뿐만 아니라……"

석란은 손을 들어 멀리 창공을 가리키며 한층 더 근엄한 어조로,

"학생들 지나치게 조급한 학구적 태도를 잠시 버리고

시선을 들어 창공을 바라봅시다. 솔개 두 마리는 지금도 일정한 간격을 둔 채 비잉비잉 돌기만 하고 있지 않습니까! 학생 여러분! 저 솔개는 지금 우리에게 무엇을 가르치고 있는 것입니까?"

"저 두 마리의 솔개는 지금 임학준 교수의 진실하고 아름다운 연애를 실천하고 있는 것이 아닐까요?"

학생 하나가 익살맞게 대답을 하였다.

"그렇소. 학생은 지극히 총명하오. 저 유유한 솔개의 인격을 가지고 조급한 고양이의 연애를 통솔하자는 것이 바로 우리가 존경하여 마지않는 임학준 교수의 연애와 인생의 중심 명제(名題)입니다. 에헴 — 그러나"

그러는데 학생 하나가 갑자기 교문 밖을 손으로 가리키며,

"야아, 그 차 멋지다! 어느 아가씨를 모시러 온 차야?" 하고 외쳤다. 그 바람에 석란도 멈칫하고 뒤를 돌아다보았다.

교문에서 백 미터 쯤 떨어진 지점에서 유행형 시보레 오십이 년도가 한 대 멎어 있었다.

옅은 크리임색의 멋진 고급차였다.

학생들이 거의 흩어진 교문 밖을 자주 치마의 학생이 고급차를 향하여 천천히 걸어가고 있었다.

그러자 운전대의 문이 휙 열리며 소프트를 쓴, 이것 역시 멋진 신사 하나가 나타나면서 다가오는 자주 치마를 여왕처럼 모시어 운전석 옆자리에 태우고 자기도 따라 운전석에 올라탔다.

이윽고 시보레 오십이 년도는 그림처럼 미끄러져 갔다.

"호화판이야!"

학생 하나가 선망의 뜻을 표했다.

"미군 장교가 안 나타난 것이 다행이지, 뭐야."

다른 또 하나가 샘을 냈다.

"무슨 과 학생이지?"

석란은 물었다.

3

"글쎄, 무슨 과 학생인지, 우린 어떻게 아니?"

"괜찮던데!"

자기를 비방한 발언자의 한 사람이긴 했으나 석란에게도 그런 것이 별반 문제되지 않는 모양이었다.

"약간 쑥이야."

"그런 데두 있기는 하지만……"

그러다가 석란은 그 두툼한 귀여운 얼굴을 홱홱 두어
번 흔들며,

　　"안되겠는 걸! 나두 이제부턴 모시러 오래야겠어!"

　　"부럽니?"

　　"얄밉긴 하지만 약간 부럽지 뭐야."

　　"너두 이제부터 모시러 오래겠다면서?"

　　"물론!"

　　"자가용 있니?"

　　"오우케이! 자가용 한 대 못 가지는 남자가 우리들에게
무슨 소용이 있다는 말이냐? ― 봐라, 그림처럼 미끄러져
가는 저 유선형 고급차를!"

　　"너무 뽐내지 좀 말아 얘. 그래 네 애인이 도대체 어떤
양반이니?"

　　"하이야 운전수―"

　　"으아, 하하핫……"

　　참으로 웃기를 좋아하는 계절의 인생들이다. 대굴대굴
굴면서 그들은 웃었다.

　　"학생들, 어서 웃으시요. 웃음은 청춘의 심볼입니다. 그
대들의 입술에서 웃음이 끊기는 순간 그대들의 청춘은
이미 굿바이요, 아디유요, 아우프뷔다 제헴인 것이요."

　　"아, 하하핫……"

"아, 하하핫……"

"어서어서 웃으시요. 웃음은 또한 일종의 소화제인 것입니다. 복부 근육의 동요로 말미암아 밥통의 활동을 자극하지요. 그리하여 그대들의 왕성한 식욕은 한층 더 왕성하여 누렁지,[18) 엿가락, 고구마, 무쪽, 쌀튀김, 옥수수 튀김 등속을 나이어린 동생들과 다투어 가면서 먹어 대는 것입니다."

"아, 하하핫…… 그만해라 애, 밸 끊어지겠다!"

그러나 석란은 웃지도 않는 얼굴로 창공을 쳐다보며,

"오오, 사랑하는 사람이여 그대 입을 열어 참되게 대답하라! 그대의 마음 과연 어느 곳에 깃들여 있느뇨?…… 먼 듯, 가까운 듯 먼 듯…… 아, 얄밉소이다. 그대여, 그대의 마음의 비밀이여!"

"멋지다, 석란! 정치외교보다 배우로 출세를 하는 것이 어때?"

"배우는 배가 고파요."

"운전수보다도?"

"운전순 월급 삼만 환에다 공짜를 합치면……"

"조사도 착실힌[19) 했다!"

---

18) 누룽지
19) 착실하게

"암, 해야지. 반년만 있음 졸업이 아냐?"

그러는데 안경을 쓴 아까 그 학생이 그들의 앞을 지나가다가 혼자 일어서서 떠들어 대는 석란을 한번 힐끗 바라보면서 교문을 향하여 또박 또박 걸어나갔다.

"아, 언니!"

석란은 학생을 불렀다.

"정주 언니!"

그러나 정주라고 불리운 그 안경 쓴 학생은 뒤도 돌아보지 않은 채, 까딱도 없이 걸어가고 있었다.

석란은 마침내 잔디밭에서 나와 정주를 따라 뛰어갔다.

"정주 언니!"

석란은 깡충깡충 따라가서 정주가 들고 있는 가방 한쪽 귀를 살짝 붙들었다.

"왜 그러는 거야?"

채정주(蔡貞舟)의 표정 없는 얼굴이 우뚝 멎으며 돌아섰다. 안경 속에서 눈동자가 차겹게 빛나고 있었으나 그 차거운 밑바닥에는 또 한 줄기 다사로움 같은 것이 깃들어 있었다. 석란은 민감하게 그것을 느끼며,

"언니, 우리들은 이대로 영영 헤어져야 해요?"

석란은 그러면서 똑바로 정주를 바라보았다.

"누가 그런 말 했어?"

정주도 맞받아 쏘아보며 차디찬 대꾸를 했다.

"그래도 언니는……"

어리광을 부리듯이 석란은 샐쭉해지며 시선을 발뿌리로[20] 떨어뜨렸다. 구두코로 석란은 조약돌 하나를 요리저리 굴리고 달래면서,

"보구두 못 본 척하구…… 불러도 대답도 않고…… 교실에선 퇴장 명령만 내리고…… 그럼 난 싫어! 이대로 영영 헤어진담 난 정말 슬퍼요!"

조약들을 달래고 있는 자주 칠피 구두 코 위에 눈물이 몇 방울 톡톡톡 떨어져 내렸다.

"욕심쟁이! 석란은 욕심이 너무 많구!"

정주의 어조는 그대로 차겁다.

"…………"

석란은 대답을 잃고 정주는 다시금 저 갈 길을 또박또박 걸어갔다.

석란은 눈물 먹은 얼굴을 들고 교문 밖으로 사라지는 채정주의 뒷모습을 머엉하니[21] 바라보았다. 오늘따라 정주의 두 어깨가 석란의 눈에는 한층 더 날카로워 보였다.

석란은 머리를 서너 번 홱홱 흔들며 중얼거렸다.

---

20) 발부리로
21) 멍하니

"메이화즈(하는 수 없지) —"

그리고는 휙 돌아서서 다시금 잔디밭으로 걸어갔다.

"네 교제 언니 아냐? 의과래지?……"

학생 하나가 석란을 보고 말했다.

그러나 석란은 대답을 않고 잔디 위에 번뜻 누워 버렸다.

"트러블이야?"

"메이화즈!"

석란은 점점 기울어지는 햇발로 말미암아 어느덧 청자색(靑磁色)으로 변해 버린 높은 하늘을 덤덤히 쳐다보았다.

"퇴장 명령은 약간 심한 데! 누구니? 네 애정을 독차지한 새로운 언니는?……"

"메이화즈!"

지궂게[22] 그 한 마디를 되풀이하고 있는데 옆의 학생 하나가 팔고비로 석란의 옆구리를 쿡 찌르며 신호를 했다.

"임 교수가 나온다 얘."

모자를 쓰고 가방을 든 임학준 교수가 현관을 나서서 층층대를 내려오고 있었다. 교정에는 아직도 이 구석 저 구석에 학생들이 한 무더기씩 뭉쳐 있었다.

---

22) 짓궂게

"저만 함 스타일도 멋쟁이야."

"석란이 너 약간 반한 게 아냐?"

"그럴지도 모르지."

"그만 둬라 얘. 네 아버지뻘이나 되는데도……?"

"사랑엔 국경도 없듯이 연령도 없는 거야."

"너 취미도 그만함 상당하다 얘."

"우리 한 번 임 교수를 놀려 먹을까?"

"어떻게 놀려 먹니?"

"나 하라는 대로만 함 돼!"

"그래, 그래!"

일동은 손벽을 쳤다.

5

임학준 교수는 안경을 벗어 들고 손수건으로 문지르면서 층층대로 해서 교정으로 내려섰다.

"온다 온다! 두 손을 베고 가즈런히[23] 누어서 하늘만 쳐다보고 있어야 한다."

---

23) 가지런히

석란은 일동을 지휘하였다.

"오우케이!"

하라는 대로 여섯 명의 학생이 뒤통수에서 깍지를 끼고 반듯이 누워 말똥말똥 하늘을 쳐다보고 있었다.

"너희들 절대로 임 교수를 바라봄 안 된다."

"예쓰!"

"암만 우스워도 웃어서는 안된다."

"오올라이트!"

"내가 먼저 선창을 할 테니, 너희들은 따라서 일체 복창만 함 되는 거야."

"아야!"

"얘, 그건 부산 내기다이!"

"나인 에스 이스트도 이치!"24)

"부산내기, 서울내기, 다마네기다이!"

"아, 하하핫……"

"쉬이! 컴잉, 컴잉! —"25)

자기 앞길에 그러한 복병들이 대기하고 있는 줄은 꿈에도 모르는 임학준 교수는 깨끗이 문지른 안경을 도로 쓰면서 근엄한 얼굴로 걸어오고 있었다.

---

24) 아냐 독일어다!

25) 온다, 온다!

임 교수가 무심코 머리를 드니, 일렬횡대로 된 열두 개의 구두창이 시야에 뛰어 들어왔다. 그 열두 개의 구두창은 마치 검열관을 맞이하는 열병식의 군대들 모양, 다가오는 임 교수를 향하여,

　　"경례!"

하는 호령과 함께 일제히 구두코를 숙여 절을 하였다. 임 교수는 후다닥 놀랬으나 무슨 영문인지 알 수가 없었다. 그래서 얼벙벙한 얼굴로 머리를 숙인 열두 개의 구두창을 힐끔 바라보면서 걸어가노라니까,

　　"바로!"

하는 호령이 또 내리면 구두창은 일제히 고개를 들었다. 그리고는 곧 이어,

　　"하나, 둘, 셋, 넷…… 하나 — 둘 — 셋 — 넷, 하나, 둘, 셋, 넷……"

하는 신호와 함께 열두 개의 구두창은 고개를 까닥 까닥 숙였다 들었다 했다. 말하자면 열병식의 행진을 의미하는 것이다.

　　그러나 임 교수는 그러한 장난이 무엇을 의미하고 있는지는 모르고 있었다.

　　그러기를 잠시 동안 하다가 이윽고,

　　"멎엇!"

하는 호령과 함께 구두창은 일제히 고개를 **빳빳**이 들어
버렸다.

　그래도 임 교수는 모르고, 남자 대학에서는 못 보던 장
난이라고, 지극히 유쾌하게 생각하며 구두창의 대열 앞을
지나치려는데 갑자기,

　"일동 봉창!"

　"녯 —"

하는 소리가 뒤이어 터져나왔다. 뒤이어,

　"학생 여러분!"

　"학생 여러분!"

　"연애는 인생을 장난하는 목도시합이 아니고……"

　"연애는 인생을 장난하는 목도시합이 아니고……"

　"진실로 한 번 빗맞으면……"

　"진실로 한 번 빗맞으면……"

　"피를 보고 목숨을 건드리는 진검승부입니다!"

　"피로 보고 목숨을 건드리는 진검승부입니다!"

　그제서야 임 교수도 우주의 철리(哲理)나 깨달은 듯이
걸음을 후딱 멈추며 희죽 웃는다.

　열두 개의 구두창을 기점(起點)으로 하여 잔디밭 위에
길다랗게26) 뻗쳐 있는 여섯 개의 젊은 육체의 수풀을 하
나 하나씩 더듬어 올라가던 임 교수의 시선은 마침내 선

창자의 얼굴을 발견하고 또 한 번 싱긋이 웃었다.

"까만 리봉의 학생이 아닌가!"

6

임학준 교수는 지극히 명랑한 심정이 되어 있었다. 처음에는 다소 무슨 모욕감 같은 것을 느끼기도 했었지만 임 교수의 년치(年齒)와 인생의 깊이는 그러한 사소한 감정을 뛰어넘는 데 있어서 대단히 수월하였다. 아니 그보다도 이러한 멋진 장난을 창작해 내는 까만 리봉의 천진난만한 예지(叡智)가 무척 귀엽기도 했다.

임 교수는 지금도 S종합 대학의 철학과 주임 교수의 자리를 차지하고 있지만 남자 대학생들의 그 살풍경한 분위기에 시달리는 몸으로서는 한 주일에 한두 번씩 나와 보는 이 청명한 교외의 가을 풍경과 함께 젊은 여성들이 발산하는 발랄하고도 꽃다운 향취는 심신이 다 같이 피로한 임 교수의 황혼의 인생을 크리닝하는데 좋은 표백제(漂白劑)가 되고 있었던 것이다.

---

26) 기다랗게

그래서 지금도 임 교수는 걸음을 멈추고 확실히 자기를 목표로 하고 진행되고 있는, 이 잔디 위의 푸른 인생들의 양심 없는 명랑한 야유를 달갑게 받으려는 관용의 태세를 취하는 것이다.

　짧은 스커어트 밑으로 쭈욱쭈욱 뻗은 열두 개의 다리가 신은 듯 만 듯, 모두 하나처럼 잠자리의 날개 같은 나이롱 양말 속에서 보드럽고[27] 미끄럽다.

　가슴 위에 불룩 불룩, 열두 개의 구릉을[28] 형성하고 있는 유방의 나열 저편에는 시치미를 딱 뗀 여섯 개의 새침한 얼굴이 마네킨 인형모양 말똥말똥 하늘만 쳐다보고 있었다.

　"학생 여러분!"

　"학생 여러분!"

　선창과 복창이 다시금 흘러나왔다.

　"어떻게 하면 진실하고 아름다운 연애를 할 수 있느냐?"

　"어떻게 하면 진실하고 아름다운 연애를 할 수 있느냐?"

　"오로지 그것은……"

　"오로지 그것은……"

　"여러분 학생들의 깨끗한 인격에 달렸읍니다."

---

27) 보드랍고
28) 언덕을

"여러분 학생들의 깨끗한 인격에 달렸읍니다."

"저 유유히 날고 있는 솔개를 보라!"

"저 유유히 날고 있는 솔개를 보라!"

"그 솔개의 인격을 가지고……"

"그 솔개의 인격을 가지고……"

"고양이의 연애를 통솔합시다."

"고양이의 연애를 통솔합시다."

임 교수는 자기가 하지 않은 구절이 튀어나오기에 벙글 벙글 웃으면서도 한 편 귀를 솔깃하게 기우렸다.

"칠십삼 세의 문호 괴에테는……"

"칠십삼 세의 문호 괴에테는……"

"십칠 세의 소녀와 연애를 했읍니다."

"십칠 세의 소녀와 연애를 했읍니다."

"오오, 이 얼마나……"

"오오, 이 얼마나……"

"진실하고 아름다운 연애이뇨!"

"진실하고 아름다운 연애이뇨!"

"으와, 하하하핫……"

"으와, 하하하핫……"

그 순간까지 꼼짝도 않고 정지 상태에 들어가 있던 스물 네 개의 팔 다리가 갑자기 요동을 하며, 제마쯤 허공을 치고 대지를 찼다. 그리고는 깔깔깔깔 웃어대며 댕굴댕굴 딩굴기[29] 시작하였다.

그러나 누구 하나 임 교수가 서 있는 쪽을 바라보는 이는 없다. 누구 하나 일어나 앉는 이도 없다. 그거야말로 종횡무진으로 잔디밭 위를 디렵다[30] 딩굴기만 했다. 임 교수는 이윽고 발뿌리를 돌려 수풀을 왼 편에 바라보며 교문을 향하여 천천히 걸어 나갔다. 임 교수의 얼굴은 웃고 있었다. 소리를 잃은 만면파안(滿面破顔)의 웃음이었다.

그러나 교문을 채 나서기도 전에 임 교수의 얼굴로부터 후딱 웃음은 사라졌다. 십칠 세의 소녀와 연애를 했다는 칠십삼 세의 괴에테를 임학준 교수는 생각하기 시작하였다.

차차 멀어져 가기는 하였으나 잔디밭 위의 웃음소리는 임 교수의 고막을 그냥 흔들어 왔다.

---

29) 뒹굴기
30) 디렵다

인생황혼[31]

1

교문 옆에 코스모스가 한 무더기 만발해 있었다. 문을 나서면서 임 교수는 무심중 손을 뻗쳐 코스모스 한 송이를 꺾어볼 생각이 들었다. 흰 꽃은 자기 머리털 같아서 싫었고 보라나 자주는 지나치게 요염해서 탐탁하지 않다. 그래서 임 교수는 연분홍을 골랐다.

날은 아직 저물지는 않았으나 해는 노고산 마루턱을 향하여 걸어 내려가고 있었다. 자기 인생도 마치 이 늙은 시어머니 산으로 터벅터벅 걸어내려가고 있는 기울어진 햇발과도 같다고 임 교수는 생각한다.

"멀지 않아[32] 황혼이 온다! 이 들에도…… 내 인생에

---

31) 人生黃昏
32) 머지않아

도……"

마음속으로 임 교수는 그런 말을 중얼거려 보았다.

"황혼이 오기 전에…… 황혼이 채 다가오기 전에……"

남이 들으면 무슨 소린지 알아듣지 못할 마음의 비밀을 임 교수는 이번에는 소리를 내어 씨부려 보았다.

그렇다. 오십삼 세를 인생의 황혼이라고 부르기는 아직도 싫다. 머리는 비록 반백이 되었으나 젊은이들처럼 마음은 젊다. 옛날 같으면 오십의 고개를 노경으로 쳤지만 요즈음처럼 주위가 다 화려한 시대에는 십 년쯤은 인공적으로라도 젊어질 수가 있을 것 같았다.

이때까지 임 교수는 나이보다 젊게 보이려는 것 같은 생각은 한 번도 가져 본 적이 없었다. 그것은 인격의 의장(擬裝)을 의미하는 것이다. 그러한 의미에 있어서 여성들이 분을 바르고 연지를 찍고 하는 것을 임 교수는 무척 경멸하여 왔다. 그것은 있는 그대로와 소박성을 카무프라쥬하는 인격의 사기이기 때문이다. 그리고 그렇게 해서 얻을 수 있는 효과를 임 교수는 인격의 부당이득(不當利得)이라고 멸시하여 왔다.

"없으면 없고 있으면 있고, 있는 그대로의 모습으로 살다가 죽자!"

이것이 임 교수의 인생철학이었다. 그리하여 이러한 철

학 위에서 영위되어 온 오십삼 년 동안의 임 교수의 생활은 소박과 성실과 겸양과 근엄과 극기(克己)의 도덕률 밑에서 지배되어 왔다.

그러던 것이 팔·일오 육·이오 전란으로 말미암아 전 민족의 생활의 기반이 뒤흔들리고 따라서 일반 대중의 생활의 기반이 뒤흔들리고 따라서 일반 대중의 생활신조에 커다란 변모(變貌)를 일으키게 되었다. 그리고 그 변모의 근본적인 원인은 철학의 빈곤에 있는 것이라고 임 교수는 생각하였다.

인생의 의미를 구명하여 일반 대중에게 지도 정신을 부여하는 철학 자체가 오늘날에 있어서 빈곤과 혼란을 면치 못하거늘 어찌 국민 대중에게 갈 곳을 가리키고 할 바를 알려 주어 대중으로 하여금 생활의 귀추를 자각하게 할 수가 있을 것인가!

그날 그날을 향락하려는 사치의 물결은 도도히 흐르고 거리 거리에는 사상적 룸펜이 가득 차 버렸다. 대중은 생활의 신조를 잃어버리고 철학자는 철학을 상실하였다.

이리하여 임학준 교수도 자기의 인생철학을 점점 잃어버리기 시작한 철학자가 되어 가고 있는지도 모른다.

"황혼이 오기 전에……"

임 교수는 연분홍 코스모스를 물끄러미 들여다보면서

흙냄새가 후각에 그윽한 시골길을 버스 정류장 쪽으로 걸어가고 있었다. 누르퉁퉁한 콩밭을 지나고 청청히 푸른 배추밭을 지나서 완만한 언덕길을 올라가고 있는데 저녁 바람을 타고 등 뒤 멀리서 학생들의 노래 소리가 갑자기 들려왔다.

"— 아, 목동들의 피리 소리들은…… 산골짝 마다 울려 나오고…… 여름은 가고 꽃은 떨어지니…… 너도 가고 또 나도 가야지……"

이 학교의 강좌를 맡으면서 교실이나 또는 울창한 수목 사이에서 임 교수는 몇 번 들은 적이 있는 영국 민요 '목동의 노래'였다.

임 교수는 명상에서 깨어나 문득 뒤를 돌아다보자 빙그레 웃음을 지었다.

잔디밭 위에서 열두 개의 구두창으로 자기에게 경의를 표해 주던 바로 그 장난꾸러기 일행이었다.

2

임 교수는 며칠 전, 철학 강의 시간이 거진[33] 끝날 무렵쯤 해서 낯설은 학생 하나에게 질문을 받았다.

"선생님, 그러니까 결국 한 마디로 말해서 인생이란 무언인가요?"

그것이 바로 깜정 리봉의 학생이었다.

그 마치 대들듯이 물어온 물음이 너무 돌연하고 당돌하고 조잡했었기 때문에 임 교수는 부드러운 미소를 띠우며,

"자아, 나도 잘 모르겠읍니다. 오늘은 시간도 없으니 다음으로 밀고……"

그러면서 교탁 앞에서 물러나려는데,

"선생님도 그걸 모르신담 확실히 사고는 사고야요."
했다. 그래서 학생들도 웃고 임 교수도 웃었다. 웃으면서,

"허허, 사고?…… 사고란 무슨 뜻입니까?"

이 사고라는 어휘가 가진 뜻을 임 교수도 모르는 바는 아니었다. 그러나 깡패들을 위시해서 젊은이들이나 소년들 사이에 요즈음 급작스레 늘어가는 이 사고라는 말을

---

33) 거의

들을 적마다 임 교수의 생리는 구역질을 하는 것이다. 그래서 그렇게 반문을 했더니 깜정 리본은 한두 번 쿡쿡 웃음을 깨물면서,

"그것두 모르신담 정말로 사곤데요!"

했다. 학생들이 또 으와 하고 웃었다.

그러나 임 교수는 이번에는 웃지를 못했다. 이 깜정 리봉이 배알은[34] 처음 한 마디에서는 여전히 그 어휘가 지닌 나중의 불량성과 조잡성 때문에 기분을 상했던 임 교수였다. 그러나 두 번째 같은 말이 같은 입에서 다시금 튀어 나오는 순간, 임 교수는 그 '사고'라는 어휘가 가진 참다운 아름다움을 발견하였기 때문이다.

그것은 깜정 리봉의 그 발랄하고 명랑한 현대적 기질과 일분의 오차(誤差)도 없는 정확한 표현이었던 사실을 임 교수는 발견하고 시대에 뒤떨어진 자기의 창백한 관념을 포기하는데 조금도 인색하지 않았다.

그러한 생각과 그러한 눈으로 다시 한 번 바라보니, 시대의 감각을 정확하게 섭취하고 있는 깜정 리봉의 그 펄떡펄떡 뛰노는 은어와도 같은 신선한 젊음에서 오십삼 세의 자기의 연령을 망각하는 황홀한 일순간을 임 교수는

---

34) 뱉은

향락했던 것이다. 그리고 그러한 기억의 주인공인 깜정 리봉이 오늘 다시금 구두창의 경의와 노래의 향연으로서 임 교수를 환송해 주고 있는 것이다. 버스가 거의 움직이려는 무렵에 여섯 명의 학생이 우르르 차에 올라탔다.

설 자리는 많았으나 앉을 자리는 하나도 없다. 그래서 임 교수가 어물어물하고 서 있는데,

"선생님, 여기 앉으세요."

석란이가 얼른 임 교수의 팔 하나를 붙들면서 시골부인네와 남자 대학생이 앉아 있는 틈 사이를 가리켰다. 그러나 그 틈 사이는 다소의 간격이 있기는 하였지만 누가 보든지 사람 하나 들어앉을 만한 여유는 없었다. 그래서,

"아, 괜찮소."

하고 임 교수가 사양을 하면서 후딱 깜정 리봉의 얼굴을 쳐다보았다. 그랬더니 깜정 리봉의 매서운 시선이 남자 대학생의 얼굴을 무섭게 쏘아보고 있지 않은가,

"아, 정말 괜찮소."

보기가 다소 민망해서 임 교수가 또 사양을 하는데, 남자 대학생은 그만 석란의 시선에 질렸는지 훌쩍 일어서 버렸다.

"자아, 선생님, 앉으세요."

그러면서 석란은 임 교수의 상반신을 두 손으로 모시듯

이 하여 자리에 앉히었다.

"미안합니다."

임 교수는 남자 대학생에게 머리를 조금 숙여 보였다. 그러나 그 남자 대학생은 대답 대신 석란의 얼굴을 핥는 듯이 바라보며 빙그레 웃었다.

"미리 일어섰음 감사하다는 말이나 듣지?"

좀 들으라는 듯이 석란은 톡 한 번 내쏘고 나서 임 교수와 시선을 맞추며 방긋하고 웃었다.

3

요염에 가까운 깜정 리봉의 웃음이었다. 임 교수도 싱긋이 웃었다. 웃으면서 임 교수는 자기의 웃음이 상당한 복잡성을 지니고 있는 사실을 깨닫고 마음으로 저으기[35) 당황해 하였다.

"학생, 무슨 과지요?"

당황한 마음을 숨기기 위해서라도 임 교수는 무슨 말이든 씨부려야 했다.

―――――――――――――

35) 적게나

"선생님이 들으심 웃으실 거예요."

"내가 웃는다고요?"

지금까지에 임 교수가 알고 있는 행동에 있어서도 그랬었지만 이 학생은 한 마디 한 마디의 대화까지도 그 어떤 수수께끼 같은 신비성을 지니고 있었다. 그것이 하나의 매력이 되어 상대편에서 강렬한 호기심을 던져 주면서 앞으로 앞으로 이끌어 나가는 효과를 조성하고 있었다.

"보통 사람들은 그렇지도 않겠지만, 선생님만큼은 웃으실 거예요!"

"무슨 관데요?"

그랬더니 깜정 리봉은 두어 번 혼자서 쿡쿡 웃더니만,

"정치외교과—"

하고 대답을 하고는 임 교수의 표정의 움직임을 말뚱말뚱 들여다보다가,

"보세요! 웃으셨죠?"

했다. 과연 임 교수는 씨무룩하고 웃었던 것이다.

"계집애들이 치맛바람을 피면서 정치외교는 해서 무얼하느냐고, 그런 말씀이시죠?"

"음 —"

하고 임 교수는 깊은 신음 소리를 내며,

"학생은 대단한 심리학자요."

했다. 그 말에 석란도 입술을 깨물며,

"후후훗 —"

하고 웃었다.

동료들도 따라 웃었다. 남자 대학생도 씨익 하고 웃으면서 석란의 명랑성에 도리어 호감을 느낀 것 같은 표정을 지어 보였다.

신개지의 언덕 고개를 버스는 넘어 시내를 향하여 달리고 있었다. 기우러져 가는 햇발이 쏟아지듯이 들창으로 들여 쪼이고 있었다.

학생들이 하나 둘 인사를 하고 내렸다. 서대문을 지나 광화문에 멎었을 때, 남자 대학생은 생글생글 웃으면서 바라보는 석란의 얼굴에다 눈 하나를 싱긋이 감아 보이며 내렸다. 그래서 석란은 홱 얼굴을 돌려 버리고 말았다.

"학생은 집이 어디요?"

"명동이에요?"

"아, 명동 다방이 많은……"

"선생님, 다방에 잘 나가세요?"

"웬걸요."

"서재에만 너무 들어앉아 계시지 마시고 좀 나오세요. 그래야 사고란 말씀 알아들으시잖아요?"

"음 —"

그러나 임 교수의 얼굴은 석란의 그것처럼 명랑한 웃음을 띠고 있었다.

　　"자아, 선생님, 여기서 내리셔야죠, 안국동이시니까."

　　버스가 종로 네거리에서 멎었다. 석란은 임 교수를 부축하듯이 하면서 두 사람 분의 대금을 치르고 앞장을 서서 차에서 내렸다.

　　"내가 안국동 사는 줄은 어떻게……?"

　　알 수 없는 일이었다. 정말로 임 교수에게 있어서는 이 깜정 리봉의 학생이 하나의 신비로운 존재가 점점 되어 가고 있었다.

　　"선생님에 관한 일은 제가 죄 다 알고 있는 걸요. 선생님이 성실한 애처가라는 것까지도……"

　　"허허……"

　　겸연적게36) 임 교수는 웃으며,

　　"그런 걸 다 어떻게……?"

　　"저는 선생님을 진심으로 존경하고 있어요. 저리…… 저리 가셔서 선생님 차 한 잔 드시구 가세요."

　　나이 찬 딸이 아버지에게 어리광을 부리듯이 석란은 임 교수의 팔 하나를 붙잡고 네길어름에 있는 꽃집으로

---

36) 겸연쩍게

자꾸 끌고 들어갔다.

　백화가 만발한 꽃 터널을 애인처럼 팔을 끼고 들어간 맨 끄트막에 아담한 다방이 두 사람을 기다리고 있었다.

4

　"학생, 이름이 뭐지요?"

　"이 석란…… 돌석, 난초란 — 이름만은 좋죠?"

　"오허, 왜 이름만 좋겠소?"

　"사람도 괜찮겠어요?"

　"오허, 석란 양은 참으로 명랑한 표현주의자(表現主義者)요."

　그것이 현대의 젊은 세대들이 지닌 하나의 생활 형식인 것 같아서 임 교수는 마음의 고개를 끄덕끄덕 하였다.

　"그러니까 명실(名實)이 상부하지 않아서 걱정이에요. 이름은 무척 청조하고 고상하지만……"

　"오허, 허 허……"

　임 교수의 젊은 시절에는 마음속의 표정을 적당히 감추는데 아름다움이 있었다. 그러나 오늘날 이석란에게서 보는 것과 같은 마음속의 희로애락(喜怒哀樂)을 노골적으로 나타내는 데서 또한 하나의 명랑한 아름다움을 발견했다는 사실은 임학준 교수로 하여금 인생을 관조(觀照)하는 태도에 있어서 하나의 변화를 일으키게 하고 있었다.

임 교수는 홍차를 마시고 오랜지쥬우스를 빨았다.

교실이나 교정에서는 아무런 표정도 없는 하나의 검소한 복장으로밖에 보이지 않았던 석란은 곤색투우피이스가 이처럼 다방에 턱 마주앉아서 바라보니 사지가 발달할 대로 발달한 이석란의 성숙한 육체를 장식하는 하나의 화려한 사교복처럼 임 교수의 눈에 비치기 시작했다.

"후훗 —"

임 교수의 얼굴을 빤히 바라보면서 쥬우스를 빨던 석란의 입술이 화판인 양 쿡쿡 웃었다.

매혹적인 시선이요 웃음이었다. 임 교수의 심장이 호닥닥 놀래며,

"석란 양은 참 잘도 웃는군. 뭐가 그리 우습소?"

"선생님의 젊었을 때 모습이 제게는 빤해요. 그럴 듯하셨겠어! 후훗……"

"아, 하하핫."

화려한 기분이 임 교수의 혈관 속을 빙글빙글 돌았다.

석란은 확실히 존경과 호의 이상의 것을 자기에게 갖고 있는 것 같았다.

더구나 칠십삼 세의 괴에테와 십칠 세 소녀의 교제를 진실하고 아름다운 연애라고 찬양하던 석란을 생각할 때, 괴에테보다 이십 년이나 젊은 자신의 연령을 마음속으로 몰래 축복하였다.

　"선생님, 요다음 한 번만 저와 만나 주시겠어요. 선생님께 저녁을 한 번 대접해 드리고 싶어요."

　"저녁을……"

　임 교수는 그 순간, 집에 있는 아내를 생각했다.

　쓴 고개, 단 고개를 같이 손을 이끌고 넘어 온 삼십 년 동안의 보배로운 아내였다. 그 아내에게는 하늘 아래 땅 위에 하나밖에 없는 자기의 몸이었다. 그러한 자기가 지금 젊은 여성과 더불어 명일의 만찬을 약속하려는 것이다.

　임 교수는 일종의 죄악감을 느꼈다. 석란과의 약속은 확실히 자기 아내의 권위와 체면과 자존심을 손상시키는 일종의 배신행위이기 때문이다. 임 교수가 이내 대답을 못하고 주저하고 있는데,

　"요다음 연애 강좌 날, 그러니까 내일 모레 다섯 시에 여기서 선생님을 기다리겠어요. 꼭, 꼭, 꼭이예요. 선생님!"

　"아, 그런데……"

　그러나 그때는 이미 석란은 레지 앞으로 걸어가고 있었

다. 찻값을 치르고 나오다가,

"아, 참 선생님, 꽃 좋아하시지요. 아까 코스모스를 한 송이 꺾으시는 걸 봤는데……"

석란은 그러면서 꽃집 주인에게,

"조그맣게 한 다발…… 국화, 그라디어러스, 다리아, 그리고 코스모스를 적당히……"

그러한 자기의 사소한 행동까지를 죄 감시하고 있는 이석란의, 그 빈틈없는 배념이 ●시[37] 한 번 임 교수의 마음을 쳤다.

"선생님 들구 가시기가 거북하실 테니까, 보이지 않게 깨끗한 납지로 좀 싸 주세요."

"네네—"

이윽고 둘이는 꽃집을 나섰다.

"자아, 선생님 댁, 서재에 갖다 꽂으세요. 그 곰팡내 나는 철학 서적 옆에……"

응부의 여유도 없이 임 교수는 꽃다발 하나를 안기워[38] 버렸다.

"그럼 선생님, 안녕히…… 모레 다섯 시에 꼭요! 네?"

손 하나를 내저으며 석란은 이윽고 인파를 헤치면서

---

37) 다시
38) 안겨

명동 쪽으로 감실감실 사라져갔다.

5

임 교수는 꽃다발을 안고 해 저문 저녁거리를 안국동 쪽으로 터벅터벅 걸어가고 있었다. 걸어가면서 임 교수는 싱글벙글 웃었다. 임 교수는 지극히 기쁜 것이다.

결혼 생활 삼십 년 동안에 임 교수는 다른 여성들과의 깊은 교제를 손수 피해 왔었다. 비록 교제를 맺더라도 적당한 선에서 멎을 줄을 알고 있었다.

그 적당한 선이란 말할 것도 없이 한 사람의 아내로서의 자존심과 체면을 손상케 하지 않는 선을 말하는 것이었다.

그리하여 사십 년 동안의 그러한 행동의 결과가 그로 하여금 애처가라는 말을 듣게 하는 동시에 판관이라는 말을 감수케 하였다.

그러나 임 교수는 그런 말을 조금도 쑥스럽다거나 또는 거북스럽게 생각하지 않았다. 도리어 한 사람의 남편으로서 또한 하나의 인간으로서 가장 영예스러운 것이라고 생각하는데 자신을 가지고 있었다.

그것은 한 사람의 여성에 대한 애정의 지속을 의미하는

동시에 한 사람의 인간에 대한 신의의 지속을 말하는 것이기 때문이다.

"안심입명(安心立命)으로 죽음을 맞이하자!"

그것이 임학준 교수의 실천 철학이었다. 분에 넘침을 안다는 것은 곧 천명을 받음이다. 한 사람의 여성을 동시에 한 사람의 인간을 배반해서도 될 만한 자격과 가치를 갖지 못하고 있는 자기 자신을 임 교수는 명확히 깨닫고 있었기 때문이다.

"죽는 순간에 서서 자기의 일생을 돌이켜 볼 때 인간적인 의미에 있어서 부끄럼을 느끼지 않을 심경을 가질 수 있는 인생!"

그것이 임 교수의 오직 하나요 최고의 기원이었다.

그러한 임 교수의 심경이 요즈음에 이르러서는 조금씩 흔들리기 시작하였다. 그것은 육·이오 동란을 겪는 동안에 흰 머리털이 부쩍 늘면서부터였다.

과연 임 교수의 과거에 인간적인 과오는 별로 없었다. 그러나 무엇인가 한 줄기 공허 같은 것이 마음속 한 편 구석에 도사리기 시작하였다. 처음에는 그것이 무엇인지 모르고 있었다.

식구가 단출하여 남처럼 의식주의 단련을 받지 않아도 좋은 평화스런 가정이건만 어딘가 메꾸어지지 못한 한 구석이 차차 머리를 들기 시작하였다.

그것은 확실히 과거 삼십 년 동안에 걸친 성실한 가정생활에 하나의 반동인 것 같았다. 오랜 시일에 걸쳐 긴장했던 정신력이 인생의 황혼에 접어들면서부터 풀리고 있었는지도 모른다. 그리하여 임 교수는 무슨 조그만 변화 같은 것을 자기 생활에 바라기 시작하면서부터 다음과 같은 한 마디를 가끔 중얼거려 보기 시작하였다.

"죽음의 무덤 앞에까지 다달아서[39] 걸어온 길을 돌이켜 볼 때, 한 번도 인간적인 과오를 범하지 않았다는 것은 훌륭한 일이기는 하다. 아아, 그러나 쓸쓸한 인생이여!"

그 쓸쓸함이 그 훌륭함보다 앞장을 설 때가 가끔 가다 있다는 사실을 임학준 교수를 위하여 슬픈 일인지 기꺼운 일인지를 알 바가 없다.

철학이여, 대답을 하라! 그리하여 성실한 인격자요! 근엄한 철학자인 임학준 교수로 하여금 갈 바를 가르쳐 주라! 그는 지금 한 무더기의 꽃다발을 안고 안국동 네길어름에서 지향을 잃은 어린 양인 양 허덕이고 있는 것이다.

"황혼이 오기 전에……"

임 교수는 마음의 비밀을 다시 한 번 소리 내어서 중얼

---

39) 다다라서

거리다가 후● ●을 닫치고 무서운 얼굴로 자기의 헤실펐던 표정을 감추어 버렸다.

6

임 교수의 스무 간 짜리 집은 안국동으로 조금 올라가다가 왼편 골목어구에 있었다.

폭탄 세례는 면했으나 손을 볼 데가 많은 어수선한 집이다.

"아이머니나! 어쩐 셈이유? 꽃다발을 다 사들고 오시구……"

복순이라는 열아홉 살짜리 계집애와 저녁상을 보고 있던 임 교수 부인이 주방에서 뛰쳐나오며 남편의 손에서 우선 가방부터 받아 들었다.

"결혼 삼십 주년 기념으로 특별히 당신을 위해 사 갖구 왔소."

"아이구, 황송도 하지! 당신도 이젠 제법 개명을 하셨구려."

그러면서 부인은 가방을 대청에 던지고 상장을 받는 소학생들처럼 공손히 머리를 숙이며 두 손으로 꽃다발을 받아 들었다.

"히히히힛……"

주방에서 저녁상을 차려 가지고 나오던 복순이가 하마터면 밥상을 뒤집어엎을 뻔하였다

"오허, 허, 헛…… 복순이가 웃으워 죽겠답니다요."

그러나 부인은 정말로 기쁘다. 잔주름이 많이 잡힌 오십 세의 얼굴이었으나 젊었을 적의 어여뻤던 모습은 그 단정한 얼굴에 그냥 남겨 가지고 있었다. 부인은 납지를 헤쳐 꽃다발을 알맹이로 가슴에 안아 보며,

"아아, 이뻐요, 이 그라디어러스!"

소녀처럼 부인은 기뻐하며,

"결혼식 한 번 더 해보고 싶어요. 꽃다발을 이렇게 안구, 그리구 이렇게……"

남은 손 하나로 남편의 팔고비를 끼고 천천히 대청으로 올라가면서,

"딴— 딴딴딴…… 딴— 딴딴딴……"

웨딩 마아치를 웃음과 함께 부인을 불렀다.

"여보, 애들이 웃소, 웃소!"

그러는데 저녁상을 들여놓고 안방에서 나오던 복순이가 그만 행주치마로 입을 막으면서

"해해해햇……"

하고 이번에는 마음을 놓고 마구 웃어댔다.

"저것 보우, 복순이가 이제 대청마루를 대굴대굴 굴참
이요."

"그 앤들 인제 며칠 남았다구……? 틈만 있으면 얼굴에
분만 쥐 바르는데……"

"어마, 사모님두!"

정말로 대굴대굴 굴듯이 복순은 부엌으로 뛰쳐 들어
갔다.

건넌방에서 임 교수가 양복을 한복으로 갈아입고 있는
동안에 부인은 뜰아랫방으로 들어가서 아들의 책상머리
에서 청자기 화병을 들고 나왔다. 그 화병에도 시들어빠
진 그라디어리스가 몇 가지 축 늘어져 있었다.

부인은 그것을 뽑아 버리고 남편이 가져온 꽃다발을
심었다.

"그렇지만 너무 일찌감치 사 오셨어요. 결혼 기념식날
은 아직도 열흘이나 남았는데……"

대청 소탁자 위에다 화병을 갖다 놓으면서 부인은 다소
의 불평을 말하고 있었다.

"응……?"

세수를 하던 얼굴을 임 교수는 조금 들다가 휙 다시
숙여 버리며,

"아, 괜찮을 테지. 그 맛 쯤……"

아내에게 죄를 짓고 있다는 의식을 임 교수는 다시 한 번 새롭히고[40] 있었다.

동시에 눈을 지긋이[41] 감고 세수를 하고 있는 임 교수의 캄캄한 망막 속에 한 떨기 아름답고도 신선한 눈치울꽃(瞼花[검화])이 요염하게 피어 있었다.

"선생님, 한 번만 더 저와 만나 주세요, 네?…… 꼭이예요, 꼭!……"

그리고 나불나불 인파 속으로 사라져간 깜정 리봉의 청신하고도 발랄한 모습!

"내 인생에 무슨 커다란 위기 같은 것이 올는지도 모른다!"

대단히 불길하면서도 한편 지극히 감미로운 인생의 위기였다.

---

40) 새롭게 하고
41) 지그시

이별도 아름답게[42]

1

학교 잔디밭 옆에서 이 석란으로 하여금 '메이화즈'를 되풀이 하게 하고 헤어져 나온 채정주는 그길로 곧장 버스를 타고 오다가 서대문에서 내렸다.

곤색 스커어트에 흰 블라우스, 그 위에다 앞자락이 탁 터진 옅은 초록색 자켓을 걸치고 있었다.

정주는 서대문 네거리로 또박또박 걸어갔다. 로타리를 건너 서울역 쪽으로 조금 걸어가다가 '기다림'이라는 다방 앞에서 오뚝 걸음을 멈추었다. 걸음을 멈추며 곰보 유리에 모란꽃을 디자인한 울긋불긋한 모자이크 문 앞에서 정주는 후딱 눈을 감고 가만히 심호흡을 한번 하였다.

---

42) 離別도 아름답게

문을 열고 들어가기가 정주는 무섭다. 그 무서움을 심호흡으로서 정주는 엄버무려 버리는 것이다.

   "그러나 갈 것은 가고 올 것은 와야지!"

   정주는 눈을 떴다. 문을 열고 정주는 안으로 들어갔다. 아래 윗층이 다 다방이다. 정주는 위로 올라갔다. 석양이 쏟아져 들어오는 들창마다 하늘빛 커어튼이 느러져[43] 있었다. 그 들창가 한 모퉁이에서 사나이는 기다리고 있었다.

   삼십의 고개를 넘을락 말락한 사나이였다. 뒤로 넘긴 머리에 기름기는 별로 없었고 길음한 얼굴이 정주를 맞이하면서 조용히 웃고 있었다.

   "바쁠 텐데, 이처럼 불러내서……"

   꼬리를 잃어버린 말을 사나이는 했다.

   "…………"

   정주는 대답을 하지 않고 자리에부터 앉았다.

   "무얼 들까요?"

   "저 아무것도 먹고 싶지 않아요."

   "그래도 무얼 한 잔……"

   "선생님, 제게 필요 이상의 신경을 안 쓰셔도 괜찮아요."

---

43) 늘어져

표정이 없는 정주의 얼굴이기에 사나이는 그 말의 내용보다 한층 더 차가움을 안 느낄 수 없었다. 하는 수 없이 사나이는 홍차 두 잔을 청했다.

　　차가 올 때까지, 두 사람은 상당히 오랜 시간을 대화를 상실한 채 가만히 앉아 있었다. 마주 앉아 있는 동안 부드러운 미소를 띠고 있던 사나이의 표정도 점점 어두어져 갔다. 그 어두워진 얼굴로 사나이는 삐뚜러진[44] 정주의 찻잔을 바로 놓아 주며,

　　"실은 정주 씨가 와 주지 않을 줄도 알았지요."

　　"그렇진 않아요. 어린애들처럼 그럴 필요는 없다고 생각해요. 결국 올 건 오구, 갈 건 가야 하니까요."

　　그러면서 정주는 찻잔을 들어 입가로 가져갔다. 입술만 적시고 나서,

　　"선생님 마음, 말씀 안하셔도 다 알아요. 그러니까 오늘은 유쾌한 얘길 하다가 헤어짐돼요. 아, 참……"

　　정주는 비로소 표정을 풀며,

　　"임 교수의 연애 강좌, 대성황이었어요. 교실이 모자라서 복도까지 가뜩……"

　　안경 밑에서 정주의 눈초리가 곱게 웃었다.

―――――――――――――――

44) 삐뚫어진

"그래요? 아버지의 연애 강좌라면 듣지 않아도 대개는 짐작할 수 있지만 너무 딱딱해서 퇴장 명령이나 받지 않았는가요?"

"모르는 말씀이예요. 그와는 반대! 퇴장 명령을 받은 건 석란이랍니다."

"석란?…… 누구한테?……"

"나한테……"

"왜요?"

"너무 까불어 대길래……"

"아, 하하……"

"왜 선생님, 불쾌하세요? 면굴 줘서……"

"…………"

사나이는 후딱 웃음을 거두었다.

2

임학준 교수를 아버지라고 부르는 이삼십 고개의 사나이가 바로 전도유망하다는 평을 받고 있는 신진 작가 임지운(林智雲) 그 사람이었다.

"멀지 않아 선생님의 부인이 될 석란을 그처럼 학대해

서 미안합니다."

채정주는 두 손을 무릎 위에 올려놓고 고개를 가만히 숙였다.

지운은 웃었다. 일단 거두었던 웃음이었다.

"그래서 정주 씨를 한 번 만나고 싶었지요. 와 주셔서 감사합니다."

지운도 정주의 흉내를 내며 머리를 숙였다.

정주도 웃었다. 지운도 또 웃었다. 확실히 웃지못할 장면 같았으나 두 사람은 조용히 웃고 있었다.

"참 이제 보니, 임 교수는 꼭 선생님 닮았어요. 그 싱긋이 웃는 품이라든가, 그 길음한 모습이라든가 꼭……"

"아버지가 아들을 닮아서야 되겠읍니까?"

"아, 하하…… 참 그렇군요. 아들이 아버지를 닮아야지."

정주는 소리를 내어 억지로 웃고 있었다.

"그렇답니다. 아버지가 젊었을 때의 사진을 보면 현재의 나와 꼭 같으시답니다."

거기서 두 사람의 대화는 또 중단이 되었다. 무거운 침묵이 또 한참 동안 흘렀다. 지운은 애써 그것을 깨뜨려 버리려는 것처럼 웃음 띤 얼굴로,

"석란 씨가 뭐랬기에 퇴장 명령을 내렸읍니까?"

그 말에 정주는 차거운 미소 한 오락을 입가에 띠우며,

"씨자는 왜 또 갑자기 붙이세요? 저한텐 그래도 무방하지만 석란이가 들음 노여워하겠어요."

"정주 씨, 일어납시다."

지운은 훌쩍 자리에서 몸을 일으켰다.

"왜요? 할 말이 있다고, 저를 불러 낸 분은 누구신데요?"

"밖으로 나가서 신선한 공기를 마십시다. 여기는 공기가 탁해서…… 가슴이 답답해요."

"답답하실 거에요. 한 시간 후엔 영원히 헤어질 사람과 마주 앉아서 이러쿵저러쿵 마음에도 없는 이야길 이어 나가시려면 가슴속이 다소 답답도 하실 거에요. 그렇지만 질문을 받았으니까 대답은 해야 겠어요."

"질문?……"

지운은 다시 자리에 앉으며 물었다.

"호호호호……"

입에다 손을 대고 정주는 차겁게 웃었다. 자기 입술에 떠오르는 질투의 표정을 상대편에 보이지 않기 위한 다섯 손가락이었다.

"석란은 위대해요."

"무슨 말인데요?"

"선생님을 그처럼 돌게 만든 여성이니까요."

"내가 돌았다구요?"

"그럼 돌은 거 아니구 뭐야요? 석란이가 왜 퇴장 명령을 받았느냐고 물으신 건 누군데요?"

"아, 참 그랬었군요."

"그러니까 돌았다는 말예요."

"그래 왜 퇴장 명령을 내렸읍니까?"

"임 교수께서, 연애는 인생을 장난하는 목도시합이 아니고, 실로 한 번 빗맞으면 피를 보고 생명을 건드리는 진검승부라고 하셨죠."

"그래서요?"

"그런는데 석란이가 까불어 댔어요."

"뭐라구요?"

"너무 심각하다구요. 하나밖에 없는 목숨인데 연애를 두 번만 하다가는 목숨 하나가 모자라겠다구요."

"아, 하하핫……"

지운은 유쾌히 웃었다.

"아주 명랑하고 재치 있는 야유야요. 그래서 선생님도 지금 그처럼 웃으시지만, 그렇지만 그 웃음이 언제까지 계속될는지는 의문일 거예요."

"…………"

정주의 한 마디가 무엇을 의미하고 있는 말인지를 깨달

고 후딱 웃음을 거두었다.

3

"석란은 제가 동생처럼 귀여워 해온 애에요. 여학교 시절부터 쭈욱……"

다방을 나서서 둘이는 서울역 쪽으로 나란히 걸어가고 있었다. 기울어진 가을 햇발이 둘이의 등골을 따사롭게 쪼여주고 있었다.

여학교 시절에는 소녀 화보의 주인공들처럼 아름답게…… 대학에 들어와서는 좀 더 성숙한 애정을 가지고 정주와 석란은 열렬한 동성애 속에서 청춘의 일부를 불태워 온 것이다. 그들에게는 남성에 애정을 필요로 하지 않았다. 그것만으로도 둘이는 영원히 행복할 것만 같았었다.

"그렇지만 태양 앞의 달빛모양, 동성애란 결국 이성애 앞에서는 아무것도 아닌가 보죠. 영원히 결혼하지 말자던 여학생 시절의 아름다운 추억만이 폐허 위에 외로이 남은 한 기둥 이끼 낀 돌탑처럼……"

입술이 메말라 정주는 혀끝으로 아래 위를 추기고 나서,

"선생님, 석란을 영원히 귀여워 해 주세요. 선생님을

안 것은 제가 먼저였지만……"

지극히 쓸쓸한 당부였다. 이런 경우에는 뭐라고 대꾸를
해야만 하는지, 소설가인 지운도 그것을 모른다. 그래서
지운은 잠자코 있었다.

"석란은 제게서 두 가지의 애정을 뺏앗아갔지요.[45] 제
게 대한 선생님의 애정과 제게 대한 석란의 애정과……
생각함 얄밉기 짝이 없지만 하는 수 없어요. 석란은 모든
것이 적극적이고 저는 또 저대로 소극적이고……"

얼마간 또 잠자코 걸어가다가,

"게다가 선생님 역시 소극적인 분이어서, 적극적으로
저를 어떻게 하지도 못하고 그저 석란에게 점점 끌리어
들어갔을 거에요."

"정주 씨, 고맙소!"

채정주의 이 차거운 이해력이 지운에게는 무척 다사롭
고 고마웠다.

"실은 오늘, 정주 씨를 한 번 만나고 싶어 한 것도 그런
대목을……"

"말씀 안하셔도 제가 다 잘 알아요. 그러니까 제게 대해
서 지나치게 미안하다든가…… 그런 생각은 마셔도 괜찮

---

45) 뺏앗아갔지요.

아요. 저는 그 무엇을 단념하는 데 있어서 비교적 수월히 하는[46] 생리적 조직을 갖추고 있지요."

차다. 채정주가 무척 차거운 인간인 것을 지운도 짐작하고는 있었지만 ———

"선생님과 석란과의 결혼 문제 때문에 제가 굉장한 마음의 타격을 받은 것같이 생각하시는 건 선생님의 오산일 거예요. 제게는 연애 문제도 중요하지만 그것 때문에 자존심을 울리고 싶지는 않으니까요."

"잘 알았읍니다. 정주 씨의 그 총명한 생각을……"

지운은 정주를 바라보며 부드럽게 웃었다. 정주도 따라 웃으며,

"선생님, 저는 이렇게 생각해요."

"뭔데요?"

"결혼을 한다는 것은 반드시 연애의 승리를 의미하는 것은 아니라는 생각을……"

"아, 그건……"

지운도 그 말에는 동감이었다.

"결혼은 연애 과정에 있어서 좀 더 많은 차안스[47]의 축복을 받은 것뿐이니까요. 순수한 의미에 있어서의 연정

---

46) 수월하게 하는
47) Chance. 기회

(戀情)과는 구별을 해야만 될 거에요."

그것은 결코 패배자의 허세만은 아니었다. 정주는 진심으로 거기까지 생각하고 있는 것 같았다.

"동감입니다."

지운도 그것을 솔직하게 인정하였다.

그리고 채정주의 그 총명한 한 마디를 솔직하게 인정하지 않을 수 없는 비밀 하나를 지운은 마음속 한 구석에 갖고 있었기 때문이었다.

4

서울역까지 와서,

"어디 들어가서 식사를 하지요."

"선생님, 시장하세요?"

"아니요."

"저도 먹구 싶지 않아요. 좀 더 걸어요. 석란과 만나자는 약속만 없으시담……"

지운은 빙그레 웃었다.

"정말이에요, 선생님! 저는 조금만 냉정해지면 선생님이 다른 여성과 사랑을 속삭이는 광경, 참 이쁘게 볼 수가 있을 것만 같아요."

"맞았소. 맞았소!"

지운은 어린애를 달랠 때처럼 머리를 대폭적으로 끄덕거려 보았다. 괴로운 표정과 질투의 심정을 어디까지나 보이지 않으려는 정주의 노력이 지운에게 자꾸만 측은해졌다.

"결혼은 인생의 모험이지요."

남대문 쪽으로 걸어가면서 지운은 말했다.

"무슨 말씀인데요."

"좋은 결혼 생활이 오느냐, 나쁜 결혼 생활이 오느냐는 해 봐야만 안다는 말이예요."

"그렇지만……"

"원숭이가 호도를 까지요."

"원숭이가?……"

"생생한 것 같아서 까 보면 썩은 놈도 있고, 썩은 것 같애서 내버린 놈 속에 생생한 놈도 있지요. 원숭이의 호도 까기 ――― 그것이 인간의 결혼이지요."

지운이 말이 다소 허무한 것 같아서 정주는 힐끔 지운의 푸로필을 쳐다보면서,

"그럼 선생님도 그런 심정으로 석란과 결혼할 생각이세요?"

"나만이 아니겠지요. 다소의 차이는 있을는지 몰라도 그러한 모험심, 불안심은 누구나가 다 가지고 있을 테지요."

"어마나! 석란을 그처럼도 몰라보세요? 그만큼이나 교제를 해 보셨는데두……"

"알 것 같은 심정뿐이지, 끝까지 알았다고는 말할 수 없지요. 연애가 화장을 한 얼굴이라면 결혼은 본바탕의 얼굴이니까요. 화장이 벗겨지면 바탕이 나타날 수밖에 나의 존경하는 임 교수의 연애론에 의하면 그것은 연애의 미화작용(美化作用)을 말하는 것이랍니다. 없는 것도 있는 것처럼 모자라는 것도 자라는 것처럼…… 모두가 다 배우들모양[48] 분장을 하고 나서니까요."

"무서워요! 결혼이란……"

"그렇다고 결혼을 안할 수도 없으니까요. 비교적 알 수 있는 상대자를 골라 본다는 것뿐이지요."

"그래서 비교적 석란을 아셨군요."

그 말에는 일종의 비웃음이 내포되어 있었다. 정주의 눈에는 석란의 결혼생활이 아무리 생각해도 무사태평할 수가 없을 것 같았다.

지운도 역시 석란이가 풍기는 미화작용의 영향을 받았

---

48) 배우들처럼

기 때문인지 모른다.

"그러니까 결혼은 모험이라는 거지요."

남대문까지 둘이는 왔다.

"인제 그만 헤어져요."

정주가 걸음을 멈추었다.

"이대로요?"

지운도 섰다.

"할 이야긴 하셨죠? 저도 들을 이야긴 이제 다 들은 것 같으니까요."

"조금만 더 걸어요."

이번에는 지운의 편에서 먼저 걸음을 옮기며,

"이런 말 하지 않고, 그냥 헤어질 생각이었지만…… 내가 결혼을 한다면 실은 정주 씨와 할 생각으로……"

"에……?"

정주는 후다닥 놀라며 걸음을 멈추었다.

5

"선생님이 저와 결혼을……?"

정말로 뜻하지 않았던 지운의 말이었다.

"자아, 여기 들어가서 무얼 좀 합시다."

지운은 놀라는 정주를 데리고 한길 옆 조그만 그릴로 들어갔다. 정주가 좋아하는 치킨 요리를 주문하고 나서,

"다소 생각하는 바가 있어 나는 쭈욱 결혼하지 않을 셈으로 있었답니다."

담배를 붙여 물며 지운은 미소를 지었다.

"그래서 교제를 해 온 여성은 비교적 많았으나 결혼할 생각은 조금도 없었지요. 정주 씨나 석란 씨도 역시 마찬가지였답니다."

"결혼을 안하심 어떻게 하세요?"

"네, 그건 집에서도 늘 듣는 말이지요. 내 나이가 벌써 갓 설흔이고 보니, 늙으신 부모님은 며느리 얼굴을 보고 싶으셔서 야단이시고…… 나이 차도록 혼자 지난다는 건 여러 가지로 불편한 점도 많고 또 잘못하면 몸을 망칠 염려도 있고 해서 가정을 가져볼 생각이 요즈음에 와서는 없지도 않았답니다."

식사가 왔다.

"정주 씨가 좋아하는 치킨, 많이 들어요."

"선생님, 반주 한 잔 하셔야지."

"오늘은 그만 두겠읍니다."

둘이는 객적은[49] 식사를 억지로 취하면서,

"솔직이[50] 말해서 석란 씨는 석란 씨 대로 좋은 데가 있고 정주 씨는 또 정주 씨 대로 좋은 데가 있지요. 그러나 내가 정말로 결혼을 한다면 기질이나 취미 같은 것으로 보아서 정주 씨를 택해야만 했지요. 그러나 정주 씨나 내나가 다같이 다소 소극적이어서 생각하는 바를 솔직하게 표시하지를 못하고 그러는 동안에 석란 씨의 개방적인 애정의 세계로 끌리어 들어가서…… 정주 씨 내 말 알아 듣겠읍니까?"

"잘 알 것 같아요. 길이 행복하시길 바랍니다."

정주는 포오크를 살그머니 놓았다.

진심으로 지운을 사랑함으로써 이루어지는 석란의 결혼인지, 정주에게는 그 점이 의문이었다. 석란의 기질로 보아서 석란은 지금 자기에 대해서 무슨 욕심 같은 것을 부리고 있는 것만 같았다.

그러나 그런 종류의 말을 지운의 앞에서 할 자기의 입장이 아니기에 정주는 다만 지운의 행복을 바랐을 따름이다.

둘이는 말을 잃은 채 조용히 마주 앉아 있었다. 손을 대다가만 치킨 요리가 두 사람 앞에서 식을 대로 식고 있었다. 언제까지나 그러고 앉아 있을 수도 없는 일이어

---

49) 객쩍은
50) 솔직히

서 정주는 몸을 일으키며,

"선생님, 인제 일어서요."

지운도 따라 일어서서 레지로 걸어가 계산을 하려는데 재빨리 따라 오던 정주가 먼저 돈을 치르며,

"오늘만은 꼭 제가 내야겠어요. 여러 가지 의미에서……"

"…………"

대답을 못하고 멍하니 서 있는 지운의 팔 하나를 정주는 잡아끌며,

"어서 나가요."

둘이는 그릴을 나섰다.

해 저문 남대문통, 어지러운 가두 한가운데 둘이는 마주 서서,

"자아, 선생님, 악수!"

지운은 묵묵히 정주의 손을 잡았다.

"한 번 꼭 쥐어 보세요. 아프도록!"

정주의 부드러운 손을 지운은 꼭 쥐어 주었다.

"좀 더……"

"…………"

"인제 됐어요."

정주는 지운의 커다란 손아귀에서 자기 손을 뺐다.51)
주먹손모양 정주의 다섯 손가락이 한데 붙은 채 오무라져

있었다.

"자아, 인제 가세요."

지운의 몸을 두 손으로 돌이켜 세우며 정주는 지운의 등을 밀었다.

"선생님, 돌아보심 안돼요."

그리고 나서 정주는 도로 서울역 쪽으로 또박또박 걸어갔다. 한 번도 돌아보지 않고 정주는 곧장 청파동 자기집까지 걸어가는 데 성공하였다.

---

51) 뻗다

연애와 결혼⁵²⁾

1

끝끝내 뒤를 돌아보지 않은 채 인파 속으로 사라져간 정주를 생각하며 지운은 곧장 집으로 돌아왔다.

"너 저녁은?……"

"먹었읍니다."

세수를 하고 전등이 갓들어온 안방으로 들어가다가,

"아, 꽃을 사 오셨군요, 어머니."

대청 소탁자 위에 꽃 한 다발이 소담하게 꽂혀 있었다.

"글쎄 말이다. 너의 아버지가 오늘부터 바람을 피신단다. 이쁜 색시와 저녁 먹자는 약속도 하구, 그처럼 꽃다발을 한 아름 받아 오구…… 지금 막 기분이 좋으시단다."

52) 戀愛와 結婚

“오허, 허, 허…… 그래서 너의 어머니가 지금 막 바가지를 긁고 있는 참이다.”

반주 한 잔을 얼근히 마신 임 교수가 부인과 겸상해서 저녁을 먹으면서 유쾌히 웃고 있었다.

“아버지가 바람을 피신다구요?”

안방으로 들어가서 지운은 어머니 앞에 앉으며 영문을 모르고 웃었다.

“그러기에 말이다. 처음엔 시치미를 딱 떼구, 뭐 결혼 기념일을 위해서 사 갖고 왔다고 속여도 보더니만, 죄를 진 몸이라, 발이 저려서 종시 실토를 하셨단다. 호호호……”

부인은 정말 우스워 죽겠다는 듯이 숟가락을 놓고 손으로 입을 막았다.

“그래서 너의 어머니가 지금 웃음으로 얼버무려 버리긴 하지만도 속살로는 전전긍긍, 바람 앞의 촛불처럼 가슴이 훌레훌레……”

“아, 하하…… 참 어머니와 아버지는 언제나 재미있어요”

평화로운 가정을 가진 사람들의 행복을 지운은 새삼스레 부러워하는 것이었다.

“글쎄 너의 아버지가 M여대에 나가시면서부터 넥타이두 이것 저것 갈아매보구, 양복에 솔질도 손수 하시고…… 오, 호호……”

부인은 허리가 끊어질 지경이다.

"그렇지만 M여대에 나가시는 건 어머니가 앞장서서 권하지 않으셨어요? 어머니의 모교라구……"

"그렇지만 넥타이를 이것 저것 갈아 매시라군 그러지 않았다. 호호호……"

"거짓말!"

임 교수는 술잔을 탁자 소반에 놓으며,

"얘, 너 증인이 좀 돼 줘야겠다. 여자 학교는 남자 학교와 달라서 옷차림에 주의를 하지 않으면 장본인인 교수보다도 교수 부인이 흉잡힌다구, 그건 도대체 누구가 한 말인데?…… 한두 번 넥타이를 갈아 매 본 것두 애처가인 임학준 교수가 마누라의 흉을 보이지 않기 위한 지극한 정신적인 줄은 모르고……"

임 교수의 기분이 오늘은 정말 각별히 좋다. 무슨 별다른 깊은 의미가 있는 것은 아니지만 그것은 확실히 꽃다발의 탓인 것 같았다.

"그런데 어머니, 꽃다발은…… 어떻게 된 꽃다발입니까?"

"글쎄 말이다. 나는 영문도 모르지만, 학생 하나가 아버지에게 그처럼 친절하게 해드렸다지 않느냐? 차두 사 드리구, 또 내일 모레 저녁두 사드린다구 철석같은 약속을……"

"오허, 허, 허…… 철석같은……"

임 교수는 적지 않게 민망하다.

"어떤 학생인데요?"

"응, 이석란이래나 하는 학생인데…… 성격이 대……단
히 명랑하구……"

"아, 하, 하, 핫…… 석란을 만나셨군요, 아버지! 하하
핫……"

지운은 유쾌하게 웃었다.

"응?……"

2

임 교수는 어리벙벙한 얼굴로 아들을 바라보았다.

언제나 그러했지만 아들을 바라볼 적마다 임 교수는
자기의 재판(再版)을 눈앞에 보는 것 같아서 핏줄기의 다
사로움을 항상 느끼는 것이다. 사실 지운이가 안경만 썼
다면 얼굴의 분위기까지가 신통히도 아버지였다.

"아니 그 학생을 네가 아느냐?"

"잘 알아요."

"오오, 그래?"

그건 임 교수가 아니고 임 교수의 부인의 감탄사였다. 거기서 부인은 남편을 대신하여, 오늘 강좌 시간에 석란이라는 학생이 재치 있는 야유를 하더라는 말과 열두 개의 구두창으로 경의를 표하더라는 말 등등, 차 한 잔을 얻어먹고 꽃다발을 안기워53) 가지고 돌아온 이야기를 쭉 한 후에,

"그러니까 말하자면 그 학생이 오늘 상대로 한 것은 한 사람의 남성인 임학준 교수가 아니고, 호호호……"

부인은 또 우스워 죽을 지경이다.

"여보, 정신 좀 바싹 차리세요! 소설가 임지운의 아버지로서의 대우를 받았다는 말이예요. 그런 줄도 모르고 혼자만 좋아서…… 유치원 애들도 아닌데, 꽃다발을 안고 종로 네거리를 싱글싱글…… 참 사나이들은 주책도 없지. 오오, 호, 호……"

무슨 승리자처럼 부인은 통쾌한 것이다.

가만히 생각하면, 삼십 년 동안이나 자기 혼자에게만 바쳐온 남편의 애정이건만 그 남편이 다소의 호기심을 가지고 애숭이54) 같은 석란을 바라보았다기에 그처럼 통

---

53) 안겨
54) 애송이

쾌할 리는 만무할께 아니냐고는 생각하면서도 통쾌한 심정만은 숨길 수 없는 사실이었다.

"싱글벙글은 누가 그랬다는 말이요?"

사실 말이지, 다소 주책이 없었다고 마음으로는 적지 않게 찔리기는 했으나 표정만은 태연자약한 임학준 교수였다.

"아이구, 그만 두세요. 내가 당신의 마음속에 홀랑 들어갔다 나온 것보다 더 잘 알고 있답니다. 나이 오십이 아깝지, 뭐유? 공자님은 사십에 불혹(不惑)을 했다는데, 근엄한 철학자요 성실한 애처가이신 임학준 교수께서는 오십이 너머서도 싱글벙글……"

"어머니, 그건 모르시는 말씀이예요. 공자님 시대와는 시대가 다르답니다."

지운도 유쾌한 얼굴로 입을 열었다.

"옳지, 너도 사내라고 아버지 편을 드는구나! 시대가 다르다면 그래, 관 속에 들어가서도 여자만 보면 싱글벙글 하겠구나?……"

그 말에는 아버지와 아들도 그만,

"아, 하하핫……"

하고 웃어댔다. 그러나 일견 그 호탕하고도 유쾌한 웃음 소리에는 어딘가 아버지와 아들사이에 일맥상통하는 하모니가 취해지고 있는 것 같았다.

그것은 확실히 무슨 비밀의 속삭임 같았다. 아무리 이해성 있는 어머니나 아내에게도 알리고 싶지 않은 남성만의 비밀인 것 같았다.

이리하여 우리가 존경하여 마지않는 근엄한 철학자 임학준 교수도 결국은 자기가 남성이라는 부류에 속하고 있다는 엄격한 사실을 새삼스럽게 인식함으로써 사십에 불혹했다는 공자에게 일종의 철학적인 항의를 하고 있는지도 모른다.

"웃기만 하면 젤인가? 대답도 없이……"

복순이를 불러 저녁상을 치우면서 부인도 재미있다는 듯이 말했다. 그러나 아버지도 아들도 거기 대한 답변은 끝끝내 하지 않았다.

"다음부터는 내 대신 당신이 나가서 연애 강의를 하구려."

"하래믄55) 누가 못할 것 같아요? 여자의 애정심리는 내가 한 걸음 앞설 거야요."

"허어?……"

"허어는 또 무슨 허어예요? 그 석란이라는 학생만 해

---

55) 하라면

도……"

부인은 아들을 힐끔 쳐다보았다.

3

"그래 그 석란이라는 학생이 뭐 어쨌다는 말이요?"

임 교수는 담배 한 꼬치를 피어 물며 석란의 행동을 해석하는 데 있어서 아내의 설명을 은근히 구했다.

"어쨌긴 뭐가 어째요, 당신도 무던하나 주책도 없지 그 꽃다발이 누구에게 가는 꽃다발인 줄도 모르고 연애 강의는 또 무슨 연애 강의예요?"

"허어, 이러단 내가 당신에게 강의를 들어야 겠구려."

"들을 건 들으셔야지 별 수 있어요? 여자들의 심정이 어떻게 돌아가는지도 모르고 참…… 알고 보면 그건 지운에게 보내 온 꽃다발이랍니다요."

"그래?……"

임 교수는 덤덤히 아들을 바라보았다.

"아이구, 너의 아버지는 정말 벽창호시다!"

부인은 또 깔깔대며 웃었다.

"어머니도 참……"

지운은 다소 민망스러워졌다.

"지운의 방에 그라디어러스가 늘상 꽂혀 있는 걸 못 보셨어요?"

"그런데?……"

"아이머니! 그래도 모르시고 그런데만 찾으셔!"

임 교수는 무엇에 홀린 사람모양 어리벙벙해졌다.

"네가 그라디어러스를 좋아하는 줄 알고 늘상 사보낸 건 분명 그 학생이었지?"

아들을 바라보며 부인은 웃으면서 물었다. 지운은 빙글빙글 웃기만 했다.

"너 똑똑히 말해야 한다. 그래야만 이기회에 아버지 교육을 좀 시켜드리는 거야."

"어머니도 참……"

지운은 그저 빙글빙글이다.

"침묵은 승낙의 표시라고, 그만하면 인제 당신도 아셨지요?"

"그래, 어서 강의를 계속하시구려."

임 교수도 사뭇 유쾌한 표정이다.

"아까 지운의 방에서 화병을 꺼내다 보니, 시들어 빠진 그라디어러스가 꽂혀 있던 것 보셨지요?"

"그래서?"

"저번 사 보낸 꽃이 이젠 시들을 무렵인데 어쩌다가 지운을 못 만나고 있던 참에 당신이 걸려들었다는 말이예요."

"허어!"

"너 언제 그 학생과 만났었니?"

"이삼 일 전입니다."

"그러면 그렇지!"

부인은 좀 보라는 듯이 표정을 크게 쓰며,

"결국 당신은 메센저보이 놀음밖에 못한 거야요. 아시겠어요?"

"음—"

어이도 없고 민망도 해서, 그러나 임 교수의 신음 소리는 지극히 명랑하다.

"그라디어러스만 사 보내기가 뭣해서 국화랑 코스모스랑은 말하자면 덤으로 섞었을 거예요."

"하하…… 어머니도……"

"그래 내 말이 안 맞았다는 말이냐?"

그러나 지운은 그저 웃고만 있었다.

"그럼 그 학생의 모든 행동이 단지 나를 메센저로 사용할 목적으로……?"

나이찬 아들 앞에서 적지 않게 민망스럽기는 했으나

임 교수는 또 임 교수대로 다소의 적막감을 가슴에 느끼며 물었다.

"아버지 그렇지는 않았을 겁니다. 그건 어머니가 지나치게 해석을 하시니까 그렇게 들리시겠지만요. 원체 개방적인 명랑한 성격이구…… 또 저를 통해서 아버지를 진심으로 존경하고 있답니다. 모르긴 하지만 아마 그러한 친밀감과 호의로써 아버지를 대했을 것입니다."

"음, 지금 네 말을 듣고 보니, 그 학생은 내게 대해서 확실히 친절했었다."

그러나 임 교수는 결국에 있어서 쓸쓸했다. 국화나 코스모스가 그라디어러스의 덤인 것처럼 자기는 이제 인생의 한낱 덤인 셈밖에 못 된다는 것이다.

"그렇지 않아도 석란의 문제에 대해서 금명간 아버지나 어머니의 의향을 들어볼 셈으로 있었지요. 언제까지나 독신으로 지낼 수도 없고 해서……"

그 말에 어머니는 튀어날 것처럼 기뻐하며 바싹 아들의 옆으로 다가앉았다.

"오오, 그래? 그래서?……"

4

지운의 결혼 문제는 임 교수 내외에 있어서 오랜 시일에 걸친 중대 관심사였다. 지운이야말로 삼대독자로서 임씨 가문을 계승할 유일한 혈통이었기 때문에 스무 살 고개를 너머서기가 바쁘게 지운에게는 여기저기서 결혼 문제가 빗발처럼 쏟아져 왔다. 그러나 지운은 지운대로 결혼을 강경히 거부해 왔다. 어떻게 되면 자기는 영영 결혼을 하게 되지 않을지도 모른다고 했다.

　"임씨의 대가 끊어져도 너는 좋다는 말이냐?"

　임 교수는 참다못하여 언성까지 높여도 보았다. 그래도 지운은 결혼할 생각은 통 없다고 했다. 그 이유를 캐물어도 청년 임지운은 아무런 대답도 없이 멍하니 하늘만 쳐다보곤 하였다. 어떤 때는 글썽글썽 눈물을 먹음기도[56] 했다. 어머니가 수상해서 지운의 방으로 들어가 조용히 이유를 물을라치면,

　"어머니, 아무런 이유도 없어요. 설사 어머니가 아신대도 어쩔 수 없는 일이니까, 가만히 내버려 두시면 돼요."

　그 한 마디뿐 지운은 그 이상 더 말하기를 즐겨하지 않았다. 마음씨가 곱고 내약하지만 한 번 불이 붙으면 좀처럼 꺼질 줄을 모르는 정열의 불꽃은 확실히 어머니의

---

56) 머금기도

핏줄기에서 왔다. 그것이 오늘의 지운으로 하여금 소설가로 만든 유일한 요소인지 모른다.

그 반면에 아버지가 지닌 성실과 고집불통의 일면도 또한 지운은 갖고 있었다. 그러나 그것은 대부분이 후천적인 교양에서 온 것이고 지운의 본질은 어디까지나 어머니의 핏줄에 있는 것 같았다.

어린 시절부터 지운은 고독한 소년이었다. 나이 자라 중학교, 대학에 들어가서도 지운은 친구를 그리 사귀지 않았다. 고독해지면 혼자서 거리를 하루 종일 방황했고 물과 숲을 찾아 들로 산으로 싸돌아다녔다.

그러다가도 기분이 내키지 않으면 보름이고 한 달이고 어두컴컴한 글방에 들어 배겨서 시집이나 소설책을 끼고 춘삼월 긴긴 해를 딩굴면서[57] 지냈다.

처음에는 임 교수 부부도 아들의 그러한 불규칙한 생활을 탓도 해보고 나무래도 보았으나 결국은 그대로 방임해 두는 수밖에 별도리가 없었다.

대학을 나오는 해로 어떤 중학교 교원으로 이태 남짓이 근무하다가 그 추잡한 사회생활에 도저히 견뎌 배기지 못하고 교장을 상대로 석 달 동안을 격렬히 싸우다가 종

---

57) 뒹굴면서

시 똥이 무서워서 비끼는 줄 아느냐는 한 마디를 최후로 남겨놓고 학교를 나왔다. 그리고는 집에 들어배겨서 부지런히 글만 썼다.

그러던 것이 임 교수 부부가 아들의 결혼을 거의 단념하다시피하고 있는 오늘에 와서 지운 자신의 입으로부터 결혼 문제를 끄집어냈다는 것은 적어도 이 가정에 있어서는 하나의 커다란 경사인 동시에 놀람이 아닐 수 없었다.

그래서 지금 부인은 아들의 옆으로 다가앉아서 반색을 하며 조급히 물어봤다.

"그래 그 석란이라는 그 학생이 네 마음에 든다는 말이냐?"

"마음에 든다기보다도…… 그만한 사람두 쉽지 않을 것 같아서요. 또 오랫동안 부모님의 말씀을 거역해 온 것도 죄송한 일이구……"

"무얼 그런 걸 다…… 그래 그이가 어떤 학생이냐?"

5

"깊은 사정은 저도 잘 모르지만요."

지운은 거기서 이 석란에 대한 자기의 지식을 간단히 이야기 하였다. M여대 정치외교과 졸업반, 나이는 스물 셋, 의욕이 다소 많고 적극적이나 쾌활하고 명랑한 성품, 가끔가다 익살도 잘 부리지만 뿌리 깊은 악의 같은 것은 없어 보이고 지식이나 교양의 깊이는 없으되 현대적인 센스 같은 것은 웬만큼 갖추고 있는, 소위 대표적인 명동형(明洞型)이라고 지운은 말했다.

"명동형이라면 일종의 불량형이 아니냐?"

"어머니, 그렇지만은 않습니다. 얼핏 보면 그렇게도 생각되지만요. 그러나 그건 오늘날, 도회지에서 자란 젊은 세대의 대부분이 무슨 조건처럼 갖추고 있는 일종의 명랑성일 따름이니까요."

"그럴까?"

그것은 임 교수였다. 임 교수 역시 부인과 비슷한 의견을 갖고 있는 것이다.

더구나 오늘 임 교수는 이석란이라는 학생의 행동을 이모저모로 보아왔다.

그것이 단지 일종의 명랑성뿐이었을까?

"사상적으로나 경제적으로 오늘날처럼 심각한 시대가 없을 텐데 아무리 젊은 세대라고는 해도 그리 쉽사리들 명랑해질 수가 있을가?"

"그렇다고 해서 아버지처럼……"

지운은 싱긋이 웃으며,

"심각하게만 생각해도 별 수 없는 일이니까 모두들 웃고 사는 것이겠지요."

"그것은 안될 말."

"그것은 일종의 비겁한 현실 도피니까—"

"비겁해도 하는 수 없다는 거지요. 그러나 그들은 결코 비겁하다는 말은 쓰지 않고 현명하다는 말을 사용한답니다."

"음—"

임 교수는 신음을 하며,

"비겁이 현명해질 수 있는 시대가 왔다는 말이겠다!"

임 교수의 생각으로서는 도저히 타협할 수 없는 아니 타협해서는 아니 되는 그들의 생활 철학이었다.

"그러니까 아버지도, 생명을 건드리는 진검승부의 연애로만 강의하시다가는 학생들에게 웃기워요."

"응, 석란이가 웃었다!"

"하하하……"

"그렇지만 그러한 석란을 퇴장시켜 달라고 말한 학생이 한두 사람 있었다는 건 역시 내 강의의 진실성을 말하는 증거일 거다."

그러면서 임 교수는 안경을 쓴 차거운 얼굴과 후딱 눈물을 거둡던 자주 치마 학생의 얼굴을 생각했다.

"어쨌든 지운이만 좋다면 그만이지, 뭘 그러슈?"

부인은 어서어서 손주가 보고 싶다.

"그거야 물론 그렇지만 말이요 명랑성도 지나치면 일종의 불량성을 의미하게 되는 것이니까—"

오늘 임 교수가 이석란을 면접하여, 부인의 말대로 주책없는 생각을 다소간이라도 가져보게 된 것도 지금 와서 가만히 생각해 보면 석란이가 지닌 그 명랑성에 있는 것이 아니고 무엇인가 꼭 집어 말할 수 없는 일종의 불량성 때문이 아니었던가 했다.

그 불량성이 자기를 유혹했었고 그 불량성을 임 교수는 마음 한 구석으로 허용을 했었다. 그리고 그러한 석란이가 실로 뜻밖에도 며느리가 되려는 것이다. 삼대독자가 결혼을 하겠다는 것은 경사스러운 일이기는 하였으나 다소의 불쾌감을 임 교수는 면치 못했다.

"그래 너로서는 결정적인 생각이냐?"

"아버지나 어머니가 좋다고만 하신다면……"

"음——"

임 교수는 입맛을 다셨다.

6

"너만 좋으면 집에서야 대찬성이지 뭐냐? 십 년래의 경산데…… 그래 뉘 집 자손이냐?"

부인은 덮어놓고 찬성이다.

"아버지 되시는 분은 육·이오 때 돌아가시고 중앙청 무슨 국장을 지냈다구요. 딸 하난데 어머니는 지금 명동에서 요리점을 경영한답니다."

"요리점?……"

그 말에는 부인도 적지 않게 얼굴빛을 잃었다.

"아니, 요리점이라니, 술 파는 집 말이냐?"

"그렇지요. 결국 술도 팔지요. '식도락(食道樂)'이라는, 일본 요리를 전문으로 하는 아담한 집이 있읍니다."

"…………?"

"…………?"

부인은 입을 딱 벌리고 남편을 쳐다보았고 임 교수는 입을 꽉 다물고 마누라를 바라보았다. 지운은 빙그레 웃

으며,

"어머니, 왜 그러세요? 요리집 자녀들은 시집 장가 못 가겠군요. 하하하……"

소리를 내어 이번에는 웃었다.

임 교수는 입맛을 다셨고,

"그래도 너……"

부인은 대꾸를 잃었다.

"소위 명동형으로서는 아주 순종(純種)이지만, 어머니 괜찮아요. 저희들은 이제 어머니와 아버지를 본받아서 행복한 가정생활을 하겠읍니다."

"하기야 사람만 똑똑하면 되지만……"

그 말에 임 교수는,

"똑똑은 합니다만……"

"그랬으면 되지, 뭘 그러슈?"

그러나 임 교수는 석란이가 지니고 있는 그 무슨 요염에 가까운 분위기 같은 것이 끝끝내 마음에 걸렸다. 임 교수가 다소의 호감과 매력을 느꼈던 그 분위기가 건실한 가정의 며느리로서의 조건을 자꾸만 건드리는 것이다.

"만일 이 결혼에 대하여 집안에서 반대를 한다면…… 이건 물론 가상적인 말이지만…… 너로서는 어떻걸 셈인고?"

지운은 얼마간 생각을 하고 나서,

"그러시다면 저도 달리 한 번 생각해 보겠읍니다. 제 아내가 될 사람인 동시에 부모님의 며느리도 될 사람이래야 할 테니까요."

그 말에 임 교수는 머리를 저윽기[58] 기우리며,

"좋은 말이다. 그러나 연애결혼일 텐데……"

"아, 연애결혼……"

그러다가 지운은 미소 띤 얼굴로,

"제가 보기에는, 오늘날 이 환경에서는 순수한 의미에서 연애결혼이라고 볼 만한 결혼이 있을 것 같지가 않습니다. 아마 일종의 교제 결혼이 되겠지요."

"그럴까?……"

아들의 심정을 임 교수는 다소 이해하기가 어려웠다.

"교제를 해 보는 동안에 다소 이성으로서는 매력도 느껴보고 또 그러는 동안에 서로의 장점과 결점도 발견하고 요즈음 젊은 사람들은 모두가 다 현명해서 제 주제에 넘는 엉뚱한 생각들을 잘못하니까 그저 그만하면 된다는, 일종의 현명한 계산 밑에서 성립되는 결혼이 많겠지요."

듣고 보니, 확실히 일리 있는 말이었다.

---

58) 저으기

"그러니까, 뭐 잘난 듯이 저희들은 연애결혼을 했다고 떠들어대는 친구들의 이야기를 들어 보면, 그것은 동물이면 누구나가 다 가질 수 있는 다소의 이성적인 토대로 한 일종의 사찰 결혼(查察結婚)이지요. 옛날에는 그 사찰 과정을 부모에게 맡겨 두었던 것을 요즈음에는 당자들이 한다는 것뿐이예요. 그러니까 제가 생각하고 있는 연애, 또는 연애결혼과는 다소 그 관념에 있어서 거리가 있지요."

"음—"

임 교수는 자기와 일맥상통하는 연애관을 지니고 있는 아들을 적지 않게 탐탁한 눈으로 한 번 더 바라보았다.

7

"그래서 아까도 말씀 드렸읍니다만, 제 생각에 혹시 무슨 착오 같은 것이 있다면 아버지의 말씀대로 달리 한 번 생각해 보아도 무방하답니다."

"음, 좋은 생각이야! 역시 지운은 내 아들이다."

임 교수에게는 아들의 태도가 지극히 좋았다. 역시 이 아들은 생각하는 아들이라고 믿었다. 생각한다는 것은 곧 철학하는 것을 의미하기 때문이다.

오늘날, 그 얼마나 수많은 젊은이들이 철학을 상실한 채 거리를 방황하는가를 생각할 때, 임 교수는 아들의 존재가 주옥처럼 보배로웠다.

"내가 구태어 반대하는 건 아니구, 네가 좋으면 결국 해야만 하는데…… 그러니까 네 말을 빌어 말하면, 이 결혼도 일종의 사찰 결혼이라는 말이지?"

임 교수는 부드럽게 웃었다.

"네, 결국은…… 참된 연애라면 계산을 초월해야만 할 텐데, 요즈음 사람들은 하나같이 총명해서 연애도 하나의 비즈니스(事務[사무])로 취급되기가 쉬워요. 사무에는 주판이 필요하니까 자꾸만 이리 재구 저리 재구 하는 거지요. 앞뒤를 잰다는 건 벌써 순수한 의미에서 연애는 아니니까요."

"음, 좋아!"

"연애란 인생에 있을 수 있는 일이기는 하지만 연애가 꼭 있어야만 한다는 법은 없으니까요. 연애 없는 결혼을 우리 조상은 수천 년 해왔어도 모두 다 아들 딸 낳고 잘 살아 왔지요. 그리고 그 결과는 연애결혼의 폐단보다 훨씬 더 좋은 성적을 나타냈다고 저는 보아요."

"옳지, 옳지!"

"해방 이후 자유사상이 갑자기 늘어가면서부터 연애도 자유가 됐지만요. 그렇다고 해서 요즈음 젊은이들처럼 연애를 안하는 사람을 무슨 인생의 낙오자같이 보는 것은 확실히 경박한 아메리카니즘의 폐단이지요."

"맞은 말이다. 연애란 할래서 되는 것이 아니니까ㅡ"

"그렇지요. 기회가 없는 학생들은 연애의 경험이 없이 청춘기를 넘겨 보내는 일이 허다하답니다. 더구나 연애를 성실하게 생각하는 학생에게는 더욱 그런 기회가 적지요."

"그런 의미에서 연애는 청춘의 심볼이기는 하지만 청춘의 조건은 아니니까ㅡ"

"동감입니다. 아버지. 인생을 두고 연애를 수없이 해치운 스탕달 같은 인간을 생각하면 구역질이 나서 견딜 수가 없어요. 인간의 걸레 쪼각같이만 생각키워요."

"허허, 허⋯⋯"

임 교수는 유쾌하다.

"아이구, 이젠 그만들 뒤라. 너희 부자는 마주 않기만 하면 인생이니, 진리니, 철학이니, 문학이니⋯⋯"

부인은 어서어서 결혼 문제의 끝마무리가 보고 싶어서,

"결혼식은 더 춥기 전에 빨랑빨랑 해치워야지. 저편 의향은 어떤지? ⋯⋯"

"그 점에 있어서는 저편에서도 찬성일 거예요. 자기 어머니 말이, 어서어서 고삐를 매둬야지 놔 기른 말 같아서 안심이 안된다구요."

"호호호호홋…… 상당한 말괄량인59) 모양이로구나."

부인은 그저 기쁘기만 하다.

"그래서 저는 이렇게도 생각해 봤지요. 아버지와 어머니의 결혼 삼십 주년 기념일에 식을 거행 했으면 하고요. 그래서 저희들도 아버지와 어머니를 본따서 행복한 가정을 이루어 볼 생각으로요."

"그것도 무방하지."

그것은 임 교수였다.

"날짜가 다소 급박하지만 그래 보지."

부인도 찬성이다.

"내일 모레 저녁 석란이가 아버지를 모시겠다고 했다니까, 그때 어머니두 같이 가서 어쨌던 선을 한 번 보셔야지요."

"음, 마침 잘됐어."

임 교수는 마침내 아들의 결혼을 승낙하였다.

그러나 임 교수의 마음은 부인의 그것처럼 전적으로

---

59) 말괄량이인

유쾌하지는 못했다.

삼대독자인 지운의 결혼을 축복하려는 마음 한 구석에 조그만 공허가 다시금 자리를 잡기 시작하였다.

"인생의 덤!"

국화랑 코스모스랑은 결국에 있어서 그라디어러스의 덤이었다.

연모의 서[60]

1

　자기 방으로 돌아 온 지운은 어쩐지 심신이 다같이 피곤해서 원고 쓰기를 단념하고 자리옷으로 갈아입고 말았다. 그리고는 책상 앞에 자리를 깔고 번뜻 누워서 담배 한 꼬치를 붙여 물고 멍하니 천정을 쳐다보았다.

　"개인의 의욕으로서는 어쩔 수 없는 운명!"

　천정을 바라보며 지운은 인간의 운명을 생각하고 있다.

　"민족적인 운명, 국가적인 운명, 사회적은 운명 지역적인 운명, 기타 모든 우연성에 입각한 차안스의 운명이 겹겹이 씌운 여러 가지 운명의 담벼락을 누구가 잘 개척하여 나갈 것인가?……"

---

60) 戀慕의 書

지운은 석란을 생각했다.

"임지운이라는 사나이는 결국에 있어서 이석란이라는 여자와 결혼할 운명 앞에 놓여 있었던 것이다."

그것을 모르고 소년 시절로부터 임지운은 자기의 배우자가 될 사람을 여러 가지로 상상 하면서 영혼의 방황을 계속해 왔었다. 전지전능의 신이 만일 높은 데서 인간의 자태를 내려다본다면 그 얼마나 보람 있는 의욕이며 어리석은 행동임을 깨달을 것인가!

"운명을 사랑하자! 그리하여 석란을 열심히 사랑하자!"

그 어떤 종교적인 엄숙한 심정 앞에 지운은 가만히 눈을 감았다.

지운은 한 사람의 아내로서 석란을 성실하게 사랑할 수가 있을 것 같았다.

장점을 길러주고 단점을 바로 잡아 아버지가 어머니를 사랑하듯이 자기도 그렇게 함으로써 행복한 부부 생활에서 오는 평화로운 가정을 이룩하는데 자신이 있었다.

석란의 기질이 지나치게 명랑하고 다소 화려한 것을 아버지는 탓하는 것 같았으나 철학자가 아닌 한 사람의 예술가의 입장에서 볼 때, 그것은 도리어 작가 생활에 있어서 기분전환을 꾀하는 하나의 정신적인 양식이 될 수도 있는 것이다.

"석란은 마침내 내 아내가 되는 것이다!"

그러나 거기서 느끼는 즐거움보다도 먼저,

"나는 마침내 석란의 남편이 되는 것이다!"

이 한 마디에서 오는 엄숙성이 좀 더 깊이 지운을 쳤다.

그순간 지운은 벌떡, 자리에서 일어나자 이층으로 된 유리 책장 앞으로 걸어갔다.

책장 맨 밑으로 조그만 설합61)이 셋 달려 있었다. 그 셋 중 맨 오른편 하나에는 굳게 쇠가 잠겨져 있었다. 지운은 양복 주머니에서 열쇠고리를 꺼내 들고 잠겨진 설합을 열었다.

깨끗이 거두어진 설합 속에 다른 것은 아무것도 없고 가장자리에 하얀 레이스를 두른 하늘빛 손수건에 싼 조그만 무슨 봉투 같은 것이 하나 놓여 있었다.

지운은 그것을 꺼내 들고 책장 머리로 돌아와 앉아서 파란 갓을 쓴 스텐드에 불을 켰다.

지운은 하늘빛 손수건을 풀었다. 꽃봉투 하나가 손수건에 싸이어 있었다.

코스모스가 그려진 빛깔의 꽃봉투였다. 봉투에는 앞이나 뒤가 다같이 주소 성명은 씌어 있지 않았다. 다만 봉함

---

61) 서랍

을 한 뒷등에 붓으로 '誠[성]'이라는 글자 하나가 조그맣게 씌어져 있었다.

지운은 봉투에서 편지를 끄집어냈다. 편지는 단 한 장이었다. 그것은 두꺼운 장지를 적당한 넓이와 길이에 잘라낸 것으로서 손수 만든 종이었다.

개름하니 착착 접은 그 장지 속에서 마를 대로 말라빠진 은행잎 하나가 바스락하고 책상 위에 떨어져 내렸다. 장지에는 다른 아무런 글자도 적혀 있지 않았다. 다만 그 새하얀 한지 한 복판에,

……愛人[애인]……──이라는 두 글자가 붓으로 씌어져 있을 뿐이었다.

2

'愛人[애인]'이라는 두 글자는 각각 한 치 사방 쯤 되는 넓이에다 적당한 간격을 두고 먹을 발라 모필로 쓴 글자였다.

글씨는 어려서 여물지는 못했으나 그 늠름한 필체와 간격이 째인 자체(字體)는 어딘가 예술적인 향기가 그윽히 흐르고 있었다. 글자만 좀 더 크다면 새하얀 바탕에다

이 두 글자를 떼어서 액자(額子)로 걸어도 제법 어울릴 그러한 글씨였다.

은행잎이나 꽃봉투로 본다면 요즈음 흔히 보는 소녀 화보의 주인공 같기도 하지만 그 봉투의 알맹이가 한 시대 전의 것인 장지에다 모필이라는 사실은 또한 그와는 정반대의 인상을 주고 있었다.

지운은 오랫동안 말라빠진 은행잎과 함께 '愛人[애인]' 이라는 두 글자를 하염없이 들여다보고 있다가 이윽고 손을 뻗쳐 창문을 열었다.

창밖은 달빛이 교교하다. 차거운 가을 달이었다. 있는 듯 없는 듯도한 밤바람 한 오락을 볼에 느끼며 지운은 심호흡을 한 차례 했다. 청랭한 공기가 폐부 깊이 침투해 들어가는 것이 지운에게는 상쾌했다.

지운은 라이터를 찾았다. 그러나 라이터는 양복주머니 속에 그대로 들어 있는 사실을 깨닫고 지운은 성냥갑을 더듬어 잡으며 한 손으로는 꽃봉투를 집어 들었다.

"님이여, 고요히 가시요!"

꽃봉투를 물끄러미 들여다보며 지운은 중얼거렸다. 그는 지금 십 년 동안에 걸친 연모(戀慕)의 정을 깨끗이 불살라 버리려는 것이다.

"사랑한다는 것이 즐거움이라면 너무도 괴로운 즐거움

이었소.”

　지운은 성냥불을 켰다.

　펄럭펄럭…… 있는 듯 없는 듯, 지운의 불을 스치던 밤바람이 성냥불을 이리 저리로 희롱했다.

　“사랑한다는 것이 괴로움이라면 그것은 또한 너무도 즐거운 괴로움이었소.”

　봉투가 타기 시작했다. 절반도 못 탔는데 성냥불이 획 꺼졌다. 지운은 또한 꼬치를 켜대며,

　“밤바람은 무심히도 이 불을 끄려지만……”

　“누구를 위한 이 부질없는 바람의 희롱이뇨?”

　“바람아 그대 뜻이 있거든……”

　“이 불을 끄려고 들지만 말고 십 년 묵은 꽃봉투의 그윽한 향연(香煙)이나마…… 님에게 전해다오!”

　그러나 봉투는 두꺼워서 생각처럼 그리 쉬이 타주지는 않았다. 연기는 방안에 자욱하고 지운은 한두 번 기침을 했다.

　불이 또 꺼졌다. 밤바람은 무슨 의욕을 가진 생명체인 양 성냥불을 기어코 끄려는 것인가? 그러나 지운은 또 지운대로 성냥불을 켜 댔다. 기어코 켜대야만 지운은 했다.

　유리 재털이62) 위에서 꽃봉투는 또 펄펄 타기 시작하였다. 그 빨갛게 타오르는 조그만 불꽃 속에서 신기루처럼

떠오른 귀여운 얼굴 하나가 조용히 웃고 있었다.

그것은 소녀의 얼굴이었다. 흰 줄이 두 개 테두리를 두른 해군복·깃이 달린 교복을 그 소녀는 입고 있었다. 양쪽으로 땋아 느린 짤막한 머리털이 깃 위에 달락 말락 느려져 있었다.

불꽃 속에 나타난 소녀의 모습을 물끄러미 들여다보며 연(戀) 십 년, 실로 인간 임지운의 청춘을 서글픈 색체로 수놓고 지나간 사랑의 역사를 지운은 더듬어 본다.

3

그것은 실로 기라(綺羅)와 같이 아름답고도 한편 그지 없이 서글픈 사랑의 기록이었다.

서로 서로가 다 어디서 사는 누구인지도 모르면서 그해 봄철부터 싹터 오던 둘이의 사모의 정은 나날이 자라가고 있었다. 그것은 일제 말기, 소년 임지운이가 청년기에 한 쪽 발을 들여 놓은 一九四五[일구사오]년 봄철의 일이었다.

---

62) 재떨이

그때, 지운은 시내 모 중학교 졸업반이었다.

태평양 전쟁의 말기인지라, 학교에서는 매일처럼 근로 봉사를 간다, 신궁 창배를 한다, 군사 훈련을 한다, 하면서 학업은 젖혀 놓고 시국의 요청이랍시고 경중경중 뛰어만 다녔다. 더구나 B二十九[이십구]가 서울 상공을 날고 있을 무렵이라서 방첩 주간 방공 훈련 등, 학생들은 글자 그대로 눈 코 뜰 사이도 없이 이리 저리로 동원만 되고 있었다.

시국의 요청이라는 학생 동원이 지운에게는 제일로 싫었다. 그래서 그는 일요일만 되면 한 주일 동안의 피로와 불쾌의 정을 깨끗이 씻어 버리는 의미에서 자연을 찾아 들로 산으로 싸돌아다녔다.

지운의 손에는 항상 시집이나 소설책이 쥐어져 있었다. 들에 누워서 푸른 하늘을 쳐다보면서 시 한 구, 소설 한 장을 읽는 맛이란 실로 이 어수선한 판국에 있어서는 지상의 천국을 의미하였다.

그러는 동안에 지운의 발길은 어느덧 창경원 신록을 자주 찾게 되었다. 그렇지 않아도 남달리 동물을 좋아하는 지운으로서는 원숭이의 우리 앞에서 어린애들처럼 해를 지우는 수가 일수 많았다. 동물원과 식물원을 비롯한 유원지나 춘당지(春塘池) 연못가는 고독한 소년 임지운에

게 있어서는 고요하고도 아늑한 심신의 안식처가 되고
있었다.

그렇다. 서로 서로가 어디서 사는 누구인지도 모르는
그 귀여운 소녀와 지운 사이에 움트기 시작한 연모의 정
이 나날이 자라가고 있는 것은 바로 그러한 무렵의 일이
었다.

처음에는 식물원 유리집 안에서 그 소녀를 지운은 만났
다. 그 다음에는 비스켓이나 군밤을 코끝으로 말아먹는
코끼리 우리 안에서 소녀를 만났다. 그리고는 유원지 그
네 옆에서, 혹은 명정전(明政殿) 뒷뜰 돌탑 앞에서 두 소년
소녀는 아무런 기약도 없이 만났다가는 헤어지곤 하였다.
그러다가 두 소년 소녀가 마지막으로 다리쉬임을 하는
것은 금잉어가 늠실거리는 춘당지 연못가였다.

그것은 명정전에서 벚나무가 주렁주렁 서 있는 완만한
비탈길이 끝나는 연못가 초입이었다. 그 초입에 벚나무
한 그루를 등진 벤치 하나가 있었다.

그 벤치에 소녀는 홀로 앉아서 금잉어를 들여다보는
것이었다.

그 벤치에서 조금 꾸부러져 들어간 연못가 사이로 건너
맞은편 숲 사이에 사람이 하나 들어앉을 만한 틈이 하나
있었다. 바로 그 바위 틈 사이에 소년 임지운은 시집이나

소설책을 들고 앉아 있는 것이다.

지운은 검은 교복을 입고 있었고 소녀는 흰 줄이 두 개 가장자리를 두른 커다란 해군복 깃이 달린 곤색 여학생복을 입고 있었다. 짤막하니 자른 머리를 양쪽으로 땋아 느린 그 소녀의 나이가 기껏 보아서 열일여덟 안팎이었다.

4

매 일요일마다 사오 간 길이의 간격을 두고 두 소년 소녀는 마주 앉는 것을 무슨 일과처럼 하는 그 시각이 대개는 다 열두 시 전후로 되어 있었다.

그러다가 정오의 사이렌이 아앙하고 불면 소녀는 그것이 무슨 신호나 되는 것처럼 벤치에서 살며시 일어나 창경원 정문을 향하여 걸어나가곤 하였다.

소녀가 창경원에 나타나는 것은 언제든지 꼭 일요일이었고 언제든지 꼭 열두 시 전이었다. 벌써 월여에 걸친 경험으로 보아서 소년 지운도 일요일만 되면 만사를 젖혀놓고 무슨 철석같은 약속이나 한 사람처럼 그 시간에 꼭꼭 대어 갔다. 소녀가 먼저 와 있는 때도 있고 지운이

편에서 먼저 가는 적도 있었다. 그러나 어느 편에서나 단 한 번도 그러한 일과를 게을리 한 적은 없었다.

이리하여 두 소녀와 소년은 벌써 여러 번째 같은 시각 같은 장소에서 서로의 얼굴을 대하건만 여태껏 단 한 마디의 말조차 바꾸지를 못한 채 헤어지곤, 헤어지곤 하였다.

그러나 소년 임지운은 무한히 행복하였다. 한 시간 내지 삼십 분 동안에 걸친 그 행복을 지운 소년은 자기의 일생과 바꾸드라도[63] 아깝지 않으리라고 생각하였다.

소녀는 항상 파란 손수건에 무슨 약병 같은 것을 싸 갖고 있었다. 얼굴 모습이 갸름하고 알린알린 들여다보일 것 같은 맑고 흰 살결을 소녀는 갖고 있었다. 까만 살눈썹이 그린 것처럼 길고 두 눈동자가 언제든지 꿈꾸는 사람 모양 젖어 있었다. 약간 창백해 보이는 얼굴빛이 무슨 신병을 갖고 있는 것 같은 느낌을 주고 있었다. 이것이 맨 처음, 다양한 식물원 유리집 속에서 지운 소년이 거스름 없이 받은 인상이었다.

춘당지 못가에도 벚나무는 주룽주룽 서 있었다. 그 벚나무 사이를 누비듯이 전나무, 소나무, 잣나무, 이깔나무,

---

63) 바꾸더라도

단풍나무들이 조그만 바위 무더기와 함께 풍치 있게 널려져 있었다.

소녀가 앉아 있는 벤치 바로 옆에 선 벚나무도 아름드리는 채 못 되어도 상당한 연륜(年輪)을 갖고 있었다.

물이 뚝뚝 흐를 것 같은 야무진 꽃봉오리가 이삼일 후에는 활짝 피어날 그러한 무렵이었다.

지운은 한 일 자로 꽉 입술을 다물고 그 굵다란 눈썹을 들어 머나먼 하늘만 바라보곤 하였다. 그러다가 불현듯 시선이 옮겨질 때면 그 타오르는 두 눈동자는 무슨 완강한 인력에 끌리는 것처럼 소녀의 모습을 무섭게 붙들곤 하였다.

"후우——"

지운은 꺼질 것 같은 긴 한숨을 연못 위에 내뿜으며 이유 모를 몸부림을 치곤 했다.

그러다가도 소녀가 무심코 시선을 돌려 자기를 바라보는 순간이면 둘이다 무슨 커다란 죄나 짓고 있는 사람모양 표정을 죽인 얼굴이 금방 되면서 둘이가다 후딱 외면을 하는 것이었다.

그렇듯 소년도 소녀도 약한 성격의 소유자였다. 벌써 여러 번째 마주치는 둘이의 눈동자건만 그 마주치는 시선을 굳세게 받아들일 만큼 대담하지도 못했고 불량하지도 못했다.

그러다가 정오의 사이렌이 앙하고 불면 소녀는 파란 손수건에 싼 약병 같은 것을 소중히 들고 창경원 정문을 향하여 조용히 걸어나가곤 하였다. 지운은 그 조그맣게 사라져가는 소녀의 뒷모습을 멍하니 바라보고 앉았다가 이윽고 소녀의 모습이 완전히 시야에서 사라질 무렵이면,

"아아, 오늘도 또 그냥 헤어졌다!"

그러면서 지운은 언제나 늘상 하는 버릇으로 무릎 위에 펼쳐 놓은 시집에다 얼굴을 탁 묻어 버리며 격렬한 몸부림을 치는 것이다.

"나는 왜 이처럼 마음이 약할까?…… 아아, 안타깝다!"

지운 소년은 울었다. 안타까움을 견디지 못하는 어린 영혼의 오열(嗚咽)이었다.

5

그렇듯 안타까움을 지운은 상대편에게 표시할 용기가 도저히 없었다.

"나는 마음이 약해서 말을 못하지만 저이는 왜 또 아무 말도 없을가?……"

지운은 소녀 편에서 이야기를 걸어오기만 진심으로 바랐다.

"저이는 시를 그리 좋아하지 않는지도 모른다. 그렇다 필시 그럴 거야!"

그렇게 단정하고 나면 소년은 자기의 일생이 그지없이 애처러워지는 것이었다.

"또 한 주일을 기다려 보자! 이번에는 꼭 말을 해 봐야지!"

늘상 하는 버릇으로 지운은 똑같은 한 마디를 또 다시 중얼거리는 것이었다.

창경원 벚꽃이 성장한 여왕처럼 활짝 피었다가 구슬픈 봄비에 우수수 우수수 떨어지는 무렵이 왔다.

지운 소년의 어여쁜 사랑의 싹은 무럭무럭 자라서 마침내는 탐스러운 봉오리를 이루어 왔다. 그러나 그 아름다운 연모의 봉오리는 좀처럼 피어날 줄을 모르는 듯이 언제까지나, 언제까지나 봉오리는 그저 봉오리대로의 수집음64)과 안타까움을 지닌 채 가슴속 깊숙히65) 파묻혀 있었다.

이리하여 그처럼 골똘히 기다리던 한 주일은 또 지났다.

---

64) 수줍음
65) 깊숙이

세 주일도 또 지났다. 오월이 지나고 유월이 지났다. 녹음의 바다로 변해 버린 창경원 연못가에서 거꾸로 비치는 자기의 안타까운 모습을 물끄러미 들여다보며 소년 임지운은 매주일처럼 울었다.

이름도 모르고 주소도 모르는 그 소녀도 역시 일요일이면 한 번도 빠짐없이 연못가에 나타났다. 왜 그처럼 한 번도 빠짐없이 자기 앞에 나타나는지, 지운은 좀처럼 알 수가 없었다.

"저이도 나처럼 몹시 수집어[66] 하는 것일까?"

그렇게도 생각해 보았지만, 어쩌다가 서로 마주치는 소녀의 얼굴을 언제나 한결같이 새침하고 무심했다. 그 무관심한 얼굴을 보는 순간, 이번에는 꼭 말을 걸어 볼려던 한 주일 전의 맹세는 운무처럼 헤실프게[67] 사라져 버리는 것이었다.

그러나 가만히 생각해 보면 그것은 단지 지운의 마음이 약하다는 데만 원인이 있는 것이 아님을 지운 자신이 발견하게 되었다. 그리움이 절정에 달했을 때는 물불을 가리지 않는 정열의 불꽃은 확실히 지운에게도 있었다.

그러나 그럴 적마다 그 어떤 자존심 같은 것이 뾰족한

---

66) 수줍어
67) 해설프게

가시처럼 자기의 행동을 항상 제지하고 있음을 지운은 그때서야 발견했던 것이다.

"그렇다. 이 조그만 자존심은 용감하게 버리자!"

저편에서 먼저 이야기해 오기를 바라는 심정은 확실히 지운 소년의 예술가적인 자존심임에 틀림없었다. 그러나 또 한 주일을 기다린 지운 소년은 역시 자존심보다도 수집음이 앞서고 마는 똑같은 결과를 보았을 따름이었다.

거기서 지운은 마침내 소년다운 한 가지 방법을 문득 생각해 냈다.

그것은 칠월 하순, 여름 방학 때의 어떤 토요일 저녁 무렵이었다.

지운은 창경원으로 갔다. 여학생이 앉는 벤치는 다행히도 비어 있었다.

지운은 벤치에 걸터앉기가 바쁘게 주머니에서 연필 깎는 조그만 나이프를 끄집어냈다. 저녁 무렵이다. 근방에 사람의 그림자는 별로 보이지 않았다.

그래서 그는 문을 닫치는 직전의 시간을 택했던 것이다.

바로 벤치 옆에 서 있는 벚나무 껍질은 캄캄한 흙빛이었다. 아름드리의 절반은 넉넉할 벚나무였다.

지운은 칼끝으로 벚나무에 무슨 글자를 아로새기기 시작하였다. 어른의 주먹만큼씩 한 넓이를 가진 글자 두자를 목각장이들처럼 하얗게 파내기에 열중하였다.

　사람이 지나가면 동작을 멈추었다. 멈추었다가는 또 열심히 칼끝을 놀렸다. 이리하여 약 이십 분이 지났을 무렵, 캄캄한 흙빛깔 벚나무 위에 하얗게 도려 내인 두 글자는 ……愛人[애인]……—이었다.

6

　그날 밤, 지운은 잠을 이루지 못했다. 무슨 커다란 죄를 지은 사람처럼 가슴속이 울렁거려 견딜 수가 없었다.

　"내일 열두 시만 되면 그 여학생은 필경[68] 그 두 글자를 눈앞에 발견할 것이다. 그렇지만……그렇지만 그것이 나의 이 안타까운 마음의 고백인 줄을 알아줄는지?……"

　지운은 그것이 또 걱정이 되었다.

　이튿날 지운은 열한 시경에 창경원으로 갔다. 소녀는 아직 와 있지 않았다. 지운은 마음이 자꾸만 떨린다.

　열한 시 반이 좀 지났을 무렵에 소녀는 역시 그것이 무슨 마음의 행사(行事)인 것처럼 식물원 쪽으로 조용히

---

68) 결국

걸어 내려오고 있었다. 걸어 내려오면서 소녀는 멀리 지운이 앉은 쪽을 한 번 바라다보는 것 같았다. 그러나 소녀는 곧 시선을 돌려 여전히 무심한 얼굴을 하고 벤치로 걸어왔다.

바람이 이나보다. 못 위에 파들파들 가는 파문이 그려진다. 책 한 권을 움켜쥐고 지운은 그 가느다란 파문을 열심히 들여다보면서도 시야를 조금 넓혀 소녀의 일거일동을 유심히 살피고 있었다.

"보았다!"

지운은 마음속으로 불현듯 외쳤다.

그렇다. 일단 벤치에 걸터앉았던 소녀는 약병 같은 것을 싸 쥐인 파란 손수건으로 이마의 땀을 꼭꼭 찍어 내다가 그 무엇에 놀란 사람처럼 동작을 갑자기 멈추었다.

벚나무 밑동에 아로새겨진 새하얀 두 글자 '愛人[애인]'이 머리만 약간 돌리면 지극히 쉽사리 발견 할 수 있는 그러한 거리에서 소녀를 물끄러미 쳐다보고 있었다.

이마에서 손을 거두며 소녀는 후딱 머리를 들어 지운을 바라보았다. 사오 간 남짓한 거리였기 때문에 그 순간에 있어서의 소녀의 표정을 정확히 포착하지 못한 것이 지운에게는 한이었으나 그러나 소녀의 태도는 확실히 그 무슨 마음의 충동으로 말미암아 저으기 당황해 있는 것만은 충분히 짐작할 수 있는 지운이었다.

지운은 머리를 대담하게 들어 소녀를 바라보았다. 가느다란 물결을 이루고 있는 연못 위에서 두 소년 소녀의 시선과 시선이 억세인 파문을 일으키며 부딪혀[69] 버렸다. 소녀는 직각적으로 그것이 지운의 마음의 고백인 줄을 알고 있는 것 같은 태도다.

지운은 획 시선을 돌렸다. 부끄러운 생각이 물밀처럼 전신을 습격해 왔었기 때문이다. 다시는 소녀를 정면으로 바라보기가 어쩐지 무서웠다. 누구 한 사람 보는 이는 없건만 얼굴이 확확 달아 견딜 수가 없었다. 무슨 커다란 죄를 지은 사람모양, 지운의 사지는 가느다랗게 경련을 일으키고 있었다.

그대로 그냥 그 자리에 앉아 있을 수가 없어서 지운은 불쑥 몸을 일으키었다. 그리고는 소녀가 항상 하는 것처럼 무심한 얼굴을 억지로 지으며 사철나무와 단풍나무 사이를 걸어 저편 언덕길로 획 올라가 버렸다.

그 언덕길은 연못을 삥 돌아 수정각(水亭閣) 옆으로 빠져 나가면서 식물원과 유원지로 통하는 길이었다. 그 녹음이 짙은 오솔길을 걸어가면서 지운은 여러 번 뒤를 돌

---

69) 부딪쳐

아다보았다.

그럴 적마다 소녀는 벤치에서 몸을 일으켜 가지고 '愛人[애인]'의 두 글자가 아로새겨진 벚나무와 오랫동안 마주서 있는 자태를 지운은 발견하였다.

"그렇다. 저 여학생도 나를 생각하고 있었는지 모른다!"

그러나 그 소녀는 끝끝내 지운을 따라 오지는 않았다. 지운이가 못을 삥돌아 유원지까지 다달았을[70] 무렵에 소녀는 이윽고 벚나무 앞에서 몸을 돌려 창경원 정문을 향하여 감실감실 사라져 갔다.

"아아, 저 여학생은 결국에 있어서 나를 좋아하지는 않았다!"

지운 소년은 어린애들이 오구구 뛰노는 유원지 한구석 잔디밭 위에 힘없이 펄썩 주저앉고 말았다.

7

소년 임지운은 마침내 절망을 느꼈다.

---

70) 다다랐을

"그 여학생은 내 마음의 고백을 빤히 알면서도 그대로 가 버리고 말았다."

이것이 절망의 한 주일 동안에 지운 소년이 수없이 되풀이한 한 마디였다.

"다음 공일에는 꼭 오지 않을 거야. 내가 그처럼 불순한 마음을 가진 줄은 인젠 알았으니까…… 나를 속으로 무척 욕할 거야. 나를 불량한 학생이라고 경멸할 거야."

지운은 그렇게 생각 키우는 것이 제일 무섭고 슬펐다.

"학생이면 공부나 할 것이지, 무슨 그런 불순한 생각을 한담!"

소녀는 꼭 그렇게 생각할 것만 같았다.

"그렇지만 이 지극한 심정은 과연 불량한 까닭에 생기는 것일까?……"

지운은 성적도 우수했지만 온건한 성품이었기 때문에 조행(操行)에는 언제나 우를 맞아 왔다.

"그렇다면 나는 소위 이중 인격자였던가? 겉으로는 얌전하면서도 속으로는 엉뚱한 생각을 하는……"

지운은 차츰차츰 자기 자신이 몰라져 갔다. 정녕 그렇다면 자기는 이담에 커서 인면수심(人面獸心)의 악인이 될는지도 몰랐다. 그것은 실로 무서운 일이라고 지운은 생각하였다.

그러나 다음 일요일이 또 닥쳐왔을 때, 지운은 여전히 창경원 연못가를 찾지 않을 수 없는 자기의 불량한 마음을 한없이 미워하고 슬퍼하였다.

　　그것은 무더운 팔월 초순이었다. 그리고 그날은 소녀 편에서 먼저 와 있었다. 꼭 나타나지 않을 줄 알았던 소녀가 먼저 와서 벚나무 벤치에 조용히 앉아 있지 않는가!

　　"아, 왔다!"

　　지운의 기쁨은 이루 형용할 수가 없다. 그리고 그 기쁨의 꼬리를 또 부끄러움이 물기 시작하였다. 그리고 또 그 부끄러운 생각을 억제하기 위해서 지운은 또 무표정의 가면을 쓰는 것이다.

　　벤치 옆을 지나면서 문득 바라다 본 소녀의 얼굴도 역시 자기의 그것처럼 무심하고 태연하다. 그래서 지운은 또 가슴속이 덜컹 내려앉았다.

　　"나는 마음이 약해서 그러지만, 이 여학생은 왜 좀 더 나를 아는 척 해주지를 않을가?"

　　그것이 다시금 지운을 서글프게 하였다. 그러나 어쨌든 왔다!

　　"응?……"

　　지운 소년이 숲새를 빠져 바위로 내려가 앉으려 했을 때였다. 자기가 앉아 있던 바로 그 바위틈 사리에 파란 손수건에 싼 무슨 엷은 물건이 하나 달랑 놓여 있었다.

"아, 이 파란 손수건……"

그것은 아무리 생각하여도 소녀가 늘상 약병 같은 것을 싸 갖고 다니던 바로 그 손수건만 같아서 지운은 문득 소녀 쪽을 바라보았다.

"아, 역시……"

과연 무릎 위에 올려놓은 소녀의 손에는 흰 약봉지 하나와 조그만 약병 하나가 달랑 쥐어져 있을 뿐, 소녀는 멀리 주정각 지붕 너머로 푸른 하늘을 무심코 바라보고 있었다.

지운은 떨리는 손으로 손수건을 풀었다. 꽃봉투 하나가 싸쁜하고[71] 무릎 위에 떨어져 내렸다. 주소 성명은 하나도 씌어지지 않고 다만 뒷둥 봉함을 하는 선 위에 붓글씨로 조그맣게 '誠[성]'이라고 씌어져 있었다.

지운은 봉함을 뜯었다.

편지는 단 한 장, 두꺼운 한지를 적당히 잘라서 만든 것으로 우선 연두색 은행잎 하나가 착착 접은 종이 갈피에서 톡 떨어져 나왔다.

……愛人[애인]……

---

71) 사푼하고

그 두꺼운 한지 한복판에는 단지 이 두 글자만이 모필로 씌어져 있을 뿐이다.

8

"분명히 저 여학생의 회답이다!"

지운의 전신이 후들후들 경련을 일으켰다. 눈앞이 감자기 환해지면서 무지개인 양, 지운의 행복은 순식간에 하늘과 땅을 점령하였다. 지운은 불현듯 머리를 들고 소녀를 바라보았다.

그때까지 자기의 일거일동을 유심히 바라보고 있던 소녀임에 틀림없었다. 그 소녀가 휙 얼굴을 들어 달려오는 지운의 시선을 피하며 먼 하늘을 무심하게 쳐다보기 시작하였다.

왜 그처럼 모르는 척하는지 지운은 소녀의 심정을 통 알아 볼 수가 없었다. 그러나 또 한 편 가만히 생각해 보면 그러한 소녀의 심정에는 어딘가 자기의 마음과 비슷한 대목이 있는 것도 같았다.

소녀는 좀처럼 고개를 들리지는 않았다. 무슨 천문학자처럼 언제까지나 하늘만 쳐다보고 있었다. 팔월 초순, 뜨거운 하늘이었다.

지운은 떨리는 손길로 편지를 다시금 손수건에 싸들고 후딱 몸을 일으켰다. 그리고는 성큼성큼 소녀의 옆으로 걸어갔다.

그래도 소녀는 조금도 알은 척하지를 않고 멀리 수정각 지붕 위로 하늘만 하염없이 바라보고 앉았다. 지운이가 다가오는 인기척을 분명히 느끼면서도 고개 하나 까딱없다.

가까이에서 바라보는 소녀의 옆얼굴이 지운 소년에게는 성스러울 만큼 청초하고 예뻤다.

"저……"

꽃봉투를 싼 파란 손수건을 손으로 읍하듯이 공손히 쥐고 지운은 부끄러워서 머리를 수그리었다.

"저……"

목소리가 자꾸만 떨린다. 꾸중을 받으러 온 소학생처럼 지운의 사지는 자꾸만 굳어져 갔다. 무슨 말을 해야 할는지 지운은 몰랐다.

그래도 소녀는 지운의 편을 한 번도 돌아봐 주지는 않는다. 그래서 지운은 수그렸던 고개를 가만히 들어 소녀를 바라보았다. 무심히 먼 하늘만 바라보고 있는 소녀의 얼굴이었으나 그러나 그 얼굴이 귀밑까지 빨갛게 물들어 있는 양을 지운은 보았다.

"저…… 편지는…… 분명히…… 분명히 받아 보았읍니다."

확확 닳아 오는 얼굴과 무섭게 두근거리는 가슴의 동기가 지운 소년의 말을 자꾸만 중도에서 끊어 놓는다.

그래도 소녀는 대답도 않고 돌아보지도 않았다. 점점 더 짙은 홍조만이 소녀의 옆얼굴을 덮어씌우고 있었다.

"나는 그만 …'誠[성]'자 하나를 빼먹었읍니다. 요다음 일요일까지는 꼭…… 이 벚나무에 '誠[성]'자를 새겨놓겠읍니다."

그 순간, 소녀는 후딱 머리를 돌려 지운을 쳐다보았다. 알린알린 들여다보일 것처럼 희고 갸름한 얼굴이 한층 더 빨개지며 젖은 것 같은 두 눈동자가 긴 살눈썹 밑에서 오들 오들 떨고 있었다. 소녀는 잠시 지운의 얼굴을 물끄러미 쳐다보다가 무엇을 생각했는지, 발딱 몸을 일으키며 입을 열었다.

"너무 가까이 다가오지 마세요! 사람들이 봐요. 우리학교 선생님이 오셨는지도 몰라요!"

그러면서 소녀는 휘이 한 번 사방을 돌아다보다가 유원지 쪽에서 내려오는 중학생 패거리를 한 무더기 발견하자 당황한 어조로,

"나는 가겠어요! 다음에…… 다음에 또……"

그 한 마디를 남겨놓고 쏜살같이 정문을 향하여 사라지는 소녀의 등 뒤에서 지운은 말했다.

"그럼 꼭 다음 일요일에……"

9

행복의 문은 마침내 열렸다. 진실로 이 한 주일 동안에 있어서의 소년 임지운이야말로 그의 일생을 통하여 가장 화려 찬란한 마음의 왕자가 되어 있었다.

사람이 사람을 깊이 생각해 본다는 것이 어째 이처럼도 기쁜 일인지 알 수가 없다. 이것이 소위 시인이나 소설가들이 흔히 말하는 사랑이라는 것일까? 그 신비로운 아름다움의 정체를 좀처럼 헤아리지 못한 채 지운 소년은 그 신비로운 아름다움 속에서 한 주일 동안 흐뭇이 젖어 있었다.

토요일 저녁 무렵에 지운은 다시 창경원을 찾아가서 '愛人[애인]'이라는 두 글자 위에 이번에는 그보다 조금 작은 글씨로 '誠[성]'이라는 글자 하나를 더 새겨 놓고 돌아왔다.

그러나 어찌 된 셈인지, 이튿날은 일요일이건만 하루 진종일을 기다려도 소녀는 나타나지 않았다. 그것은 실로 지운에게는 불가사의의 일이 아닐 수 없었다. 여태까지 단 한 번도 빠져 본 적이 없는 소녀가 아니었던가!

"어디가 아파서 갑자기 누워 버린 것이나 아닐까?"

생각하면 그럴는지도 몰랐다. 소녀는 항상 약병을 들고 있었기 때문이었다. 폐문 직전까지 지운은 기다리다가 하는 수 없이 넋을 잃고 터벅터벅 돌아왔다.

"갑자기 무슨 사고가 생겨서 못 나온 것이 아닐까?"

이튿날은 월요일이다. 마침 방학이어서 지운은 창경원을 또 찾았다. 무슨 사고로 못 나왔다면 월요일에라도 나와서 저번처럼 편지로라도 무슨 연락이 있을 것만 같이 생각 키웠기 때문이었다.

그러나 그날도 소녀는 영영 나타나지 않았다. 화요일에도 가 보았다. 수요일에도 가보았다. 마치 무슨 꿈속에 나타났다가 사라진 선녀를 보았던 것처럼 지운은 허무해졌다.

"갑자기 병이 덫혀서 죽은 것이나 아닐까?……"

어쩐지 지운에게는 그 생각이 더 한층 절실히 왔다.

"그렇지만 다음 일요일까지는 꼭 나타날 테지! 그처럼 철석같은 약속을 했었는데……"

그런데 그 다음 일요일이 오기 전에 삼천 리 강토를 뒤집어 버린 팔·일오해방이 왔다. 세상은 바뀌어지고 희망의 꽃은 민중의 가슴속에서 활짝 피었다.

흥분한 군중과 함께 태극기를 흔들다가도 지운은 연방 창경원을 드나들었다. 그러나 다음 일요일에도 소녀는 나타나지 않았다. 그리고 또 다음 일요일에도, 그리고 또 다음 일요●72)에도.

지운은 울었다. 찌는 듯이 무더운 여름이건만 지운은 문을 꼭꼭 닫고 자기 방에 들어앉아서 어머니 몰래 울었다. 그러다가도 생각만 나면 미친 사람모양 창경원으로 달려가서 정성껏 아로새긴 '愛人[애인]'의 두 글자를 어루만지면서 오랫동안 벤치에 앉아 있곤 하였다. 언젠가 한 번은 '이 못가에 나타날 거야 그처럼 굳은 약속을 했는데……' 죽지만 않았으면 언젠가 한 번은 꼭 나타날 것만 같았다.

그러나 여름이 지나고 가을이 와도 소녀는 영 나타나지 않았다. 어떠한 일이 있어도 일요일에는 꼭꼭 창경원을 찾았건만 소녀는 없었다.

"거짓말장이!"73)

---

72) 일요일
73) 거짓말쟁이

울먹 울먹, 지운은 눈물을 먹음고[74] 소녀를 거짓말장이로 만들어 버림으로서 자기의 안타까운 마음을 조금씩 위로해 보기도 했다.

10

겨울이 가고 봄이 또 왔다. 사상적으로나 정치적으로나 그것은 실로 어수선한 겨울이요 봄이었다. 그 해에 지운은 대학에 들어갔다. 전공은 영문학이었다.

"분명히 그 여학생은 죽은 것이다."

지운은 그렇게 생각하였다. 그러면서도 일루의 희망을 품고 지운은 창경원을 줄곧 찾았다. 벚나무 밑둥에 아로새긴 '愛人[애인]'의 두 글자는 모진 비바람에 빛깔을 잃고 이미 꺼멓게 변해 있었다.

그래도 지운은 희망을 끝끝내 버리지는 않고 있었다. 길을 가다가도 그 나이 또레[75]의 여학생만 보면 마음이 공연히 두군거렸고,[76] 그러다가 따라가서 얼굴모습을 들

---

74) 머금고

75) 또래

76) 두근거렸고

여다보고는 한숨을 지었다.

누구인지 이름도 모르고 어디서 사는 처소도 모른다.

"왜 그때 용기를 좀 더 내서 학교 마아크라도 못 보아 두었던고……?"

마디마디가 한뿐이요, 가지가지가 후회일 따름이다.

거기서 지운은 시내의 온 여학교나 여자 대학을 찾아다니면서 한 시간이고 두 시간이고 정문 앞에 우두커니 서서 봄 한철 동안을 두고 그 여학생의 얼굴을 찾아보았다. 그러나 그 모두가 다 허사일 뿐, 지운은 점점 더 고독해지고 점점 더 우울해졌다. 고독하고 서글퍼지면 지운은 곧잘 창경원을 찾았다. 그러다가 심신이 지치면 글방에 들어 베껴서 파란 손수건을 풀었다.

또 일 년이 지났다. 그 일 년을 지운은 하루처럼 소녀를 마음속에 고요히 그리면서 지냈다. 결혼 문제가 일어날 때마다 부모는 귀찮도록 권해 왔으나 지운은 일생을 두고 자기는 결혼하지 않을는지도 모른다고 했다.

또 일 년이 지나고 이태가 지났다. 소녀의 소식은 바람결에도 못했다.

春草年年綠(춘초는 연연록이요)

王孫歸不歸(왕손은 귀불귀라)

사 년이 지난 봄, 창경원 벚꽃이 또다시 만발했을 무렵 지운은 손수 이 유명한 오언소시(五言小詩) 한 귀를 모필로 써서 글방에 걸었다. '王孫[왕손]'을 '愛人[애인]'이라고 마음속으로 고쳐서 지운은 읽는 것이다.

　　"봄풀은 해마다 푸르건만 한 번 가고는 영영 돌아올 줄 모르는 오오, 님이여, 애인이여!"

　　대학 시절부터 지운은 시나 소설 같은 것을 학교 잡지에 발표했고, 그것이 문단 일부의 인정을 받아 잡지에 가끔 실리게 되어 지운의 고독과 우울은 문학에의 정열로 변모를 하였다. 창경원 연못가에서 움트고 자란 서글픈 사랑의 노래를 지운은 읊었다. 행여나 자기의 시가 그 소녀의 눈에 띄어 부랴부랴 자기를 찾아 와 주는 그런 종류의 로맨스를 청년 지운은 그 얼마나 꿈꾸어 보았던가!

　　"그러나 님은 영영 와 주지 않는다!"

　　창경원을 찾는 도수가 점점 떠져 갔다. 한 달에 한 번 두 달에 한 번——

　　인제는 도리어 창경원을 찾는 것이 괴로움으로 변해 버렸다. 될 수만 있으면 창경원을 생각하지 않고 지나는 날이 지운에게는 도리어 마음이 편했다.

　　잊어버리자! 창경원도 연못도, 벚나무도, 애인도 모두 다 망각의 피안(彼岸)으로 정배를 보내자!

지운은 차츰차츰 소녀에의 환상을 잊어버리기로 작정을 하였다. 대학을 나와 시내 모 중학교에 봉직을 한 바로 그 해 육·이오 동란이 일어나 지운 일가가 부산으로 피하면서부터 창경원과는 영영 작별을 하게 되었던 것이다.

포옹의 윤리[77]

1

부산서 이태 동안 지운은 학교에 나가 교편을 잡았다. 여성들과의 교제도 부산서부터 시작되었다. 그러나 지운은 결혼할 생각은 통 갖고 있지 않았다.

그래서 어디선가 불쑥 그 소녀가 눈앞에 나타날 것만 같은 기대를 전적으로 포기하지는 못했었기 때문이다.

그러나 기억은 차차 여위어 가고 추억은 점점 산만해졌다. 벌써 팔구 년이나 되는 낡은 기억이었다. 소녀는 확실히 죽은 것이라고 지운은 결정적으로 생각하기 시작하였다.

채정주와 이석란을 알게 된 것은 바로 그러한 무렵이

---

77) 抱擁의 倫理

었다. 결혼이라는 문제를 별로 염두에 넣지 않고 지운은 이 두 사람의 여성과 사귀어 왔다. 정치외교를 전공으로 한다는 석란보다도 의학을 전공하는 정주의 착실성이 지운의 조용한 성품에는 좀 더 어울리는 데가 있는 것 같았다.

대교로 영도다리 난간에서 영주는 조용히 별을 여러 번 쳐다보았고 광복동 네거리에서 석란은 꽃처럼 활개치기를 즐겨하였다. 정주를 만나면 지운의 마음은 고주넉히[78] 가라앉았고 석란을 만나면 지운의 마음은 화려하게 들떠져 갔다. 정주와 같이 있을 때는 언제나 지운의 편에서 제안을 하고 리드를 해야만 행동이 있었지만 석란과 함께 있을 때는 가만히 내버려 두어도 앞장을 서서 움직여 주었다. 정주에게는 신경이 씌워졌지만 석란에게는 그것이 별반 필요치 않았다.

칠·이칠 휴전과 함께 환도한 후에도 이 두 여성과는 쭈욱 교제가 계속되었다. 그러는 동안에 지운은 어느덧 결혼을 생각하기 시작한 자기 자신을 발견하고 망각(忘却)의 기능을 갖추고 있는 인간의 생리를 무한히 서글퍼하였다. 뿐만 아니라, 삼대독자의 결혼을 눈이 빠지도록

---

78) 고즈넉히

기다리고 있는 늙어가는 어버이의 초조한 마음속을 생각한다는 것은 지운에게 있어서 결코 유쾌한 일은 아니기도 하였다.

어떤 일요일, 지운은 석란과 함께 정릉 계곡을 걸어 올라갔다. 구월 하순의 일이었다.

이날 석란은 선명한 회색 투피이스에 화장을 다소 짙으게 하고 나섰다. 까만 비로드 리봉은 석란의 유일한 취미였다. 그날도 석란은 리봉을 달고 왔다.

"선생님, 나 오늘 일부러 화장을 좀 짙으게 하고 왔어요."

"왜?"

"그 누구에게 좀 더 곱게 뵈일려구요."

계곡을 따라 사오간 거리를 앞서서 걸어가던 석란이 휙 돌아서며 마네킨인형처럼 우뚝 걸음을 멈추었다.

"어때요, 선생님? 이만함 미스코리아는 문제없죠?……"

지운은 웃었다.

2

"정말로 선생님 어때요?"

외국 영화를 남달리 많이 보고 자란 석란이다. 넌지시 두 손을 허리에 대고 창공을 반만큼 우러러 보는 포즈를 석란은 취하며,

"선생님, 멋지지?"

"아, 멋진 걸"

지운은 또 웃었다.

"예술적 향기가 저으기 높지?"

"칭찬은 제 입으로 하는 게 아니야."

"노우, 노우! 제가 잘났다고 해야만 남도 잘났다고 보아 주는 거야요. 선생님은 현대적 성격을 인식하는 데 있어서 다소 부족해요."

그것은 사실이라고 지운도 생각한다.

너 나 없이 모두들 자기를 내세우는 세상이 마침내 온 것이다. 그리고 거기서 일종의 미(美)까지를 발견할 수 있다면 그것은 확실히 석란이의 소위 현대적인 성격의 일면을 말하는 것일는지 모른다.

"내가 인제 선생님과 결혼을 하게 되면 남편 교육에 톡톡히 힘을 써야겠어요."

그러면서 석란은 두어 번 쿡쿡 웃었다.

"허어?…… 석란과 결혼한다고, 누가 그런 말을 했어?"

석란의 그 한 마디에는 정말로 지운은 놀라지 않을 수

없었다.

　지운 자신의 입으로서는 그런 말을 단 한 번도 입 밖에 낸 적이 없었기 때문이다.

　"누가 선생님 보고 그러셨대요? 그저 나 혼자의 생각으로 그렇다는 말이야요. 그 생각을 솔직 명확하게 표현했을 따름이니까, 지나치게 신경을 쓰지 않아도 무방해요."

　"음—"

　지운은 가벼운 신음 소리를 냈다. 정말로 솔직 명확한 표현이었다. 그리고 석란의 그러한 표현주의는 그때까지도 망설거리던 결혼 문제에 대한 지운의 마음을 거의 결정적인 방향으로 이끌어 가는 중요한 모멘트를 형성하고 말았다.

　석란은 목에 걸었던 라이카로 다가오는 지운의 엄숙한 포우즈를 한 커트 찍고 나서,

　"나 이 필름 커다랗게 확대 해 볼래요. 아주 커다랗게…… 전지(全紙)를 써서…… 솜털구멍이 숭글숭글 뵈도록."

　"그건 또 왜?……"

　"선생님의 표정을 잘 한 번 연구해 볼려구요. 결혼 말이 튀어나온 그 순간에 있어서의 선생님의 그 엄숙한 표정이 무엇을 말하고 있는지, 그걸 한 번 잘 검토해 봐

야겠어요."

　무엇 하나 감추는 것이 없다. 석란의 말은 그대로 고스란히 석란의 마음의 풍경을 비쳐주고 있었다.

　"열 길 물 속은 알아도 한 길밖에 안 되는 마음속은 모르는 거야."

　지운은 농담을 했다.

　"정주 언니를 두고 하는 말씀이겠죠."

　"누가 또 정주 씨를……"

　"정주 언니는 고요하죠. 나는 다소 소란하구요."

　"잘 아는구먼."

　"정주 언니는 좀 찰 거야요. 나는 다소 뜨겁구요."

　지운은 대답을 잃었다.

　"차서 얼어 죽는 것보담은 뜨거워서 데죽는[79] 편이 현대적이겠죠."

　"또 자기선전이야?"

　"필요하다면 선전두 해야죠. 가만히 앉아서 얼어 죽기는 싫어요. 먹느냐 먹히느냐 하는 세상인데요. 선전 없이 진가(眞假)를 올리기에는 세상이 다소 무감각하지요. 남의 일에는 모두가 다 소경이구 귀머거린 걸요. 그러니까

---

79) 데어 죽는

제 일은 제가 해야 잖어?"

석란은 곱게 웃었다. 웃으면서 지운의 팔 하나를 꼈다.

"누가 뒤에서 사진 한 장 찍어 줬음 좋겠네요. 정주 언니
에게 좀 보여 주게요."

".........."

지운은 석란의 옆얼굴을 후딱 바라보았다.

지운과 팔을 끼고 울툭불툭한 개천가를 걸어 올라가는
석란의 얼굴은 지극히 행복하였다. 그 행복한 자기의 모
습을 정주에게 보이고 싶다는 석란이었다.

"석란, 그런 잔인한 말을 삼가해요. 그것이 경우가 바
뀌어서 정주 씨라면 그런 잔인한 말은 절대로 하지 않
을 거요."

"그럴는지 몰라요. 그렇지만 말을 안한달80) 뿐이지, 감
정은 마찬가지지 뭐야요? 감정을 숨기는 것이 과연 미(美)
고 그것을 표현하는 것이 과연 추(醜)냐? 그건 성격이나
시대의 문제라기보다도 인식(認識)에 관한 문제라고 저는
생각해요. 좋음 좋고 나쁨 나쁘고 솔직하게 살다가 솔직히
죽음 되지 뭘 그러세요? 몇 백 년 살으실려고?…… 원자탄
하나만 콰앙함 선생님도 없고 저도 없어요."

---

80) 안할

팔을 꼈던 손이 미침질을 하면서 밑으로 내려갔다. 손과 손이 잡혀지면서,

"잔인도 현대적 성격의 하나인지도 모른다."

지운은 혼잣말처럼 중얼거렸다.

"그럴는지 몰라요. 그렇지만 그걸 잔인하다고 생각하는 건 시대적 착오야요. 자기 행복의 솔직한 향유(享有)를 의미하는 것뿐이니까요. 남자고, 여자고, 요즈음 모두들 옷차림이 화려해졌지요. 그 거짓 없는 행복에의 추구는 그것을 향유하지 못하는 다른 계급에게는 확실히 일종의 잔인을 의미하는 거니까요."

석란은 힘을 주어 지운의 손을 꼭 쥐어 보며,

"그러니까 결국 하는 수 없지, 뭐예요? 남을 생각해서 자기의 행복을 포기한다는 그러한 모랄은 이미 이 나라의 거리에서는 찾아 볼 수 없는 한낱 전설의 가치밖에는 못 가질 거예요. 있다면 그건, 소설가 임지운 씨의 작품 세계에서나 가끔 가다가 찾아 볼 수 있을 거예요."

뚜렷했다. 그 뚜렷한 인생관을 한 편으로는 서글퍼하면서도 수긍하지 않을 수 없는 작자 임지운은 자기분열(自己分裂)의 의식이 괴로와졌다.

"선생님!"

말과 함께 석란의 손가락이 힘을 주어 왔다.

"응?……"

"힘차게 살아요."

"어떻거면 돼요?"

"좋은 건 좋고 싫은 것은 싫음 돼요."

"좋은 건 좋고……"

"선생님, 솔직히 대답하셔야만 해요."

"대답하지요."

"나는 선생님께 한 번 안겨 보고 싶은데…… 선생님은 절 안아 보고 싶지 않으셔요?"

낙엽송이 한 무더기 총총이 서 있는 개천가 길이었다. 발밑에 물이 흘렀다. 멀리 사람들의 그림자가 희득희득 보였다.

"누가 보면 어떻거나?……"

"붙들어 가지는 않겠지, 뭐."

"그래도……"

"너무 봉건적이야요. 나는 명동 거리 한가운데서 선생님께 한 번 흐뭇하니 안겨 보았음 일생에 한이 없겠어요."

지운은 불현듯 걸음을 멈추었다. 무엇인가 거역할 수 없는 정열의 불덩어리 하나가 격렬한 충동과 함께 지운의 전신을 휩쓸고 지나갔다.

"저기 사람이 오는데……"

지운은 등 뒤를 돌아다보았다.

"괜찮아, 괜찮아!"

동경의 극한(極限)을 사람들은 정열이라고 불렀다. 그런 것이 석란의 두 눈동자 속에서 아우성을 치며 반짝반짝 빛나고 있었다. 굳세인 포옹에의 절실한 동경이었다.

3

포옹을 동경하는 의욕은 지운에게도 있었다. 그리고 그것에의 솔직 명료한 욕구가 도덕의 압력을 대담하게 배척하면서 석란의 입으로부터 힘차게 튀어나오는 순간 지운은 놀라지 않을 수 없었다.

그러나 그 놀라움의 성질을 명확히 분석하지 못한 채 지운은 우선 대답을 해야만 했다.

"사람이 온대두……"

"음 어때요, 선생님? 누가 못할 짓을 한데요? 포옹쯤……"

진실에의 논리를 실천하자는 것이다.

처음에는 희미했던 포옹에의 갈망이 진실의 발판을 얻으면서부터 갑자기 절박해진 자신을 발견하고 지운은 놀랐다. 그리고 또 한 가지, 명동의 딸 이석란의 스무 세 살과 근엄한 철학자의 아들 임지운의 갓 설흔 사이에 가로 놓인 모랄(道德律[도덕율])의 거리를 발견하고 지운은 또 놀랐다. 이 두 가지가 채 분석하지 못했던 놀라움의 정체였다.

그러나 행동인(行動人) 임지운은 작가 임지운처럼 대담하지는 못했다. 작품세계에 있어서는 그처럼도 대담하게 인간의 진실을 실천시켜 온 임지운도 하나의 행동인으로서는 그 진실이 선(善)의 후원을 받기까지는 언제까지나 하나의 생생한 논리대로의 자세로서 머리에 도사리고 있을 뿐이다.

"좀 더 저리로 올라가서…… 조금만 참아."

지운은 석란의 손을 이끌고 계곡을 좀 더 깊숙히[81] 올라가기를 제안하였다.

"선생님은 참을성도 많으시나 봐. 올라갈 때까지에 안겨 보고 싶은 생각이 후딱 없어짐 어떻게요?"

그 말을 지운은 무척 귀엽다고 생각하면서도,

"석란은 무척도 무우디스트(氣分主義[기분주의])야."

"그렇지만 무우드(氣分[기분])를 경멸해서는 안돼요.

---

81) 깊숙이

기분이 있은 후에야 의욕이 생기는 거예요. 기분의 발판이 없는 의욕처럼 무서운 살풍경은 없을 거예요. 그건 이미 진실도 아니고 미도 아니예요."

그것을 모르는 지운은 아니다. 너무도 잘 알고 있기에 지운은 마침내 석란을 품었다.

육체의 감각보다 먼저 지분의 냄새가 관능에 왔다. 예상 이외로 토실토실한 풍만한 육체를 가슴과 손길에 느낀 것은 그 다음 순간의 일이었다.

목에 걸었던 카메라가 방해가 되어 제 손으로 석란은 등 뒤로 넘겼다. 그리고 나서는 다시금 힘차게 안기워 왔다.

지운의 품은 생각하던 것보다 넓고 완강했다. 그 완강한 가슴에다 석란은 격렬한 몸부림과 함께 얼굴을 두어 번 부볐다.

석란은 세상이 갑자기 좁아진 것 같은 느낌을 불현듯 느꼈다. 사방이 한 자 넓이밖에 안되는 이 품안이 이 순간에 있어서는 온 세상을 의미하는 것 같았다. 감미롭기도 했지만 그보다도 아늑하고 탐탁한 느낌이 좀 더 굳세게 왔다.

"사람이 다가왔어요! 인제 그만……"

지운의 도덕이 항거를 했다.

"괜찮아, 괜찮아! 옴 어때?…… 좀 더 꼭……"

석란의 손길에 힘이 왔다. 명동 한가운데서 안기워 보겠다는 석란이었다.

지운의 교양이 힘을 잃고 도금(鍍金)처럼 또다시 벗겨져 왔다.

그러나 그때는 이미 십 미터 거리에까지 사람은 다가오고 있었다. 그것은 부인을 동반한 스프링 코우트의 중년 신사였다.

중년 신사는 얼굴을 찡그리며 멈칫 걸음을 멈추었다. 그리고는 엉거주춤히 서서 한 무더기 총총히 선 낙엽송 사이를 물끄러미 바라보았다.

4

일단 걸음을 멈추었던 중년 신사가 다시금 걸어 올라오기 시작한 것과 지운의 시선이 석란의 파아마 위로 그쪽을 다시 한 번 돌아다 본 것은 거의 동시의 일이었다.

"아—"

지운의 모랄이 당황을 하며 석란의 어깨를 홱 떠밀어냈을 때는 중년 신사의 얼굴 표정이 빤히 바라다 보일 만큼 가까이 다가오고 있었다. 지운은 부끄럼으로 말미암아 얼굴을 붉혔다. 사십대의 그 점잖아 보이는 중년 신사의 얼굴이 불쾌와 조소의 표정을 노골적으로 나타내며 옆을 지나갔을 때 지운의 도덕적인 감정은 어린애처럼 울상을 지었다.

더구나 동반인 삼십이삼 세의 부인이 표정 없는 얼굴을 일부러 지으며 후딱 외면을 하고 지나가는 모양을 보았을 순간 지운은 역시 자기네의 행동이 하나의 불미스로운[82] 것으로 간주되는 세속적인 비난 앞에 머리를 수그리지 않을 수 없었다.

사상과 행동 순수성과 도덕률의 중간 지대에 어색한 태도로 엉거주춤히 서 있는 삼십 대의 작가 임지운의 눈 앞에서 석란은 그러나 태연자약하였다.

아니, 태연함을 한 걸음 넘어서서, 신사와 꼭 같은 종류의 불쾌감과 비웃음의 표정을 석란은 노골적으로 나타내며 증오의 넘을 가지고 신사를 쏘아보고 있을 때였다.

"교양이라곤 손톱만큼도 없는 것들! 세상은 말세가 되었소."

자기네들 끼리 지나가면서 하는 신사의 중얼거림이 불

---

82) 불미스러운

행히도 석란의 귀에까지 왔다.

"뭐라고요? 교양이 없다고요?……"

석란의 표정이 격렬히 움직이었다.

신사가 돌아서며 걸음을 멈추었다. 외면을 했던 부인도 섰다. 신사는 여전히 비웃는 얼굴이었으나 부인의 표정은 다소의 놀람을 지니고 있었다.

"그랬소!"

굵다란 목소리가 위압을 하듯이 맞받아 나왔다.

"교양이 없다고? 그건 누굴 보고 하는 말이예요?"

"당신네들 보고 했소."

이 불량배의 일족(一族)인 두 사람의 젊은 남녀를 신사는 확실히 경멸하고 있는 것이다.

"우리가 도리어 교양이 없다고요? 그건 어느 편에서 해야 될 말인지, 잘 좀 생각해 봐요. 하기만 함 말인 줄 알아요?"

뒤로 넘겨졌던 카메라를 앞으로 돌려 메며 석란은 분명한 어조로 대들기 시작했다.

"허허?……"

신사는 어이가 없다는 듯이 아연히 섰다가,

"그럼 우리가 도리어 교양이 없군요?"

"물론이지, 뭐야요? 당신이 만일 교양이 있는 신사람

못 본 척하고 그냥 지나가던가, 그렇지 않음 저편 쪽 솔밭 사이로 길을 비켜가던가, 그만한 상식과 아량도 없담 적어도 우리를 바라보는 당신의 얼굴에 비웃음의 표정만은 띠우지 않았어야 했을 거예요. 그런 의미에서 당신의 부인은 당신 보담은 훨씬 교양이 있는 분이라고 나는 생각해요. 부인께 지도를 좀 받아야 할 거예요."

"허어! 당신이 나에게 도리어 설교를 하는 거요?"

신사는 기가 막히다는 듯이 하늘을 우러러 허어하고 웃으며,

"세상은 교양의 위치를 바꾸어 놓았나 보오!"

했다. 그리고는 담배 한 꼬치를 여유 있는 태도로 끄집어냈다.

5

생각하니, 실로 턱없는 일이었다. 그래도 다소의 반성 같은 것이 있을까 했었는데, 도리어 이편을 교양 없는 사람이라고 설교를 하고 있는 것이다. 도의(道義)는 이미 완전히 땅에 떨어진 것이라고 신사는 처량한 심정과 함께 분노의 정을 금치 못했다.

"언어도단이다! 젊은 것들이 한길가에서 부둥켜안고 돌아가는 추잡한 행동을 연출하면서도 반성은 추호도 없이 교양의 위치를 바꾸어 놓는다? 도대체 어디서 그런 훌륭한 논리가 튀어나온다는 말이요?……"

"뭐라고, 추잡한 행동?……"

석란의 빨간 입술이 파들파들 경련을 일으켰다.

"대답을 해요! 뭘 가리켜 추잡한 행동이라고 하는 거예요?"

석란의 본질주의적인 순수성이 마침내 발악을 했다.

석란은 분하고 원통해서 견딜 수가 없었다. 그 아늑하고 탐탁한 품속 어느 구석에 추잡이 있었더냐? 거기에는 한 사람의 처녀로서의 감미로운 순정밖에는 아무런 것도 없었다.

그 감미로움을 이 사십대의 사나이는 징그럽게도 추잡이라고 보는 것일까?…… 정녕 그렇다면 그 보는 눈이 삐두러진[83] 것일 따름이지, 그 눈에 비치는 실체(實體)는 어디까지나 순결하고 맑은 그것이 아니었던가!

가장 진실하고 가장 아름답고, 한 걸음 나아가서는 성스러움까지를 느끼던 자기네의 순수한 애정의 표현이 이

---

83) 삐뚤어진

위선의 탈을 쓴 사십대 사나이의 입으로부터 더럽고 추잡하다는 형용사로서 불리워졌다는 것은 전체 미혼여성들의 순결한 애정을 모독하는 괘씸한 언사가 아닐 수 없었다. 처녀들의 아름다운 순정을 위하여 그것을 한낱 추잡으로서 관념하고 추잡으로서 실천하여 온, 이 위선의 사나이에게서 받은 모욕은 반드시 보답을 해야만 되었다.

"그래 당신네들의 행동이 추잡하지 않다는 말이요?"

담배 연기를 호기 있게 내뿜으면서 신사는 빙그레 웃었다.

"무엇이 추잡했어요? 어디 어느 대목이 추잡했다는 말이야요?"

석란의 추궁이 날세게[84] 맞받아 나왔다.

"아이, 그만 두고 인제 가요."

옆에 섰던 부인이 민망스럽다는 듯이 신사의 팔소매를 잡았다.

그러한 생각은 지운에게도 없지는 않았다. 그러나 지운의 작가 의식은 다소 잔인할이만큼[85] 두 사람(두 세대라고 지운은 본다)의 논쟁을 관찰하는 데 지대한 관심을 갖고 있었다. 그래서 여전히 침묵을 지키면서 부러진 나

---

84) 날쌔게
85) 잔인하리만큼

무그루 하나에 걸터앉아서 담배를 꺼냈다.

처음에 느꼈던 부끄러운 생각은 이미 지운에게서 사라져 버렸다. 다소 불미로웠다고 얼굴을 붉히던 생각도 이제는 점점 희박해가면서, 어느덧 자기가 순수성을 옹호하는 이석란의 세대(世代)에 가담하기 시작한 자기의 심정을 차차 발견하고 있었다.

"여기는 침실이 아니요. 한길가요."

"여기는 종로 네거리가 아니예요. 숲 사이에요. 우리는 포옹 이상의 것을 한 것은 아니에요. 우리는 침실의 필요를 느끼지 않았어요."

"어쨌든 당신네들의 무교양은 통행인을 불쾌하게 만들었소."

"어쨌든 당신네들의 몰상식은 다른 제삼자의 행복을 파괴하였소."

"대단히 흥미로운 문제라고 생각합니다."

일단 앉았던 나무그루에서 몸을 일으키며 지운은 비로소 논쟁에 참가하였다.

6

지운이가 논쟁이 참가하는 것을 보고 신사와 석란은 각각 기대를 달리하고 있었다.

"어디 당신 좀 말해 보쇼."

하고 신사는 지운의 개입을 환영했고,

"선생님은 잠자코 계셔요."

하고 석란은 지운의 발언을 막았다. 입때까지 침묵을 지키고 있던 지운을 석란보다 지식이나 언변이 낮은 사람으로 보고 신사는 환영했고, 지운이가 입을 열면 신사에게 금시 머리를 숙일 것만 같아서 석란은 막았다.

"어쨌든 선생, 그만하시고 어서 올라가시요."

지운은 미소와 함께 점잖게 권했다.

"아니, 그렇지 않소. 당신은 당신대로 의견이 있을 것이 아니겠소? 이 당돌한 여성의 말이 옳으냐, 내 말이 옳으냐?……"

"물론 나로서의 의견 같은 것이 있기는 하지만 구태어 여기서 이야기하여 논쟁을 더 계속시킬 필요가 없으니까요. 어서 부인을 모시고 올라가시요."

지운으로서는 결말을 이미 짐작했었기 때문에 그 이상 논쟁을 계속하는데 흥미를 갖고 있지 않았다.

"아니요 그렇지 않소. 똑똑히 좀 들어 봐야겠소. 아무리 오늘날 세상이 부패하고 풍기가 문란하다고는 하지만 그 쪽에서 도리어 이쪽을 논란하고 공격할 만큼 이유가 당당하다고는 믿을 수 없소. 보아하니 노형의 나이도 지긋하오. 이 당돌무쌍한 여성의 교양을 위해서라도 노형이 잘 지도를 해야만 할 것이요."

석란은 한두 번 쿡쿡 웃었다. 당돌무쌍하다는 말이 우스웠기 때문이다.

"그러나 나에게는 이 학생을 지도할 만한 능력이 없읍니다."

"뭐, 학생이라고?……"

"그렇습니다."

"음 —"

신사는 석란의 아래 위를 한참 동안 훑어 보면서 저으기 못마땅하다는 얼굴을 지었다.

그것이 또 석란은 우스워서 쿡쿡 웃으며,

"양공주 쯤으로 알았나 봐. 후훗……"

그러면서 석란은 무성한 송림 사이로 하늘을 쳐다보았다.

"음, 배움의 집에 있는 사람이……"

"당돌무쌍해요?"

"하핫……"

지운은 웃었다. 신사 옆에서 부인도 시무룩했다. 웃지 않은 것은 석란과 신사뿐이었다.

"그래 노형의 연륜으로 저런 애숭이 하나를 옳은 길로 지도하지 못한다는 말이요?"

"어떤 것이 옳고 어떤 것이 그른지, 나 자신 확고한 지도 정신을 갖지 못했으니까요."

신사는 이번에는 지운의 아래 위를 다시 한 번 쭈욱 훑어보며 개탄하였다.

"음, 세상은 완전히 돌고 말았다! 노형도 그것을 모른다니……"

"사물을 보는 눈과 생각하는 과정이 서로 다르니까요."

"눈이 다르다?……"

"그렇습니다. 선행은 이곳을 한길가라고 완강히 규정을 지었지만 이 학생은 이곳을 숲 사이라고 완강히 주장하였지요."

"길 옆이면 한길가가 아니요?"

"송림이 이처럼 총총히 서 있는 데니까 숲 사이가 아닙니까?"

"그것은 궤변이다!"

"이 학생의 입을 빌면 선생의 주장도 궤변이 되겠지요.

선생의 한길가라는 관념에는 종로 네거리 같은 인상을 다분히 강요하고 있는 것과 마찬가지로 이 학생의 숲 사이라는 관념에는 심산유곡을 의미하고 있을는지도 모르니까요."

"음, 확실히 궤변이다. 해방 이후, 이런 종류의 궤변을 나는 젊은이들의 입으로부터 수없이 많이 들어 왔다. 그리고 그 결과는 우리 동양의 미풍양속(美風良俗)을 무자비하게 파괴하였을 뿐이다. 음—"

비분강개의 빛이 신사의 얼굴을 어둡게 덮기 시작하였다.

7

미풍양속의 파괴자로서 비분강개하는 신사의 어두운 얼굴을 지운은 일종의 동정의 넘을 가지고 바라보지 않을 수 없었다. 실상 지운은 이론으로는 석란의 입장을 대변하고 있기는 하지만 어딘가 지금까지 자기가 지니고 있던 모랄리티(道義感[도의감])의 붕괴를 서글퍼하는 심정이 쭈욱 꼬리를 물고 있었기 때문이었다. 그런가 하면 동시에 행복의 파괴자를 아름다운 정열과 투명한 논리를 가지고 규탄하여 마지않는 이석란의 신선한 생태(生態)에 대하여 깊은 이해와 동감의 념을 금치 못하는 것도 또한 지운으로서는 사실이기도 하였다.

새로운 것에 대한 강렬한 매력과 낡은 것에 대한 무한한 애석(哀惜), 혁명에의 동경과 진통에의 애착, 파괴와 보수(保守), 모험과 안식, 불안과 평온의 중간 지대에서 삼십 대의 작가 임지운은 허둥지둥 신음을 하고 있는 것이다.

"그래 노형은 도대체 어떻게 생각하오? 여기가 한길가요? 숲 사이요?……"

이 신사의 직업이 무엇인지는 모르지만 ●●● 대단히 좋아하는 것만은 사실이었다.

"송림 사이에 오솔길이 한 줄기 났을 따름이지요. 선생은 선생대로 종로 네거리 쯤으로 생각하고 어서 올라가시요. 생각하는 바가 서로 달라서 그러는 거니까요."

"무슨 말을…… 보는 눈은 다 똑같을 것이요. 다만 노형의 편에서 궤변을 논하고 있는 것뿐이요."

"그렇지 않습니다."

지운은 비로소 정색을 하였다. 지운의 어조는 저도 모르는 사이에 점점 정열을 띠워왔다. 신사의 태도가 지나치게 집요하다.

"선생은 남녀의 포옹을 보는 순간, 침실을 연상하는 인격밖에 갖지 못하는 종류의 인간일는지 몰라도 이 학생은 그러한 욕망도 체험도 없었기 때문에 그런 것은 연상조차 불가능했을 거요. 그것으로 곧 침실을 연상하는 선생의 인격이야말로 이 학생의 순결성을 모독하는 추잡 이상의 추잡을 의미하는 것입니다."

"야아, 선생님, 멋지네요!"

석란이가 옆에서 손벽을 치며 응원을 했다.

"여보, 어서 올라가요!"

부인이 얼굴을 붉히면서 신사의 팔소매를 힘차게 잡아 끌었다. 이러다가는 자기네 규방이 드러날는지도 몰랐다.

"아, 가만 좀 있어!"

신사는 잡힌 팔을 뿌리치며,

"도리어 내 인격이 추잡하다고?……"

신사는 모욕을 느끼며 외쳤다.

"그렇습니다. 남녀 칠세에 자리를 같이 하지 않던 옛날에는 남자와 여자가 손만 잡아도 추잡을 느꼈지요. 그러나 오늘날, 종로 대로상에서 행하여지는 남녀의 악수에서 선생은 추잡을 느낍니까?"

"부둥켜안고 돌아가는 것과 악수는 성질이 다르다!"

"마찬가지요. 선생은 과대 표현을 하여 부둥켜안고 돌아간다고 했지만 우리들은 조용한 포옹 이상의 것은 하지

않았소. 그거야 말로 중인 간시중에서 부둥켜안고 돌아가
는 오늘의 사교춤은 어떻게 생각하시요?"

"그것도 추잡이다!"

신사는 사교춤의 경험이 있다. 거기서 신사는 추잡을
느낀 것이다.

"반 나체가 되어 부둥켜안고 돌아가는 오늘의 발레춤은
어떻게 보십니까?"

"벌거벗고 무대에서 뛰어다니는 것 말이요?"

8

"그렇습니다. 남자와 여자가 절반 벌거숭이가 되어서
포옹 이상의 고혹적(蠱惑的)이요 선정적인 율동을 되풀이
하지요."

"음—"

신사는 얼른 대답을 하지 않았다. 발레 무용을 이 신사
는 한두 번 보아왔다. 그러나 거기서 추잡하다는 생각을
별로 느끼지 못했던 것이다.

"그러나 그것은 예술이 아니요?"

신사의 입에서 예술이라는 말이 튀어나온 것을 지운으

171

로서는 적지 않게 다행으로 여기면서,

"참으로 좋은 말씀을 하셨읍니다. 우리들의 포옹도 하나의 예술이었으니까요."

"야아, 선생님 더 멋진 말씀만 하시네요!"

석란은 어린애처럼 좋아라고 손벽을 치며,

"포옹은 예술이다! 얼마나 좋은 말이예요!"

했다.

"여보, 그만하구 인제 올라가요."

자기의 남편이 천진난만한 이 젊은 불량배들에게 붙잡혀서 하나의 놀림감이 되어 가고 있는 양을 불현듯 느끼며 그렇게 말했으나 신사는 신사대로,

"당신은 좀 가만 있어요. 그래 당신네들의 행동이 예술이었다고요?"

"그렇습니다. 연애는 우리 인생에 있어서 하나의 예술을 의미하고 있지요. 그것이야말로 오늘의 발레 무용의 기본적인 정신을 형성하는 것입니다. 만일 남녀의 애정의 교환이 선생의 지론대로 하나의 추잡을 의미한다면 오늘의 발레무용에서도 선생은 추잡을 느꼈어야만 했을 것이 아닙니까?"

"그러나……"

신사는 무엇인가 항변을 계속하려 했으나 논리의 궁핍

이 앞을 칵 막았다.

"선생은 참으로 위대한 맥시미스트(格言者[격언자])세요? 연애는 인생의 예술이다! …… 오오, 원더풀!"

석란은 정말로 지운이가 좋아졌다. 말이 별로 없는 그저 온순하고 의젓한 인품으로만 알았는데, 이처럼 인간의 기미(機微)를 샅샅이 통찰할 수 있는 예지(叡知)의 소유자더구나 남녀의 애정을 예술에까지 끌어 올리고 있는 연애찬미자인 사실이 석란을 더우기나 황홀케 하였다.

"선생의 도덕적 감정은 남녀 간에 행하여지는 오늘의 악수를 하나의 예의로서 허용을 하셨고 발레춤은 하나의 예술로서 감상할 수 있는 단계에까지 도달하였읍니다. 남녀 칠세에 부동석하던 옛날에는 남녀가 단둘이서 하등의 사무적인 용건 없이 이러한 으슥한 산골을 찾아 올라간다는 것은 보는 사람으로 하여금 분명히 하나의 추잡을 연상시켰읍니다.…… 그러나 오늘의 선생은 추잡감을 조금도 느끼지 않고 그것을 실천하고 있읍니다."

"그러나 이 사람은 내 아내요. 야합인 줄 알았소?"

대꾸에 궁해 있던 신사는 모욕이나 받은 것처럼 분연히 대답하였다.

"아, 그러십니까! 행복한 가정을 가지셔서 보는 눈에도 대단히 아름답읍니다."

지운의 말이 다소 야유조로 들렸는지 신사는 대들 것처럼 억세게 물어 왔다.

"당신네들은 대체 무어요?"

"우리도 야합은 아닙니다. 이 학생은 나의 약혼자입니다."

"음―"

신사는 이제는 최후의 답변조차 잃어버리고 말았다.

"멀지 않아 선생도 오늘의 사교춤을 예의로서 허용하게 될 것이고 종로 한가운데가 아닌, 조그만 오솔길을 가진 송림 속에서의 저희들의 행복을 조소의 눈으로 바라보지는 않게 되시지요. 자아, 악수를 합시다."

"싫소!"

내밀어진 지운의 손을 무시하고 신사는 부인과 함께 획 돌아서 갔다.

결혼의 조건[86]

1

　지운의 악수를 거절하고 총총히 사라져가는 신사의 심중에는 어딘가 석연하지 못한 데가 있었기 때문이다. 이삼십 대의 젊은이의 말을 한낱 자기네들의 불량성을 옹호하는 궤변이라는 생각을 끝끝내 포기치 못하면서도 논리에 궁하여 대답을 못한 자기 자신의 무기력한 모랄리티가 그지없이 분했다.

　"아, 하하핫……"

　그때 돌연 석란의 유쾌한 웃음소리가 소프라노의 음계를 가지고 폭발하였다.

　저만큼 걸어가던 신사가 또 걸음을 멈추며 괘씸하다는

---

86) 結婚의 條件

얼굴로 후딱 돌아섰다. 논쟁에 진 것만도 분한 노릇인데 쓸모라고는 하나도 없는 양공주의 동족같이 타락한 계집 애가 또다시 나를 비웃어?…… 사십여 년 동안 지니고 온 도덕적인 감정은 아무리 정연한 논리 앞에서도 그리 쉽사리 머리를 숙이지 않는 법이다.

"왜 또 웃는 거야? 응?……"

신사는 발을 구르면서 소리소리를 쳤다.

"아이구, 글쎄 그만하구 가요."

부인은 정말 골치를 앓는다.

"아, 하하핫……"

석란은 허리를 꼬며 그냥 웃어만 댔다. 손뼉도 두어 번 쳤다. 멀리서 보면 무슨 보건 운동이나 하는 것 같다.

"뭐가 우서워, 응?……"

신사는 신사대로 또 소리를 쳤다.

"우서운 게 한 가지 있대요. 아, 하하핫……"

"뭐야? 빨랑빨랑 말을 못하겠나?"

"인제 할께요."

"뭔데, 빨리 해 봐!"

이 감정, 저 감정이 한데 뭉치어 신사의 얼굴은 푸르락 푸르락이다.

"오늘은 정말 대성공이야요."

"뭐가 대성공이야? 그런 궤변만 논하면서도 그대들이 이겼다고 생각하는 거야? 반성을 모르는……"

"아냐요."

"그럼 뭔데?"

"우리 선생님이 말야요."

"뭣이?"

"우리 선생님이 종시……"

"뭐가 어쨌서?"

"우리 선생님이 말야요."

"그대의 선생이 어쨌다는 말이야?"

"우리 선생님이 종시 지셨다는 말이야요."

"졌다?…… 언제는 뭐 이겼다고 대성공이라면서……"

"그런 문제가 아니래요."

"아니다?……"

"보는 눈이 다르고 생각하는 과정이 서로 달라서 혼선 (混線)을 일으키는 거에요."

"음, 괘씸한 사람들이다! 어디까지나 웃사람을 놀려만 먹으려고…… 패덕의 종자들! 타락한 학생들!"

신사는 치를 부들부들 떨었다.

"혼선이라니까요."

"뭐가 혼선이야?"

"우리 선생님이 종시 지셨어요."

"똑똑히 말을 해! 누구한테 졌다는 말이야?"

"나 한테요."

"뭣이?……"

"나는 아직 우리 선생님한테 약혼 신청을 한 일도 없는데 말이야요."

"응?……"

"아까 우리 선생님이 뭐라고 그러셨는지, 들으셨죠?"

석란은 그러면서 익살맞게 엄숙한 표정을 지으며,

"에헴, 우리도 야합은 아닙니다. 이 학생은 나의 약혼자입니다!…… 아, 하하핫…… 아, 하하핫."

"으왓……"

지운도 커다란 웃음을 폭발시키면서 벅적벅적 머리를 긁었다.

2

석란과 지운이가 허리가 끊어지도록 웃어대고 있는 동안, 신사 부부는 영문을 잘 모르겠다는 듯이 어리둥절했다.

"설명을 좀 해 드려야겠어요. 저희들만 기쁘게 웃어서 미안하지 않아요?"

석란은 지운을 힐끔 쳐다보고 나서,

"우리 선생님에겐 예쁜 여자가 많이 따라 다닌답니다. 나 같은 건 어림도 없대요. 그래서 우리 선생님이 마음속으로 갈팡질팡하고 있던 참에 약혼자가 튀어나왔거든요. 그건 오직 아저씨와 아주머니의 덕분이지요. 후훗……"

석란은 쿡쿡 웃었다.

"호호호…… 알고 보면 저렇게 유쾌한 아가씬데……"

부인은 손으로 입을 가리우며 귀엽다는 듯이 웃었고,

"음—"

신사는 어이가 없어서 얼굴을 빽 내려 쓰는데,

"하하핫…… 그러나 그건 실언이다! 아차, 실수라는 말이 있지 않아?"

지운은 또 지운대로 통쾌하게 웃었다.

"어머나! 저를 어째?……"

석란은 일부러 표정을 쓰며,

"아주머니, 증인 좀 서 주셔야겠어요. 아주머니도 분명히 들으셨죠?"

부인도 그만 유쾌해져서,

"예예, 분명히 듣구 말구요. 아차, 실수로 약혼하는 양반이 어디 있어요?”

“거 좀 보세요, 선생님!”

“아하핫…… 증인이 한 분 생겼으니 꼼짝도 못하게 되었소.”

지운은 또 머리를 긁었다.

“왜 한 분뿐이에요? 아저씨도 들으셨죠?”

“그 말에는 신사도 빙그레 웃으면서 어쨌든 굉장한 아가씨요!”

했다. 그리고는 부인과 함께 돌아서 갔다. 그 돌아서는 순간을 붙잡아 석란의 카메라가 책칵하고 두 사람의 푸로필을 필름에 넣었다.

“기념으로 한 장 찍어 둬야지.”

그러나 이 한 장의 필름이 후일에 이르러 실로 중요한 역할을 할 줄은 석란도 모르고 지운도 몰랐다.

“우리도 저리로 좀 더 올라가지.”

신사와는 딴 갈래 길을 걸어 숲 사이로 올라갔다.

“어떡거나?…… 승낙을 할까? 말까?……”

올라가면서 석란은 혼잣말처럼 종알거렸다.

“무얼 말이야.”

“선생님의 결혼 신청 말에요.”

“흥, 누구가 신청을 했어?”

"증인이 두 사람씩이나 있대요. 그래서 한 커트 찍은 거에요. 무슨 트러블이 생김 증인으로 불러와야잖아요?"

"그건 신청이 아니고 승낙을 의미했을 뿐이야."

"내가 언제 푸로포우즈를 했어요?"

"아까 올라올 때, 결혼을 하면 남편 교육을 톡톡히 해야 겠다는 말은 누구가 했어?"

"그건 제 마음의 풍경이었지, 정식 발언은 아니었으니 까요."

"요것이!"

지운은 석란의 보드러운 손 하나를 휘어잡으며 아프도 록 힘껏 쥐어짰다.

"흥, 누가 아프달까 봐서?……"

"이래두 안 아퍼?"

"아야얏 —"

"항복을 해요. 요 깜찍한 심리학자!"

"항복, 항복."

석란은 손을 부비며,

"남자들의 나쁜 버릇이야요. 말로 해서 못당함 금방 완 력을 사용하지요. 아, 참 나 조건이 있어요."

"조건?……"

"결혼 조건이 한두 가지 있대요."

"뭔데?……"

"저기 저 풀밭에 올라가서 이야기해요."

3

계곡을 멀리 내려다보는 산중턱에 사랑의 말들을 바꾸기에는 아주 십상인 풀밭 하나가 있었다.

푸른 하늘과 나무가지의 새들만 잔소리가 없다면 두 사람의 행복은 영구히 순수할 수도 있는 것이다.

석란은 누워서 하늘을 쳐다보며 호물호물 초콜렛을 녹이고 있었고 지운도 엎디어서 포켓위스키를 기울어고 있었다.

"그래 어서 말 좀 해 봐요. 결혼의 조건이란 무언데?"

"후훗!"

하고 석란은 쿡쿡 웃다가,

"첫째로……"

"첫째로……?"

"절대로 아내를 때리지 말 것! 힘깨나 쓴다고들 걸핏하면 주먹을 들지만."

지운은 웃었다. 귀여운 말이었다.

"둘째로는……?"

"둘째로는…… 어떤 일이 있더라도 최소한 하루에 한 번 씩은 꼭꼭 안아줄 것!"

순간, 지운은 후딱 얼굴을 들었다. 대지(大地) 위에 되는 대로 내맡긴 석란의 쭉쭉 뻗은 사지가 눈앞에 지극히 미 츠럽다. 지운은 차차 황홀해졌다.

"포옹은 여성에게 있어서 최고의 행복을 의미하고 있 지요."

지운은 약해져 갔다. 처녀의 몸뚱이를 저처럼 아무렇게 나 내맡겨도 좋을 만한 대지의 성실한 인격이 지운은 점 점 부러워지기 시작하였다.

"셋째로……"

"…………"

지운은 이미 대꾸를 잃고 조그만 구릉이 두 개 볼록볼록 한 석란의 흰 부라우스를 물끄러미 응시하고 있었다.

"선생님은 작가지만…… 그렇지만 예술을 아내보다 더 사랑하지 말 것!"

순간, 지운의 손길이 얼굴과 함께 쭉 뻗어 왔다. 가슴이 부딪치며 입술도 왔다.

하늘을 향하여 호물호물 초콜렛을 녹이고 있던 빨간 입술이었다. 그 입술이 기습을 받고 호닥닥 놀랐다. 뭐라고 또 익살맞은 발언을 하려는데 위스키의 향기가 덮어 씌워 왔다. 발언은 소리를 잃고 숨길만 파동쳤다. 위스키

초콜렛의 감미로운 미각 속에서 두 줄기의 애정은 황홀한 경련을 일으키고 있었다.

초가을의 푸르디 푸른 하늘 아래였다. 대지는 영원한 침묵을 지켜주었고 하늘은 잔소리도 질투도 하지 않았다.

그러나 이때, 조그만 불행이 하나 지운에게 왔다. 그것은 창경원 연못가에서의 소녀의 환영이었다. 잊어버린 줄 알았던 기억의 소생이었다.

그러나 그 한 조각 아득한 기억의 소생은 지운의 포옹에의 정열을 오랫동안 방해하지는 않았다. 환영은 단지 지운의 뇌리를 순간적으로 스치고 다시금 까맣게 사라져버렸기 때문이다.

그런데 지운에게 있어서 하나의 불행이라는 것은 아득한 그 소녀의 환영이 아니고 그것을 계기로 해서 발동하기 시작한 한 줄기의 몽롱한 자의식(自意識)이었다.

"지금 내가 취하고 있는 이 행동이 과연 연애라는 것인가?……"

지운의 의식 세계에 의혹이 왔다. 동시에 그것은 포옹에의 정열을 분열시키고 약화시키는 불행을 가져오기 시작하였다.

"이 황홀은 흡사 연애 감정 같기도 하지만……"

그러나 한 편으로 또 생각하면 그것과는 적지 않게 거리가 있는 단순한 욕망의 부속물 같기도 하였다.

4

"정열을 분열시키는 불행한 의식!"

그것은 현대 지식인의 비극을 의미하고 있었다. 자기의 행복을 비판하는 또 하나의 자기를 항상 대동하고 다녀야만 하는 작가 임지운의 불행은 동시에 인간 임지운의 성격을 분열시키는 현대적 비극을 의미하고 있다.

이러한 자의식은 정열의 통일을 방해하고 행동의 약화를 가져옴으로써 마침내는 인격의 파탄을 점차로 조성하게 되는 비극의 원인을 의미하고 있었다.

"이 황홀 속에서 나는 과연 죽을 수가 있는 것일까?……"

지운은 마음속으로 돌이돌이를 하였다. 석란의 편에서 만일에 죽음이 요망한다손 치더라도 지운의 감정으로는 도저히 따라 갈 수가 없다. 무엇인가 한 가지, 연애 감정의 요소 같은 것이 이 정열 속에는 결핍되어 있는 것 같았다. 그러나 그것이 과연 무엇인지, 지운은 몰랐다.

"선생님."

포옹이 끝난 후, 석란은 조용히 불렀다.

"응?……"

"이상해요."

"무엇이?"

"온갖 기억을 망각할 수 있는 정열이 이 세상에 있다는 사실이 말예요?"

"…………"

지운은 적지 않게 마음으로 놀랐다.

자기와는 다른 석란이었다. 자기비판 앞에 의식의 분별과 정열의 약화를 쓰라리게 맛본 지운으로서는 석란의 통일된 정열이 부럽기도 하였고 한 편 측은하기도 하였다.

"선생님!"

"응?……"

"선생님이 정말루 정주 언니와 결혼하고 싶으시담, 하셔도 무방해요."

눈동자와 함께 목소리도 젖어 있는 조용한 한 마디였다.

"누구가 그런 말을 했어?……"

지운은 또 한 번 놀라며 감정 이상의 표정을 썼다.

"선생의 그 망설이는 마음을 제가 그만 유혹을 해서

미안해요."

"석란! 쓸데없는 말 말아요. 유혹을 해서 유혹을 당했다면 그건 석란을 결국 좋아했다는 증거가 아니야?"

"사랑했다는 말은 왜 안 쓰세요?"

"마찬가지 뜻이다! 다만 나는 요즈음 헌 신짝처럼 천해진 사랑이란 말에 구역질을 느꼈을 뿐이니까――"

"실언은 아니죠?……"

"응?……"

"아까 쌈할 적에 그런 말 하지 않았어요?"

"그런 종류의 농담 쯤 이해 못하면 어떻거나?…… 애정도 필요하지만, 결혼 생활에는 이해가 좀 더 필요할 텐데……"

"결혼함 행복하겠지?……"

"서로가 이해를 많이 해야지."

"아버지 되시는 임 교수에게 제 선을 한 번 보여 드려야겠어요. 암말도 하지 않고…… 있는 그대로의 제 모습을 나쁜 점 좋은 점…… 그래야만 나중에 실망이 없지."

"철학 강의 시간에 한 번 들어가 봐요."

선택 과목으로 된 철학 강의를 석란은 선택하지 않고 있었다.

"들어가서 멋진 질문을 하나 해야겠어. 임 교수의 인상에 남도록……"

이러한 결과가 오늘에 와서 임학준 교수와 이석란의 대면을 가져오게 하였고 또한 그러한 결과로서 지운과 석란의 결혼 문제에 대하여 정식으로 임 교수 내외의 승인을 받게 되었던 것이었다.

긴 회상이었다. 십 년에 걸친 이 기나긴 회상에 잠겨 있는 동안 꽃봉투는 완전히 재가 되어 재털이[87] 속에 도사리고 앉았다.

책상 위에 두 팔고비를 올려놓고 업디어 있던 지운은 눈을 뜨고 방안을 돌아다보았다.

문은 한쪽이 열린 채 밤바람이 드나들고 있었다. 말라 빠진 은행잎과 파란 손수건과 '愛人[애인]'의 두 글자가 씌어 있는 장지 한 장은 그냥 책상 위에 널려져 있었다.

지운은 다시 성냥을 그어 은행잎을 태웠다. 성냥갑에는 이제 두 가치밖에 알맹이가 남지 않았다. 그 한 가치를 집어 파란 손수건을 다시 태우기 시작하였다.

그러나 손수건은 은행잎처럼 쉬이 타 주지는 않았다. 타다가는 껌뻑껌뻑 불길이 스러진다. 마지막 한 가치를 켜가지고 갖다 대는데 바람에 휙 불이 꺼지고 말았다.

---

87) 재떨이

지운은 다른 성냥을 찾았다. 그러나 성냥갑은 보이지 않았다. 지운은 하는 수 없이 몸을 일으켜 양복주머니를 뒤져 보았다. 그러나 들어 있는 줄 알았던 라이터는 없다.

"참, 안방에다 놓고 왔었군!"

아까 안방에서 아버지가 담배 한 꼬치를 빼들었을 때 지운이가 얼른 자기 라이터로 붙여 드린 생각이 났다.

지운은 뜰 안으로 통하는 문을 살그머니 열고 안방을 엿보았다. 그러나 안방에는 이미 불이 꺼져 있었다. 지운은 하는 수 없이 부엌으로 나가 보았다. 그러나 어찌된 셈인지 부엌에도 공교롭게 성냥갑은 보이지 않았다. 지운은 다시 방으로 돌아왔다.

찢어 버리거나 쓰레기통에 구겨 넣기는 어쩐지 싫었다. 불살라 버리는 것이 지운에게는 흡족했다.

그것이 우연인지 필연인지, 지운은 모른다. 어쨌든 이 순간에 있어서의 지운으로서는 자기의 의욕대로 행동할 수 없는 불가능한 상태에 놓여 있음을 불현듯 깨달았다.

"내일 태우지."

지운은 그렇게 생각하며 한 쪽 귀때기가 타 버린 파란 손수건에다 편지 한 장을 착착 접어서 도로 쌌았다.

"어디다 둘까?"

책장 설합에다 넣고 다시 쇠를 잠거 둘 필요까지는 느끼지 않았다. 그래서 책상 앞에서 서성거리고 있는데 '세계 문화사대계(世界文化史大系)' 한 질이 눈앞에 주루루 꽂혀[88] 있는 것을 보는 순간, 지운은 무심코 손을 뻗쳐 그 중 한 권을 뽑아 쥐었다. 그것은 보급판 제 삼권이었다.

지운은 그 책갈피에 편지를 싼 납작한 손수건을 끼워두고 다시 제자리에 꽂아 놓았다.

이윽고 지운은 불을 끄고 자리에 들었다. 십 년 동안에 걸친 자기의 창백한 감정을 깨끗이 청산해 버렸다는 사실이 지운의 몸과 마음을 지극히 가볍게 만들고 있었다.

"정주와의 관계도 아름답게 결말을 지었고……"

정말로 기분이 홀가분했다.

"좋은 남편이 되자!"

지운은 석란을 생각하였다.

더구나 오늘, 조금도 장식 없는 자기의 모습을 있는 그대로 아버지에게 보여준 석란의 명랑하고 투명한 행동이 귀여웠다고, 지운은 어둠 속에서 빙그레 웃었다.

---

88) 꽂혀

운명의 여인[89]

1

오늘밤 작가 임지운이가 한 사람의 성실한 남편이 되려는 굳은 신념을 가지고 과거 십 년 동안에 걸친 창백한 감정의 잔재를 깨끗이 불살라 버리려고 했다. 그것은 닥쳐올 결혼 생활에 있어서 불필요한 감정일 뿐 아니라 그것을 까딱 잘못 취급을 하다가는 단란한 부부애에 틈사리[90]를 가져오는 위험한 잔재물이 될는지도 몰랐기 때문이다.

그러나 오늘밤, 임지운의 그러한 성실한 의욕이 분명히 발동을 하고 있었건만 비극은 한 가치의 성냥개비를 마음대로 손에 넣지 못하는 객관적 상태에 놓여 있었던 까닭

---

89) 運命의 女人
90) 틈서리

에 자기의 의욕대로 행동을 취하지 못했다는 사실을 과연 이것을 하나의 우연으로 볼 것인가, 필연으로 볼 것인가?……

인간의 입장으로 볼 때에는 하나의 우연성을 의미할는지 모르지만 조물주의 입장에서 내려다 볼 경우에는 그것은 하나의 필연성을 의미했을 것이다.

어쨌든 사람들은 그러한 것을 말할 때, 운명이라고 불러왔다. 그것은 오로지 인간이 지닌 하나의 불구성(不具性)을 의미하고 있었다.

인간이 만일 같은 시각에 두 가지의 행동을 취할 수 있는 기능을 가졌던들 운명은 오늘 날처럼 수많은 비극을 탄생시키지는 않았을 것이며 따라서 좀 더 합리적인 행복을 인간으로 하여금 누리게 했을 것이다.

여기 또 한 사람의 운명의 주인공이 있었다.

임학준 교수의 연애 강좌가 끝난 후, 크리임색 시보레 오십이 년도에 몸을 싣고 그림처럼 자주치마의 여인은 미끄러저91) 갔다. 바운드가 도리어 상쾌한 리듬을 주는, 보오얗게 반짝이는 녹색 비로드 쿠션이었다.

"그래 임 교수의 연애 강의는 재미있었소?"

---

91) 미끌어져

손수 운전을 하면서 남자는 물었다.

중절모에 눈이 부시도록 보오얀 곤색 떠불을 남자는 입고 있었던 삼십이삼 세의 연배로서, 일견 수재형의 모습을 가진 신사였다.

"네."

여인의 대답에는 흥미 없다.

남자 옆에 여인은 앉아 있었다. 석란이 또래[92]의 연령은 훨씬 넘어선 조용한 인품을 여인은 갖고 있었다.

"무슨 이야긴데?……"

남자는 힐끔 여자의 모습을 바라보면서 물었다. 미소를 띤 얼굴이었으나 눈초리가 날새다.[93]

"그저 이런 이런 이야기, 저런 이야기……"

여인은 책가방 대신 무릎에 놓은 핸드백을 만지락거리고 있었다.

"어째 흥이 없어 보이는데…… 별로 신통치 않았던 모양이로군. 영심 씨가 그처럼 기대를 갖고 온 강의가 아니요?"

금년 봄, M여대 영문과를 졸업한 오영심(吳英心)은 근엄한 철학자 임학준 교수의 특별연애 강좌가 모교에서

---

92) 또래
93) 날쌔다

열린다는 소문을 듣고 여러 가지 의미에서 많은 기대를 품고 청강을 왔던 것이다.

2

"도대체 무슨 이야긴데?……"

차는 서대문을 향하여 천천히 달리고 있었다.

"저어……"

오영심은 신 안나는 대답을 하며,

"애정 문제를 진실하게 생각하라는 거예요."

"음, 진실하게……"

"인생을 장난하는 하나의 방편으로서 애정 문제를 취급해서는 안된다는 거예요."

"허어, 인생을 장난한다?……"

이 남자에게는 그러한 표현이 신통하게 들렸는지, 저으기 감탄을 하며 오영심을 다시 한번 쳐다보면서,

"물론 그래야지! 장난이란 말이 되나?……"

"요즈음 연애니, 사랑이니 하고 사람들이 흔히들 떠들지만요."

말은 남자들 위해서 하고 있었으나 영심의 시선은 창밖

에 흐르는 저녁 풍경을 몰래 감상 하고 있었다.

"그런 천박한 의미에서가 아니고 참으로 좋은 말씀 많이 해 주셨어요."

"뭔데요?"

"사람은 자기 이상의 연애를 할 수 없다는 말이라든가 연애의 목적은 향락이 아니고 인격 도야(陶冶)를 위한 행동이이라든가 하는 말, 참으로 좋은 이야기예요.

"음, 다소 엄숙하지만…… 그러나 그 말에는 나도 동감이요."

실감을 잃은 동감을 남자는 했다. 그러나 그래야만 할 이유가 남자에게는 있었다.

변호사 유민호(劉敏豪)는 변호사로서보다도 덕흥상사(德興商社)의 젊은 사장으로서의 명성이 한충 더 높다. 그 유민호가 수일 내로 오영심의 남편이 될 자격을 갖고 있었기 때문이다.

"연애는 진검승부라고요. 잘못하면 목숨을 건드리는 그런 종류의 사랑만이 진실하고 아름다운 연애라고요."

"좋은 말이요! 그 한 마디는 바로 영심을 사모한 유민호의 심경을 두고 한 말이 분명한데……"

그러면서 유민호는 쾌활하게 웃었다. 영심도 쓸쓸히 따라 웃었다.

"전검숭부! 참으로 좋은 말이요. 오늘부터 나도 임 교수를 존경해야겠소."

서울역 앞으로 해서 차자 남대문 옆을 지날 무렵,

"우리 임 교수를 한 번 모시면 어때요?"

유민호가 불쑥 말했다.

"아, 임 교수를……"

임 교수를 한 번 찾아뵙고 싶은 충동은 아까 교실을 나설 때부터 느껴온 영심이었다. 진실하고 아름다운 연애를 역설하여 영심의 불행한 심금을 울린 임 교수가 아니었던가.

"임 교수를 한 번 모시고 이번 결혼식에 주례를 좀 서달랄까?…… 그런 인격자요 고명한 학자가, 주례를 서 준다면 확실히 식장이 빛날 게 아니요."

약혼자가 갑자기 열을 띠어 왔다.

"주례를?……"

영심은 심중 저으기 놀라면서 약혼자를 쳐다보았다.

임 교수 같은 성실한 분이 주례를 서 준다면 그것은 정말 분에 넘치는 행복이라고, 영심은 생각한다.

그러나 영심은 슬펐다. 임 교수 같은 분을 주례로 모셔도 좋을 만큼 오영심의 결혼은 진실하지도 아름답지도 못했기 때문이다. 그것은 존경하는 임 교수로 하여금 보람 없는 설교를 강요하는 것밖에 아무런 것도 아니다.

"우리 꼭 그렇게 합시다. 더구나 영심이가 그처럼 존경하는 선생님인데……"

한 번 의견을 내면 좀처럼 철회할 줄을 모르는 성품이다.

"글쎄요. 서 주시기나 하실는지 선생님보구 한 번 말씀드려 봐야지만……"

그러는데 차가 진고개 입구 어떤 고급 그릴 앞에서 멎었다.

3

그 그릴 이층 특별실에서 유민호와 오영심은 저녁식사를 했다. 유민호는 식사보다도 맥주를 더 자주 마셨고 오영심은 식욕을 잃고 디저어트까지 가기 전에 나프킨으로 입을 씻고 말았다.

식사 중 두 사람은 별반 이렇다 할 회화를 바꾸지 않았다. 임 교수를 꼭 주례로 모시자는 말과 결혼 후의 행복한 플랜에 대하여 유민호는 취흥과 함께 혼자말처럼 떠버렸으나 영심은 그저 모두가 지당하다는 얼굴을 하고 있을 따름이었다.

이윽고 식사가 끝나고 자리를 일 무렵, 유민호는 얼른 먼저 일어나 영심의 등뒤로 돌아가자 가벼운 포옹과 함께 약혼자의 귀밑에다 입술을 갖다댔다.

　"결혼식날이 기달려져서 못견디겠소!"

　유민호는 점잖게 속삭이며 정열의 아우성을 억제하는 데 힘든 노력을 꾀하는 것이었다.

　그러나 영심은 아무런 대답도 없이 오뚜기모양 오뚝 서서 가만히 눈을 감고 있었다. 약혼자의 애정을 거절도 환영도 하지 않는 태도였다.

　"인제 돌아가요."

　영심은 이윽고 살그머니 몸을 빼며 식탁 위에 놓인 핸드백을 들었다.

　영심의 심중을 유민호는 잘 알고 있다. 그러나 유민호는 어디까지나 그것을 아는 척하지는 않았다. 그러한 표정을 가지고 유민호는 영심과 함께 그릴을 나섰다.

　아직 채 어둡지 않은 황혼의 거리였다. 영심은 혼자서 거리를 걷고 싶어졌다. 일견 점잖고 상냥한 이 약혼자의 옆에서 한시바삐 떠나고 싶은 심정이 영심은 점점 되어 가고 있었다.

　"바쁘실 텐데 돌아가 보세요."

　명륜동 자기집까지 태워다 주겠다는 약혼자의 말을 영

심은 그런 말로서 가볍게 사양을 했다.

"괜찮소. 암만 바빠도 영심 씨를 바래다 줄 만한 시간이야 없겠소?"

유민호는 부득부득 영심이더러 올라타란다.

"밤길에 혼자 다니는 건 위험도 하구……"

영심은 하는 수 없이 차에 올랐다. 마음이 그만큼 겸허하다. 누구가 두 번만 권유하면 거절을 못하는 영심의 성품이었다.

종로를 거쳐서 돈화문 앞을 지날 무렵에는 거리는 완전히 어두워졌다. 원남동 창경원 담장을 끼고 차는 명륜동을 향하여 상쾌하게 달려갔다. 어둠 속에서 창경원 문은 굳세게 잠겨져 있었다.

이 문 앞을 지날 때마다 영심은 자기가 결코 불행한 인간이 아니라는 것을 느끼곤 한다. 처음에는 괴롭고도 서글픈 기억이었다. 그것이 차츰차츰 면역이 되어 버린 오늘에 와서는 한낱 아름다운 신화인 양 영심의 생활을 윤택하게 만들고 있었다.

"어느 별 밑에 그이는 지금 살고 있을까?……"

무수한 별이 밤하늘에 떴다. 그 별 어느 하나를 그이는 지금 머리 위에 이고 있을 것이 아닌가! 그것을 생각하면 영심은 행복해진다. 슬픔은 이미 가고 행복감이 왔다.

"세월이 흐른다는 건 확실히 좋은 일이야!"

그래서 사람들은 온갖 불행을 잊어버리고 사는 것이라고 영심은 믿는다.

"자아, 그럼 좋은 꿈 많이 꾸고 편히 쉬어요."

경학원 마당에다 영심을 부리고 유민호는 다시금 전찻길을 향하여 차를 몰았다.

창경원 뒷 담장과 경학원 사이에 계곡이 한 줄기 흐른다. 일제시대 이 근방에는 한 무더기 일인 주택이 서 있었다. 그 적산 주택 하나에 영심의 가족은 살고 있었다. 이층에 팔조방 하나를 가진 중류 주택이다.

가족이래야 많은 편은 아니고, 반신불수로 누워 있는 아버지와 팔순이 가까운 조모와 사십 대의 식모와, 영심을 넣어도 네 식구뿐인 단출한 가정이었다.

"너 저녁 먹었니?"

아랫목 온돌방에서 비질을 하고 있던 할머니가 어두워진 눈을 들었다.

"네, 먹었어요. 할머니는?……"

"우리야 벌써 먹었다."

부엌에서 식모가 서름질하는[94] 소리가 들려 왔다.

---

94) 서름하다: 남과 가깝지 못하고 사이가 조금 서먹하다.

"아버지, 지금 돌아왔어요."

영심은 미닫이를 열고 다음 육조방으로 들어갔다.

"음, 너 늦었구나."

누워있던 아버지가 일어나 앉았다. 왼편 다리와 팔을 아버지는 쓰지 못한다. 변소 출입이 간신한 아버지였다.

"그래 무슨 이야길 하드냐?"

"참 좋은 말씀 많이 하셨어요."

아버지의 흐트러진 자리에 손질을 하며 영심은 앉았다.

"그래? 무슨 이야긴데……"

아버지는 담배 한 꼬치를 집었다. 영심은 이내 재털이에 놓인 성냥을 켜드렸다. 한 쪽 손을 쓰지 못하는 아버지는 성냥을 못 킨다. 영심은 이 아버지에게 있어서 한 쪽 손이 되고 한 쪽 다리가 되어 있는 귀중한 존재였다.

"저 옷 좀 갈아입고 내려와서 이야기해 드릴 께요."

이 반신불수의 아버지와 마주 앉으면 이야기는 자연히 길어진다. 길어져도 좋을 차비를 영심은 해 가지고 내려와야만 하는 것이다.

이층으로 올라가서 영심은 옷을 갈아입고 다시 내려왔다. 그리고는 오늘 임 교수의 강의 내용을 쭉 이야기하기 시작하였다.

바깥출입을 못하는 아버지에게는 영심과 마주앉아서

이야기하는 시간을 제일로 즐겨하였다. 한 시간이라도 영심이가 곁에 없으면 이 아버지는 정말로 쓸쓸해서 견디지를 못한다.

그래서 금년 봄, 학교를 졸업하고 시내 모 사립학교에 영어 교사로 취직을 했다가 몸이 하도 고단해서 석 달만에 학교를 그만 두었는데, 아버지는 도리어 잃었던 친구 하나를 얻은 것처럼 기뻐하였다.

결핵성인 체질을 지닌 영심은 어렸을 적부터 줄곧 병원의 신세를 지면서 자랐다. 특히 여학교를 졸업할 무렵쯤에는 폐가 약해져서 대학 병원에 반년이나 출입을 했다. 영심에게는 결혼 생활이 다소 무리일 것 같다는 충고를 의사는 하였다.

"음, 요즈음처럼 남녀의 풍기가 문란한 시대에는 참으로 주옥같이 귀중한 말들이다. 젊은이들에게는 좋은 보약이 될 거다. 훌륭한 학자인걸!"

아버지는 적지 않은 감심의 뜻을 표시하였다.

"그래요. 임 교수의 연애 철학은 아버지의 바둑 철학과 흡사히 통하는 데가 있어요. 바둑놀음이나 장난이 아니고 인격을 연마하는 하나의 도장이라고, 아버지는 말씀하셨지요."

"남녀간에 애정의 교환도 그래야만 한다는 말이겠다?"

"네."

"음, 훌륭한 분이다!"

아버지가 이처럼 인간에 대하여 마음을 움직여보는 일은 근래에 드문 일이었다. 핏기 없는 아버지의 얼굴에는 한 점 홍조의 빛조차 띄기 시작하였다.

4

듣는 것 보는 것이 모두 다 마음에 거슬려 이미 세상을 버린지 오래인 오진국(吳鎭國) 씨였다.

보기 싫은 세상을 보고 사는 것보다는 차라리 죽어서 한 줌 황토가 되어 버리는 것이 사람답기도 했고 마음도 편했으나 아직 노모가 앉아 계시는 몸이라, 먼저 가는 것이 불효막심하여 구차한 목숨을 오늘날까지 이어 오는 오진국 씨였다.

기품 있는 얼굴에 이마가 다소 벗어졌으나 머리는 아직도 세지는 않고 어딘가 도학자의 풍모를 지닌 위인이었다.

세상만사에 흥미를 잃고 노모가 돌아가시는 날만 기다리고 있는 아버지가 오늘 임학준 교수에 대하여 대단한 관심을 갖기 시작한 것을 보고 영심은 또 영심대로 조금이라도 아버지의 흥을 돋우어 드리는 결과가 된 것을 무척 다행으로 생각하며,

"아버지도 말씀하셨지요. 사람은 자기 이상의 바둑을 둘 수 없다고…… 고매한 사람은 고매하게, 야비한 사람은 야비하게……"

"음, 그와 마찬가지로 남녀의 애정도……"

"네. 임 교수께서는 그렇게 말씀하셨답니다."

"그런 훌륭한 학자라면 내가 한 번 상종을 해볼까?……"

오진국 씨의 마음은 또 한 번 비약을 했다. 원체 성미가 다소 급한 위인이었다.

"정말 아버지와는 이야기가 꼭 맞으실 거야요."

"음——"

무슨 삶의 보람 같은 것을 갑자기 아버지는 느끼는 것 같았다.

"그래서 유 변호사의 말은, 그런 훌륭한 분이라면 저희들의 결혼식 때 주례를 좀 부탁하는 것이 어떠냐구요."

"무방하지!"

아버지는 당장에 쾌락을 하였다. 좋으면 좋고 싫으면 싫고, 칼로 베는 듯한 아버지였다.

"내가 한 번 찾아뵙고 청을 드려 보는 것이 온당하지만

너도 아다시피[95] 자유롭지 못한 몸이어서……"

"아버지께서 진정 그렇게 생각하신다면 제가 아버지를 대신해서……"

"옳지. 어디까지나 이 아비를 대신해서 가는 것이지 신부가 될 당자의 입장으로 가서는 당돌하다고 꾸지람을 받을 것이니까, 못써! 내 편지 한 장을 써 줄 테니, 갈 때는 그걸 가지고 가는 것이 좋을 거야."

그러다가 아버지는 훗닥 생각이 난 듯이 물어 왔다.

"임 교수는 바둑이 셀까?"

성미가 급한 사람은 어린애 같은 데가 있는 법이다. 아버지는 대뜸 바둑수부터 물었다.

"아이, 아버지도 참……"

영심은 우수워 죽겠다는 듯이 입을 막으며,

"그런 걸 다 제가 어떻게 알아요?"

"학문이야 나보다 훌륭하겠지만…… 바둑이야 될 말인가!"

했다.

그러한 아버지를 영심은 무척 좋아한다. 아버지와 마주 앉기만 하면 영심의 마음은 고요히 가라앉는 것이다.

---

95) 알다시피

"아버지가 왜 학문이 훌륭하지 못하시나요?"

"안될 말! 동양학(東洋學)은 이미 세상을 잃었어!"

그리고는 심심했던 하루 동안을 성급히 메꿀 셈으로,

"자아, 영심아, 한 판 두자!"

손을 뻗혀 아버지는 머리맡에 놓여 있는 바둑판을 끌어 당겼다.

5

"아버지가 얼마나 심심했으면……"

좀 더 빨랑빨랑 돌아오지 못한 자기가 영심은 저으기 뉘우쳐졌다.

낡아빠진 문갑 한 쌍이 머리맡에 놓여 있었고 그 위에 서적 한 무더기와 벼룻장이 초라하게 놓여 있었다.

영심은 얼른 일어서서 바둑판 이외에는 절대로 사용 못하는 마른행주를 가져다가 골고루 판을 닦아냈다. 갓 들어온 식모가 사정을 모르고 걸레로 바둑판을 닦았다가 아버지에게 벼락 꾸중을 당한 적이 있다.

"바둑판을 천대해서는 못써. 바둑은 놀음이 아니고 심신을 단련하는 인생의 도장이다."

그것이 오진국 씨의 기도(基道) 정신이었다.

"자아, 영심 선생, 오늘은 자신이 있을까?"

오진국 씨는 정색을 하고 바둑판 앞에 홀연히 정좌하였다. 한 쪽을 잘못 쓰면서도 바둑을 둘 때만은 의례히 다리를 가드러뜨렸다. 더구나 반은 농담조지만 상대편을 존칭으로 불러야만 바둑의 엄숙한 분위기를 아버지는 맛볼 수가 있는 것이다.

"자신은 없읍니다만 투지만은 만만합니다."

영심도 단정히 꿇어앉아서 안색을 가다듬었다. 평시에는 말끝을 흐려도 좋았지만 바둑을 둘 때만은 최경어를 열심히 썼다. 칠팔 세의 어린 시절부터 그렇게 하도록 배워 주고 배워온 오진국 씨 부녀의 습성이었다.

"어젯밤의 복수를 오늘은 해야겠소. 여섯 목만 떼 드리지요."

아버지의 바둑수는 그리 센 것은 못되어 초단급을 오르내렸다.

"아니 올씨다. 세 목만 떼 주십시오."

영심의 바둑수는 그러한 정도였다. 십육칠 세까지는 바둑의 진도가 상당히 빨랐던 영심이었다. 그러나 그 후 청춘기에 발을 들여 놓으면서부터는 글자 그대로 지지부진, 한 때는 아버지를 능가할 줄로 믿었던 영심의 바둑수는 별반 활발한 진보를 보이지 못하고 말았다.

"될 뻔한 말인가요. 그럼 다섯 목을……"

"아니올씨다. 그럼 네 목만……"

거기서 두 부녀의 바둑수는 타협을 보게 되어 흑백의 지도가 복잡하게 그려지기 시작하였다.

"너희들, 또 맞섰구나."

할머니가 사과 세 알을 들고 바둑판 옆으로 올라와 앉았다. 아버지에게 바둑을 가르쳐준 것이 바로 이 할머니였던 것이다. 돋보기를 할머니는 쓰고 왔다.

"오늘밤은 영심 선생의 바둑수가 대단히 높으시오."

영심의 검은 돌이 활발하게 뻗고 있었다.

"추켜올리면서 슬쩍 복병(伏兵)을 쓰시려지만……"

"어, 허헛…… 그만 들키고 말았는걸. 녹녹치 않은 선생이야."

"말로 두는 바둑은 인격의 사기(詐欺)라고, 그건 어느 사범께서 가르치신 교훈이지요?"

"음, 기완력이 다소 좋은 것도 탈인가 보오."

아버지는 나지도 않은 수염을 빽 한 번 내려쓸었다. 흰 돌이 다소 궁지에 빠져가고 있는 것이다.

"그런 의미에서 임 교수의 강의도 말보다 인격을 소중히 하셨답니다."

"옳소, 맞았소!"

아버지는 무릎을 탁 치며,

"임 교수의 연애도(戀愛道)나 오진국의 기도(碁道)나 똑같은 철학적 정신에서 출발하는데…… 아뿔싸! 쓸데없는 이야기를 늘어놓다가 궁지(窮地)의 보급로를 끊기우고 말았구려!"

"호호홋…… 사범께서 다소의 악전고투는 면치 못할까 하옵니다."

"음 —"

아버지는 바둑판을 오랫동안 들여다보고만 앉았다.

6

"너의 아버지는 기분이 좋으면 바둑수가 약하고 기분이 나쁘면 바둑수가 세지는 걸 알아야 한다. 자아, 사과나 한 쪽 들어라. 딸한테 질래기에 땀바가지나 흘리겠다."

할머니가 접시에 사과를 깎아 놓았다.

"응, 어디 내일 좀 보자."

석 점으로 아버지가 졌다.

"내일은 임 교수의 이야기를 많이 해야겠어요. 호호……"

"그래라. 너의 아버지가 임 교수에게 홀딱 반한 모양인
데……"

바둑판을 치우고 일동은 사과를 들었다.

조모는 바둑만이 아니라 서화(書畫)도 좀 했다. 평양에
서도 이름이 높던 한학자가 오도원(吳道源) 선생의 부인
으로서 바둑이나 서화는 말하자면 남편의 옆에서 보고
배운 솜씨였다. 남편을 일찌기[96] 여읜 조모는 외아들 진
국에게 바둑과 서화를 가르치어 기도와 서도의 정신을
남편을 대신하여 넣어 주었다. 그것을 또 오진국 씨는
무남 독녀 외 딸인 영심에게 가르쳐 준 것이었다.

일제시대 오진국 씨는 평양 모 사립중학교에서 한글을
겸임한 한문 교사로 이십여 년 동안을 썩고 있는 동안에
그 학교 교장으로 밀려 올라왔다. 일제시대의 한글이나
한문을 가르치는 교사의 지위가 어떠했다는 것은 말할
필요도 없었으리만큼 미천하였다. 일제 말기 한글 폐지
정책이 실시되자 오진국 씨는 자신 교장의 직을 떠나고
말았다. 떠나는 이유 가운데는 민족적 운명에 대한 극도
의 울분도 있었지만 풍증으로 말미암은 부자유한 건강에
도 있었다.

---

96) 일찌기

해방을 맞이하는 해 봄, 오진국 씨의 병세는 점점 더 악화되어 마침내 몸 한 쪽을 쓰지 못하는 불수위 신세가 되었고 설상가상으로 해방 직후 아내까지 병마에 빼앗기는 몸이 되자 육체적으로나 정신적으로나 완전히 실의(失意)의 인간이 되어 버린 오진국 씨에게 있어서 외딸 영심은 반시라도 없어서는 아니 될 귀중한 반려자가 되어 있었다.

　"참, 허군에게서 편지가 왔던데……"

　아버지는 문갑 위 책갈피에서 봉투 두 개를 꺼냈다.

　중동부 일선 지대에 배치되어 있는 XX연대장 허정욱(許正旭) 중령에게서 온 서신이었다.

　"이번 결혼식에는 휴가를 얻어가지고 꼭 참석하겠다구……"

　"네……?"

　영심은 저으기 반색을 하며 아버지를 바라보았다.

　"어떻게 되면 후방으로 옮겨질는지도 모르겠구……"

　"그러세요?"

　영심은 자기에게 온 봉함을 뜯어보았다.

　두어 달 만에 한 번씩은 꼭꼭 아버지에게 문안 편지를 보내오는 허정욱 중령이었다. 그러나 이처럼 영심에게 따로이 글을 쓰는 것은 근래에 드문 일인 만큼 영심은 내심 일종의 불안과 흥분을 느끼지 않을 수 없었다.

　유민호와의 결혼 문제가 최후적으로 결정을 본 이래, 영심과의 서신 왕래를 자진하여 끊어버린 허정욱이었기 때문이다.

　"무슨 이야긴데?……"

　아버지가 조용히 물어 왔다.

　"아버지에게 온 편지와 같은 내용이어요. 결혼을 축하한다구…… 그리고 결혼식에는 꼭 오겠다구요."

　"음 ──"

　그러나 영심에게 온 편지는 그 이외의 몇 구절이 더 적혀 있었다. 그것을 영심은 아버지에게 말을 하지 않았다. 말하지 못할 이유가 영심에게는 있었던 것이다.

사과는 한 알인데

1

영심은 이층 자기방으로 올라와서 전등을 켰다. 드넓은 방에 책상 하나가 덩그라니 놓였을 뿐, 여자다운 장식이라고는 하나도 없다.

몸과 마음이 다 극도로 피로하여 영심은 책상 앞에 털썩 주저앉아 허정욱의 편지를 다시 한 번 읽어 보았다. (…전략…) 얼마 안 있어서 영심 씨의 운명이 최후적으로 결정되려는 이때, 내가 이런 글을 쓴다는 것은 다소 점잖지 못한 데가 없지는 않으나 자기 자신의 감정을 속여서까지 유민호 군과 결혼할 필요는 없을 것이라고 나는 생각 합니다. 오 선생님 일가에 대한 유군의 적지 않은 경제적 원조를 내가 모르는 바 아닙니다. 그러나 그렇다고 해서 한낱 보은(報恩)의 방도로서 결혼을 승낙한다는 것은 이미 낡은 도덕이라고 믿습니다. 또한 오 선생님의 결백한 인격으로서 생각할 때 유군과의 결혼을 영심 씨에게 강요하지도 않았을 것이니 이는 오로지 영심 씨 자신이 택한 불행한 인생의 길일 수밖에 없읍니다. 진정으로 영심 씨가 유군에 대하여 각별한 애정을 가지고 결혼을 승낙했다면 그것은 당연한 일일 뿐만 아니라, 최후적이나마 허정욱이가 이런 부질없는 글월조차 쓸 필요가 없을 것이지만 불행을 뻔히 예측하면서 그 불행 속으로 뛰어들어가고 있는 영심 씨의 심정을 나로서는 도저히 이해할 수가 없읍니다.

나는 영심 씨의 결혼 생활이 반드시 불행해질 것이라고 단언합니다. 잘못하면 사심(私心)에서 나온 말이라고 오해를 받을는지 모르나 허식(虛飾)을 모르는 한 사람의 군인정신을 가지고 나는 지금 솔직하게 그것을 단언해도 좋습니다. 어디까지나 인간이 지닌 성실과 순정의 가치를 소중히 할 줄 아는 영심 씨가 유군의 호화로운 사회적 지위에 유혹을 받았다고도 생각할 수 없는 나이이기에 이 결혼은 반드시 불행을 면치 못할 것이라고 믿습니다.

어쨌든 내가 존경하는 오 선생님 일가의 경사인 만큼 만사를 제지하고 결혼식에는 참석을 하겠읍니다만 최후로 한 가지 영심 씨의 낡은 기왕을 새롭히게97) 하고 싶습니다.

'통바리바위 위의 한알의 사과'는 오늘의 오영심의 운명을 말하는 것입니다. (…후략…)

영심은 편지를 집어 다시 봉투에 쓰러넣으면서 허정욱의 무게를 가진 정열을 생각했다.

그렇다. 그것은 어디까지나 오영심 자신이 초래한 불행이기에 그 누구를 탓하거나 원망할 수는 없는 것이다.

그 불행 가운데서 영심은 도리어 한 줄기 행복 같은 것을 느끼려 했고 또한 그것을 때때로 느끼기도 하였다.

"어느 별 밑에 그는 지금 살고 있을까?"

약혼자 유민호의 호화로운 자가용 속에서 아까 캄캄한 창경원 문 앞을 지났을 때, 후딱 느꼈던 그 조그만 행복감을 인생의 귀중한 무슨 보물인 양 마음속 한 구석에 모시면서 현실의 불행을 초극(超克)해 나가려는 영심이었다.

그리고 그러한 영심이었기 때문에 유민호보다는 좀 더 인간적인 애정 같은 것을 느낌 수 있는 허정욱의 열렬한 구혼을 물리치고 단지 형식상의 결혼을 의미할 수밖에 없는 불행한 길을 영심은 일부터 택했다.

그것은 일견 모순된 사고방법인 것 같기도 하지만 그러

---

97) 새롭게

나 영심은 진정으로 그것을 원했다.

허정욱과의 성실한 결혼 생활에서 창경원 연못가를 때때로 회상한다는 것은 남편된 사람의 애정이 성실하면 성실할수록 도리어 그 성실을 모독하는 죄인이 영심은 될 수밖에 없는 것이다. 차라리 성실면에서 그 부담이 훨씬 적어도 무방한 유민호와의 결혼 생활을 영심은 원한 것뿐이었다.

"퉁바리바위 위의 한 알의 사과!"

그것은 유민호와 허정욱의 인간을 저울질하는 하나의 지극이 낡은 기억이었다.

2

오진국 씨가 봉직하고 있던 중학교 바로 뒷산 밑에 바위가 한 개 박혀 있었다. 산을 깎아내어 운동장을 만들다가 남겨 놓은 바위였다. 뒷쪽은 아직 언덕에 파묻혀 있었으나 그 모양이 흡사 퉁바리(주발)를 뒤집어 놓은 것 같다고 해서 퉁바리바위라고 불렀다. 둥그런 밑통이 위로 올라가면서 점점 가늘어지다가 맨 꼭대기에서 주발 밑창처럼 좁다란 면적을 가지고 평평해진 바위였다.

점심시간이나 방과 후 같은 때, 학생들이 곧잘 이 바위에 기어 올라가 본다. 그러나 손 하나 붙잡을 수 없는 미끄러운 바위라, 절반 길이도 못 올라가서는 모두 다 툭툭 미끄러져 내렸다. 꼭대기까지 기어 올라가는 데 성공하는 학생은 열이면 한 둘밖에 없었다.

체조 시간 같은 때 일본인, 배속장교는 군사 훈련에 마침한 바위라고 하여 학생들은 뒷뜰98)로 몰고 와서는 기어코 올라가 보라고 했다. 그러나 오십 명 한 반에 잘해야 열 명 이상 했고 유민호 소년은 열 번이면 한두 번밖에 못 올라갔다.

그것은 어느 초가을 일요일이었다. 한문 교사 오진국 씨가 아홉 살 먹은 영심의 손목을 잡고 학교 뒷뜰을 거닐고 있었다. 바위 밑 양지 쪽에 한 무더기 소년들이 놀고 있다가 오진국 씨에게 절들을 했다. 그 소년들 틈에 허정욱과 유민호도 섞여 있었다.

"영심아, 너 뭘 먹니?"

유민호 소년이 알면서도 물었다.

"사과 ──"

"너만 먹니? 나도 하나 주렴."

---

98) 뒤뜰

"하나밖에 없는데……"

먹던 것은 줄 수가 없고 아버지에게 잡힌 손에 사과는 한 알밖에 없다.

그러는데 다른 소년들도 영심이가 귀여워서 나도 나도, 하고 손을 벌렸다.

"아이구 아버지 어떡거나?……"

영심은 아버지의 얼굴만 쳐다보았다.

"음, 영심이가 야단났군!"

그러다가 오진국 씨는 문득 생각이 난 듯이 미소를 지으며,

"옳지, 좋은 수가 하나 있다!"

그리고는 영심이더러,

"너 그 사과를 가지고 뒤로 돌아가서 저 바위 꼭대기에 놔두고 오너라. 누구가 먼저 내려다 먹나 보자."

그랬더니 소년들은 좋다고 손벽을 치며 떠들어 댔다.

영심이도 재미가 나서 언덕으로 바르르 뛰어 올라갔다. 한 쪽이 높은 언덕에 파묻힌 바위다. 영심은 쉽사리 바위 위에다 빨갛게 익은 사과 한 알을 당그라니 놓아두고 내려왔다.

소년은 신이나서 영심이가 채 내려오기도 전에 퉁바리 바위를 기어올라가기 시작했다.

"아, 먼저 올라가면 안된다. 다들 이리와서 일렬로 쭉 서라. 인제 영심이가 하나, 둘, 셋—— 하고 신호를 할 테니, 누가 먼저 사과를 내려다 먹나 보자. 손가락 끝이 사과 알에 먼저 가 닿는 사람이 먹기다. 물론 뒤로 올라가서는 안되구…… 알겠나?"

"예——"

"예——"

소년들은 제가끔 신나는 대답을 했다.

3

여남은 명은 실히 되는 소년들이 오진국 선생 앞에 일렬로 나란히 섰다. 그 중에는 영심이 또래의 조무래기도 한둘 섞여 있었다.

"하나…… 둘…… 셋!"

영심의 귀여운 목소리가 신호를 했다.

"와——"

하고 소년들은 바위 밑으로 뛰어갔다.

오 선생은 대단히 유쾌하였다.

십여 명의 소년들이 퉁바리바위를 열심히 기어올라가

기 시작하였다. 소학생 두 놈을 내놓고는 모두가 십오륙 세의 소년들이었다.

뭐라고들 제가끔 소리 소리를 치면서, 손바닥에 침을 튀튀 바르는 놈도 있고 거치장스런[99] 신발짝을 벗어 던지는 놈도 있다.

영심은 기가 막히게 재미가 난다. 발을 둥둥 구르며,

"민호가 이긴다! 정욱이가 이긴다!"

그밖에도 자기가 아는 이름을 죄다 영심은 불렀다. 집이 바로 학교 근처라, 아는 얼굴이 영심에게는 많다.

그러나 영심은 그 중에서 민호가 이기기를 바랬다.[100] 민호는 상냥스럽기도 하지만 자기 반에서도 수재라는 말을 듣는 최우등생이다. 집이 가난하다는 조건도 영심의 동정을 사는 원인이 되어 있었다.

정욱이도 공부는 못하는 편은 아니었으나 어딘가 무뚝뚝해서 민호만은 못했다. 그 대신 정욱이가 축구 선수로 뽑혀나가서 뽈을 찰 때는 정욱이 편이 민호보다 좋아지는 어린 영심이었다.

그때 손뼉을 치며 응원을 하던 영심이가 오뚝 동작을 멈추었다. 정욱이가 맨 선봉을 서서 절반 이상이나 올라

---

99) 거추장스러운
100) 바랐다.

갔는데 민호가 쭈욱 미끄러져 떨어졌다.

벌써 세 번이나 미끄러진 민호였다. 그럴 적마다 떨어지지 않을려고 옆의 아이의 어깨도 짚어보고 다리도 잡아보았다.

그러나 어찌된 셈인지 민호는 다시는 기어 올라갈 생각을 않고, 우두커니 서서 바위 꼭대기의 사과 알만 골똘히[101] 쳐다보고 섰지 않는가.

"민호야, 빨리 올라가!"

그러는데 민호가 후딱 허리를 굽히며 발뿌리 앞에서 돌을 두 개 집어 들자 사과를 겨누고 힘껏 내던졌다. 그러나 사과는 맞지 않았다.

"아, 그건 못써!"

오 선생이 소리를 쳤으나 민호는 들은 척도 하지 않고 또 한 개를 던졌다.

이번에는 사과보다 한 자나 위를 날았다. 민호는 돌 던지기를 단념하고 옆에 선 소학생의 손에서 고무총을 휙 빼앗아 들고 조약돌 두 개를 또 집었다.

"그건 안된다!"

그러나 둘째 번은 조약돌이 마침내 사과에 명중을 했다.

---

101) 골똘히

사과는 대구르르 굴러서 저편 쪽으로 떨어져 내렸다. 민호는 뛰어가 사과를 집어서 흙도 문질 사이가 없이 덥썩 한 입에 깨물면서,

"만세. 만세!"

하고 두 손을 번쩍 쳐들었다.

그때는 이미 정욱 소년은 꼭대기까지 올라가 있었다.

"그건 위법이다!"

꼭대기에서 정욱이가 소리를 쳤다.

"무어가 위법이야?"

아래서 민호도 소리쳤다.

"고무총으로 쏘는 법이 어디 있어?"

"쏘지 말라는 법은 또 어디 있어?"

"기어올라와서 내려다 먹으랬지 쏘아 먹으랬어?"

"언제 그런 말 했어? 누구든지 먼저 내려다 먹으면 된다구…… 뒤로만 올라가지 않으면 된다구…… 손가락 끝이 먼저 가 닿는 사람이 먹기라구……"

"음——"

오진국 선생은 깊은 신음 소리를 냈다.

4

오진국 선생은 자기의 실수를 인정하지 않을 수 없었다. 너무나 당연한 일이기에 '기어올라가서' 먹어야만 한다는 말은 하지도 못했고 하지도 않았다.

그러나 그것은 하나의 사회적 통념(通念)으로서 성실한 인간 사회에서는 누구나가 다 인정하는 대전제(大前提)로 되어 있는 것이다. 이러한 사회적 통념이 무시된다면 오늘의 법관들은 법의 미비(未備)로 말미암아 도저히 흑백을 가리지 못할 것이다.

"정욱이가 이긴 거지 뭐야?"

영심은 갑자기 민호가 얄미워졌다. 얄밉다는 마음은 영심이뿐만 아니라 소년들의 전부를 대표하는 감정이었다.

"아니다. 콜럼브스가 달걀을 세운 것과 마찬가진데, 뭘 그래?"

민호의 이 한 마디에는 오 선생도 대답을 못했다. 민호 소년의 불성실을 저으기 탓하면서도 논리의 궁핍을 어쩌는[102] 도리가 없다.

벌써부터 오 선생은 달걀을 깨뜨려서 세운 콜럼브스의 이야기는 비록 창의(創意)를 존중하는 예로서는 적당할는지 모르나 민주 교육의 입장에서 볼 때는 성실한 인간사

---

102) 어쩔

회의 통념을 파괴하는 악영향을 청소년들에게 주는 것이라고 생각하고 있었던 것이다.

콜럼브스의 이야기는 영심이도 알고 있었기 때문에 그 이야기가 민호의 입에서 튀어나왔을 때 영심의 생각은 또 한 번 바뀌어지며 민호를 봉이 김선달 같은 제간 둥이라고 우러러 보는 대신에 정욱을 무척 미련한 인간이라고 얕보기 시작하였다.

"어쨌든 사과는 민호가 먹었지만 이긴 것은 정욱이다."

그 한 마디를 남겨 놓고 오진국 선생은 영심의 손목을 끌고 집으로 돌아왔다. 돌아오면서 영심은 열심히 바위를 기어올라간 정욱이가 사과를 먹지 못한 것이 어쩐지 자꾸만 마음에 걸리던 낡은 생각을 영심은 지금 허정욱 중령의 편지를 앞에 놓고 하는 것이다.

"퉁바리바위 위의 한 알의 사과!"

그것을 허 중령은 오늘에 있어서의 영심의 운명이라고 했다.

그러나 그것을 모르는 오늘의 오영심은 아니다. 자못 창경원 연못가에서 이루어졌던 아름다운 꿈이 금후 오랜 시일에 걸쳐서 허정욱의 성실한 가정애(家庭愛)를 모독할 것이 무섭고 죄스러웠을 따름이다.

어서어서 꿈이 사라져 주었으면 좋았다. 그러나 꿈은

좀처럼 영심의 노력으로서만은 사라져 주지를 않는다.

영심의 나이가 벌써 스물다섯, 결혼이라는 인생의 절차를 밟지 않고 일생을 독신으로 지난다면 또 모르거니와 어차피 그렇지 못할 바에야 허 중령의 성실을 욕되게 하는 것보다는 마음의 부담이 훨씬 덜한 유민호를 영심은 택할 것이다. 사람에게 희생을 요구하는 것보다는 자기 자신이 희생되는 편이 마음이 편하다. 그리고 그것은 어디까지나 동양적인 사고방법에서 출발한 인생 관조(觀照)의 태도였다.

영심은 불을 끄고 자리에 들었다. 잠은 좀처럼 올 것 같지가 않다. 몸은 저으기 피곤을 느꼈으나 사념이 착잡하다. 달은 있으나 창가에는 비쳐 주지를 않는다.

"그이도 나처럼 결혼을 해서, 지금쯤은 어린애 한둘은 있을지도 모르지."

그러다가 불쑥 감정이 들뜨면,

"한 번만 더 만나 봤던들 어디서 사는 누구인지나 알았을 건데……"

그때의 생각을 하면 지금도 어제 일처럼 영심은 안타까워지는 것이다.

마음의 초록별

1

一九四五[일구사오]년 봄, 오영심이가 평양서 서울 모 사년제 여학교로 전학을 해 오게 된 데는 두 가지의 이유가 있었다. 첫째는 영심의 건강 문제였고 둘째는 상급학교 진학 시에 있어서의 학비 문제였다.

그즈음 서울에는 영심의 외숙 되는 사람이 살고 있었다. 총독부의 중급 관리였다. 이 외숙이 영심을 무척 귀여워하여 평양서 여학교만 졸업하고 올라오면 서울 유학 중의 온갖 비용은 자기네가 담당한다고, 그것은 벌써 오진국 씨가 학교를 사직하고 병상에 눕게 되던 무렵부터 쭉 해 오던 말이었다.

그러던 것이 일 년을 앞질러 가지고 영심을 서울 여학교로 전학을 시킨 것은 오로지 영심의 건강을 우려해서였다. 본래부터 결핵성 체질로서 영심의 장래를 근심하던 이 외숙은 영심이가 마침내 폐를 앓게 되었다는 말을 듣고는 부랴부랴 영심을 데려다 대학 병원에 입원을 시켰다.

당시 내과의사로서는 최고 권위자이던 일인 교수 C박사와 친분이 있던 외숙은 영심을 위하여 특별 진료를 부탁하였다. 그러나 하루 이틀 완치될 병이 아님을 알고 C박사는 외숙의 경제 문제도 고려하여 한 달 후, 영심을 퇴원시키고 특별한 외래 환자로서 취급해 주겠다는 것을 약속하였다. 외숙은 박사의 호의를 감사히 여기고 영심의 전학 수속을 부랴부랴 밟았던 것이다.

외숙의 집은 용산에 있었다. 거리도 멀고 또 갓 전학해 온 영심이었기 때문에 매일처럼 몇 시간씩 빠지기도 어려워서 그런 말을 했더니, 매일처럼 다닐 필요는 없고 한 주일에 한 번씩만 다니라고 C박사는 말하고 나서, 학교가 그처럼 빠지기 싫으면 일요일에만 오라고 하였다.

그것은 대단한 친절이었다. 이 병원 내과 과장인 C박사는 일요일에는 통 환자를 보지 않고 하루 종일 연구실에만 들어배겨 있는 몸이다.

"보통날은 환자가 많아서 바쁘니까 일요일 오전 중에 연구실로 오시요."

했다. 영심은 기뻤다.

영심의 나이가 열일곱, 어린애 같으면서도 어른 같고 어른 같으면서도 어린애 같은 인생의 환절기(換節期)에 오영심은 놓여 있었다. 어린애들과 함께 무심하게 별을 세다가도 후탁 꺼질 것 같은 한숨을 쉬었고 인생의 고매한 진리를 찾다가도 불쑥 손을 뻗쳐 동생의 누렁지103)를 빼앗아 먹는 계절이었다.

이 불안전한 감정의 계절 속에서 영심은 지운을 만났다. 만일 영심이가 자기를 한 사람의 어른으로서 대우를 하던가, 또는 반대로 하나의 어린애로서 취급을 했던들 오늘의 영심과 오늘의 지운은 좀 색다른 인생의 길을 걸었을지 모른 일이었다.

그렇건만 영심은 어린애 같은 어른이었고 어른 같은 어린애였다. 영심의 어른은 지운의 모습을 그리워했고 영심의 어린애는 사람들의 눈을 무서워했다. 그렇다. 영심은 확실히 그것을 하나의 불미로운 정이라고 단정하고 있었다. 열일곱 살의 어린 것이 이성을 생각한다는 것은 오진국 씨의 딸로서는 아무리 생각을 해도 하나의 죄악을 의미하였다. 그 죄악감과 그 동경심의 상극(相克) 속에서

---

103) 누룽지

영심은 항상 무표정의 두꺼운 탈을 써야만 했다. 불행한 탈이었다.

2

영심의 이 죄에의 의식은 과거 십칠 년 동안에 있어서 처음으로 경험하는 불행한 의식이었다. 자기가 죄를 범하고 있다고 의식하는 순간, 과거의 영심은 곧 그러한 불미로운 의욕을 억제하고 제거함으로써 마음의 평온을 얻어 왔다.

그리고 그것은 또한 온갖 교훈의 지상 명령이기도 하였다.

그러나 창경원 연못가에서 지운을 만나면서 느낀 죄에의 의식을 과거처럼 그리 쉽사리 영심은 억제해 버리지를 못했다.

"나는 마침내 불량한 학생이 되었다!"

자기 마음속 어느 구석에 그러한 불량성이 숨어 있었는지, 자기자신도 통 모르고 지나온 영심이었다.

소설이나 영화 같은 데서는 남녀의 애정 문제를 처음부터 정당화시키고 있지만 영심이가 살고 있는 주위에서는 어디까지나 그것을 불미로운 것으로서 규정을 짓고 있었다. 가정에서의 교훈이나 학교에서의 훈육이 영심의 열일곱 살의 연애를 정당화시켜 줄 것 같지는 진정 않았다. 영심은 사람의 눈이 자꾸만 더 무서워졌다.

정중한 편지에는 언제나 두루마리나 한지에다 모필로 써야만 했다. 겉봉도 점잖은 흰 봉투를 영심은 썼다. 서울 외숙에게 편지를 쓸 때는 언제나 그렇게 하도록 기걸을 받아 온 것이다.

그러나 어쩐지 영심은 겉봉투만은 꽃봉투를 사용하고 싶었다.

"다른 아이들도 다 꽃봉투를 쓰는데……"

한 시간이나 망설이다가 영심의 어린애는 마침내 꽃봉투를 사용했고 영심의 어른은 장지에다 모필을 사용했다. 이리하여 겉과 속이 어울리지 않는 사랑의 글월(죄악의 글월)을 영심은 썼던 것이다.

"너무 다가오지 말아요! 사람이 봐요! 우리 학교 선생님이 오셨는지도 몰라요!"

그러다가 후딱 영심은 일어서며,

"나는 가야겠어요. 다음에 또…… 다음에 또……"

"그럼 다음 일요일 꼭……"

영심이가 바꾼 대화란 단지 이것뿐이었다. 영심은 죄

인처럼 등 뒤가 무서워 쏜살같이 창경원 문 밖으로 사라졌다.

그러나 다음 일요일이 오기 전에 운명의 손길이 먼저 왔다.

그것은 잊히지도 않는 그 주일 목요일의 오후였다. 벌써 열흘 전에 방학을 하고도 내려오지 않는 영심에게 어머니가 위독하니 곧 오라는 지급 전보가 학교로도 오고 집으로도 왔다. 다음 일요일이 무척 마음에 걸렸으나 내려갔다가 병세만 좀 웬만하면 토요일 밤으로 잠깐 올라왔다가 다시 내려갈 수도 있을 것 같아서 그날 저녁차로 외숙과 함께 서울을 떠났다.

그러나 어머니의 병환은 영심의 그러한 생각을 완전히 포기시키고 말았다.

아니, 병환도 병환이지만 아버지의 한 쪽 손과 한 쪽 발이 되어 있던 어머니가 병석에 드러누웠기 때문에 살림살이는 연료가 딸린 화차모양으로 한 곳에서 정지를 한 채 움직일 줄을 몰랐다. 간신히 끼니나 끓여대는 조모를 내놓고는 이 집안 구석구석에서 영심의 손길만 멍하니 바라보고 있는 살림살이였다.

어머니의 병환은 그 해 여름 북한 각처에서 만연되고 있던 장질부사였다.

영심이가 내려간 지 사흘 만에 어머니를 피병원으로 격리시켰다. 크레졸 냄새가 집안을 뒤덮었고 영심은 병원과 집 사이를 껑충껑충 뛰어다녔다.

그것이 바로 일요일이어서 영심이가 껑충껑충 뛰어다닐 즈음 지운은 창경원 연못가에서 꽃봉투의 주인공을 기다리고 있었다.

3

어머니를 피병원으로 격리시킨 이튿날, 너무 오래 결근할 수도 없어서 외숙은 다소의 금자를 영심에게 쥐어주고 서울로 올라왔다.

"어제 그이는 나를 얼마나 기다리다가 돌아갔을까?"

사람에게 불신(不信)을 저지르는 것처럼 영심의 마음을 아프게 하는 것은 없다.

"오기는 왔을까?……"

어떻게 생각하면 그이도 자기처럼 무슨 피치 못할 사정이 생겨서 못 왔는지도 모를 것이라고, 그것을 영심은 골똘히 원하면서, 홀가분히 서울로 올라갈 수 있는 외숙을 영심은 마음속으로 한없이 부러웠다.

"어디서 사는 누군지나 알았으면……"

편지라도 띄울 것이 아니냐고, 껑충껑충 뛰어다니다가도 훤하게 트인 남쪽 하늘가를 영심은 후딱 바라보곤 했다.

사십이 도의 고열 속에서 신음을 하던 어머니의 신열이 차차 가라앉기 시작한 것은 피 병원으로 격리되어 간 지 사흘이 잡히는 날 아침부터였다. 영심은 희망을 가지기 시작하였다. 이대로만 간다면 토요일 밤차로 갔다가 일요일 밤차로 내려와도 무방할 것 같았기 때문이다.

"하루쯤이야 내 손이 비어도……"

한 시간도 비일 수 없는 자기 손임을 빤히 알면서도 그런 생각을 하여 보는 영심의 눈앞에 팔·일오 해방이 왔다. 그것은 어머니의 신열이 차차 내리기 시작한 정오의 일이었다.

세상은 뒤집히고 민족은 흥분했다. 금성탕지(金城湯池)를 자랑하던 정치체제는 무너지고 민족정신은 자유와 독립을 지향하여 극도로 앙양했다.

"서울로! 서울로!"

기차는 수시로 서울을 향하여 달렸다.

이 거창한 정치적 흥분 속에서 민족은 질서를 포기했다 기차는 배가 터지도록 군중을 실었고 지붕 위에까지 사람은 하얗다. 게다가 만주에서 밀려나오는 일제 피난민과 한계 귀국민들로 말미암아 전국의 교통 기관은 무질서한 총동원을 개시했으나 한 오금의 바닷물을 퍼내는 격이다.

고비는 넘겼다고 하지만 어머니의 신열은 사십도 이하로 내려서지는 않았다. 이리하여 다음 일요일에도 또 다음 일요일에도 영심은 하염없이 서울 하늘만 쳐다보았다. 실로 안타까운 노릇이었다.

구월 중순에 어머니는 마침내 세상을 떠났다. 혼란 통에 약재 하나 변변히 못 쓰다가 돌아가신 어머니를 영심은 안타깝게 슬퍼하였다. 모든 기관이 마비상태에 빠져 있던 무렵이라 서울 외숙에게 어떤 인편을 통하여 편지는 냈으나 회답도 사람도 오지 않았다. 삼팔선은 이미 굳어져 있었던 것이다.

삼팔선이라는 새로운 국경이 생겨서 마음대로 오르내리지 못한다는 풍설은 팔월 하순부터 있었다. 소련군이 총질을 하여 부상을 당하고 돌아온 사람도 있었다. 그래서 부득이 월남을 해야 할 사람들은 모두가 다 위험을 무릅쓰고 밤길을 택하여 수십 리 혹은 수백 리 길을 이리저리 돌아야만 한다는 것이었다.

영심은 절망을 느꼈다. 토요일에 잠깐 올라갔다가 일요일 밤으로 내려와도 무방하리라던 생각은 이미 한낱 신화로 변하고 말았다. 더구나 시월이 지나고 동짓달에 들어서면서부터는 사상적인 통제가 표면화하여 밤길을 택해서 떠났던 월남자의 대부분이 삼팔선도 바라보지 못하고 보안대의 손에 걸려버리고 마는 것이다.

그래도 반신불수의 아버지가 아니었던들 어떤 고초를 무릅쓰고라도 서울의 별을 머리 위에 이었을 영심이었다.

4

생활의 방도를 통 잃어버린 오진국 씨였으나 다행히도 다년간의 교직원 생활에서 각계각층에 자기 제자를 가진 몸이라, 그들의 도움이 단출한 세 식구의 호구지책으로 되고 있었다

그래서 영심이도 어쨌든 학교만은 나와 둬야겠다고 낮에는 아버지를 조모에게 맡기고 시내 여학교엘 다녔다. 학제가 변경된 것은 이태나 후의 일이었다.

허정욱 청년이 돌연 영심의 눈앞에 나타난 것은 이듬해 이월, 어떤 눈 오는 날이었다.

중학을 마치고 동경 모 대학에 다니다가 학병으로 끌려나갔다는 허정욱이었다. 그 허정욱이가 북만주 전선으로

부터 돌아온 것이 월여 전, 고향인 순천에 잠시 머물러 있다가 월남할 생각으로 집을 떠나온 길에 하직 겸 오 교장을 찾아 뵌 것이라고 했다. 부모를 일찍 여윈 지주의 아들로서는 당연한 생각이었다.

자기는 다행히 군대 생활에 경험이 있는 몸이라, 월남을 하면 군문으로 들어가겠다는 굳은 결의를 말하며 옆에 앉은 영심을 물끄러미 바라보았다.

"영심 씨도 이젠 어른이 되었군요."

삼 년 전 동경서 나왔던 길에도 한 번 허정욱은 오 교장을 찾아 왔었다. 그러나 그때만 해도 열다섯 살의 어리디어린 소녀였다. 그 소녀가 벌써 이처럼 성장을 했다는 것이 허정욱의 눈에는 신기롭기 짝이 없었다. 삼 년이라는 세월의 흐름은 무슨 마술사와도 같이 영심을 화려하게 변모시키고 있었다.

"사과를 먼저 집어먹을려고 퉁바리바위를 기어올라가던 것이 엊그제 같은데……"

"아, 참 그런 일도 있었지."

아버지도 잠시 회상에 잠기며,

"참, 민호군은 학병을 면했다지?"

"예, 유군은 서울 법전(法專)이었으니까 벌써 졸업을 하고 서울서 변호사 시보(試補)로 있었답니다."

"음, 무엇이 복이 되고 무엇이 화가 될는지, 세상사는 모를 일이야. 유군도 집안이 넉넉했더라면 대학엘 갔을 테니까, 영락없이 학병 감이었는데……"

집이 가난한 탓으로 유민호는 삼 년제인 법학전문학교로 가서도 절반은 고학을 했다. 졸업하는 해로 변호사 시험해 합격했다는 소식을 아버지도 듣고는 있었던 것이다.

"유군은 재사니까, 어쨌든 성공을 할 거네."

"중학 시절부터 똑똑했으니까요."

"그러나 잘못하면 지나칠는지 모르지."

퉁바리바위 위의 한 알의 사과를 아버지는 말하고 있는 것이다.

"영심 씨는 서울 가고 싶지 않아요?"

영심 씨가 지어온 저녁밥을 먹고 나서 허정욱 청년은 억제할 수 없는 절실한 감정을 전신에 느끼면서 물었다.

"왜 안 가고 싶겠니? 서울 학교만 늘 생각하고 있는 모양인데……"

"선생님은 월남하실 생각은 없으십니까?"

"허군의 건강이 부러울 뿐이네."

그러다가 아버지는 불현듯 영심을 바라보며,

"나야 이미 폐인이 된 몸이니, 어디 있던 무덤 하나야 없겠나? 내 노모께서도 역시 그렇고…… 문제는 영심인데…… 그렇다고 영심이가 없으면 한시도 움직일 수가 없어서……"

일동은 암담한 심정에 사로잡혀 있었다.

"잘 알았읍니다. 어쨌던104) 제가 우선 넘어가서 무슨 좋은 방도를 강구해 보겠읍니다."

그날 밤으로 허정욱은 먼 길을 떠났다. 그리고 그 순간부터 영심에게는 한 줄기 무슨 희망 같은 것이 마음 한 구석에 스며들기 시작하였다.

5

무슨 좋은 방도를 강구해 보겠다는 허정욱 청년의 한 마디를 영심은 점점 골똘히 생각하기 시작하였다. 좋은 방도가 있을 것 같지는 않았지만 본래 공상의 세계를 남달리105) 좋아하는 영심으로서는 무슨 소설 같은 천재일우의 기회가 또한 있을 것 같기도 하였다.

"언제든지 서울에 가기만 하면……"

---

104) 어쨌든
105) 남달리

어떤 고난을 무릅쓰고라도 그이를 찾아 낼 것만 같았다. 서울 장안을 편답해서라도 찾을 수 있을 것 같았다.

그리고 그이를 만나기만 하면 당장으로 자기가 저지른 불신을 용서 받을 것이다.

그러나 그때가 언제 올는지, 기약 없는 허정욱 청년의 한 마디에 자기의 운명을 걸어보는 영심이가 차차 되어 가고 있는 것이다.

"창경원의 벚꽃은 올해도 피었을 테지!"

사월이 왔다. 그 꽃피는 사월도 지나가고 녹음의 시절이 왔다.

"금잉어는 지금도 연못에 놀고 있겠지!"

여름이 오고 팔·일오 기념일이 왔다. 기념행사로 거리는 뒤끓었다.

"그 벤치도 그냥 있고 그 벚나무도 그냥 있을까?"

그 벚나무에 아로새긴 '愛人[애인]'의 두 글자를 일생에 단 한 번만이라도 제 눈으로 보고 죽었으면 했다.

"그이는 얼마나 나를 원망했을까?……"

그런 것을 생각하기 시작하면 꼬박꼬박 밤을 새웠고 안타까운 마음은 천마(天馬)인 양 하늘을 달렸다.

"저 별 밑에 그이는 자고 있다!"

달 없는 밤이면 별을 찾았다. 그 별 밑에 자고 있을 성싶은 조그만 별 하나를 남쪽하늘에서 영심은 골라 본다. 어제도 고르고 그제도 고르고 벌써벌써 오래전부터 골라 보는 별이었다.

그러나 그 유난히 초록색을 띤 조그만 별은 익살맞은 요술장이[106]와도 같이 반짝반짝 나타났다가는 깜빡깜빡 숨어 버린다.

"아이, 그놈의 초록별, 깜직두 하네!"

별이 숨으면 마음이 어둡고 불안했다.

"아, 저거다!"

별이 보이면 영심의 감정은 어쩐지 밝아지며 안일했다.

이처럼 밤이 깊은 줄도 모르는 듯이 남쪽 하늘에 빛나는 그 조그만 초록별과 숨바꼭질이라도 하다가 자는 밤이면 그래도 영심은 행복 같은 것을 느끼지만 끝끝내 못 찾고 마음이 지치는 밤이면,

"혹시 무슨 병에 걸려 죽은 것이나 아닐까?"

했다. 그러다가 이튿날 밤, 다시 초록별을 찾아내고야 마음을 놓고 잠들 수가 있는 영심이었다.

그러나 무슨 좋은 방도를 강구하겠다던 허정욱으로부터는 아무런 기별도 오지 않았다.

---

106) 요술쟁이

그 해도 저물어 또 이듬해가 되었다. 놀고 있을 수 없는 영심은 우편국 사무원으로 취직을 했다.

또 일 년이 지났다. 언젠가 터질 줄로만 알았던 삼팔선은 그냥 더 굳어만 갔다.

영심은 실망을 느끼고 창경원 연못가를 조금씩 잊어버리게 되었다.

그런데 그 이듬해 그러니까 그것은 一九四九[일구사구]년, 영심이가 스물한 살이 되는 해 삼월 중순 어떤 날 저녁 무렵이었다.

어떤 청년 하나가 찾아와서 남한에 있는 허정욱 대위의 전달이라고 하면서, 모일 모시 모처에서 그 청년이 인도하는 대로 배를 타라고 했다.

6

반신불수인 아버지였고 칠순이 넘은 조모였기 때문에 별로 의심도 받지 않고 동해안까지 기차로 왔다. 거기서 청년이 인도하는 대로 야음을 타서 어선에 올랐다. 이틀 만에 삼팔선을 무사히 넘었다.

그즈음 허정욱 대위는 중동부 일선에 배치되어 있었다.

허 대위는 곧 지이프차로 영심의 가족을 부산으로 옮겨갔다. 부산에는 유민호가 있었기 때문이다.

변호사 간판을 서울에다 걸어놓고 한 달의 태반은 부산에 내려와서 살았다. 서울에는 소규모의 지점만 냈고 덕흥상사 회사의 본첨은 부산에 있었다.

허 대위는 유 변호사에게 미리부터 청을 넣어 오교장의 생활비를 부담하도록 제의를 하였을 때, 유민호는 그것을 쾌락하였던 것이다.

덕흥상사는 동광동에 있었다. 이층 사옥이었다. 안채에 방이 넷이나 있었다. 단출한 영심이 가족으로서는 방이 남아돌아갈 지경이었다.

"마침 잘됐읍니다. 나도 여관밥만 먹는데 실증이 난 참이라, 때때로 가정적인 식사를 할 수 있게 되어서 무척 기쁘게 생각합니다."

그러면서 유민호는 이 가정에 식모 한 사람을 얻어 두었다. 그것은 너무나 과분한 일이라고 조모를 비롯하여 오교장 부녀가 극히 반대를 했으나,

"그러실 필요는 조금도 없읍니다. 이왕 넘어 오셨으니까, 영심 씨도 학교에는 다녀야 할 테니까요."

학교 같은 건 생각도 못한 일이라고, 영심이가 굳이 사양을 하였으나,

"이왕 유군의 신세를 지는 바에야 다닐 수만 있으면 학교에도 가야지요."

하고 허정욱 대위까지도 찬성의 뜻을 표하였다.

"학교는 서울 학교를 다녀야만 하겠지만 우선 여기서 다니다가 형편을 보아서 서울 학교로 편입해도 무방하니까요."

그래서 부산대학 영문과를 영심은 다녔다.

영심이 건강은 여전히 허약했다. 그러나 사 년 전 대학병원엘 드나들던 무렵에 비하면 그동안 약 한 첩 쓰지 않았으나 도리어 차츰차츰 경과는 좋은 편이었다.

일 년 동안 부산서 살다가 학교는 역시 서울이라야만 되겠다고 이듬해 봄, 유민호는 영심을 서울 M여대 이학년으로 편입시키고 명륜동에 아담한 적산가옥이 하나 있어서 그것을 불하 맡아 오진국 씨 일가에게 제공하였다. 이리하여 비로소 과거 오 년 동안을 오매에 그리던 서울 땅을 밟게 되었던 것이다.

영심은 곧 창경원을 찾아가 보았다. 연못도, 금잉어도, 벤치도, 벚나무도 오 년 전 그대로의 모습으로 고스란히 남아 있었다. 모진 비바람으로 꺼멓게 빛깔이 변해 버린 '愛人[애인]'의 두 글자가 획마다 조금씩 벙싯벙싯 넓어진 것을 보니, 그만큼 벚나무도 굵어진 모양이다. 똑똑히는 보이지 않았으나 '誠[성]'이라는 글자가 '愛人[애인]' 바로 위에 한 자 더 새겨져 있는 것을 보는 순간, 영심은 가슴이 아프도록 서글퍼졌다.

"나도 '誠[성]'자 하나를 더 써 놓겠읍니다."

더듬거리는 말로 그것을 약속하던 오 년 전의 그날을 영심은 기억한다.

그러나 모든 것은 다 녹쓸은107) 기억이요, 여위어 빠진 꿈이었다. 달포를 두고 일요일을 중심으로 하여 창경원 연못가를 싸돌아 다녔으나 꿈속의 주인공은 그림자조차 찾아볼 수가 없었다.

"살아만 있다면 그래도 언젠가 한 번은 만나게 되겠지!"

영심은 그것만을 골똘히 생각했다.

"그처럼 굳은 약속을 했는데……"

영심은 때때로 나타나 주지 않는 그이를 나무래 보기도 하였다.

---

107) 녹슨

동란의 거리[108]

1

그 무렵, 영심은 유민호와 허정욱에게 똑같은 청혼의 말을 여러 차례 듣고 있었다.

더구나 일선 수비대로 있는 허 대위로부터는 구혼의 편지가 자주 왔다. 그럴 적마다 영심은 자기의 건강이 결혼 생활에 적당하지 않다는 구실을 실제 이상으로 내세워 완곡하게 그것을 거절하였다. 그리고 그것은 유민호의 구혼에 대해서도 마찬가지의 이유로 되어 있었다.

허정욱은 군인다운 솔직한 정열을 가지고 구혼해온 데 대하여 유민호는 어디까지나 신사의 예의를 잃지 않는 은근한 태도로 청해 왔었다.

---

108) 動亂의 거리

재작년 유민호는 본처와 이혼을 했다. 그것은 영심이가 월남해오기 직전의 일이었다. 세 살짜리 아들은 아내가 데리고 나갔고 여섯 살 먹은 딸은 유민호가 맡았다. 이혼을 하고는 금방이라도 맞아들이게 되어 있던 어떤 여자가 유민호에게 있었으나 어찌 된 셈인지, 영심을 한 번 눈여겨보자, 벌써 일 년이나 넘도록 독신 생활을 계속해 오는 유민호였다.

유민호는 내심 무척 초조했으나 그러나 그러한 심정은 절대로 영심에게는 보이지 않았다. 어디까지나 유유자적, 시기가 오면 능금은 제물에 나무에서 떨어지는 법이라고, 유민호는 자신이 있었다. 더구나 영심의 가족에게 경제적 원조를 하여 준다고 해서 결혼을 강요하는 것 같은 태도는 추호도 보이지 않았다. 그리고 그러한 태도가 오진국 씨의 눈에도 좋았고 영심에게도 밉지 않았다. 시종 여일하나의 젠틀맨십을 유민호는 발휘하고 있었다.

그러나 그것은 어디까지나 오영심 부녀의 눈에 비치인 유민호였고 허정욱 대위의 눈에 비치인 유민호는 아니었다. 퉁바리바위 위의 한 알의 사과를 남들처럼 미련하게 벌벌 기어 올라가서 집어먹을 유민호 변호사는 아니다.

유민호는 지금 오영심의 심장을 향하여 고무총을 겨누고 있는 것이다.

그런 사실을 허정욱은 너무나 잘 알고 있었다. 그러나 그렇다고 해서 그것을 오진국 씨 부녀에게 고자질을 할 허정욱은 못되었기 때문에 성심성의, 그는 어디까지나 정정당당히 오영심의 마음을 살 수밖에 도리가 없었다. 그대로 가만히 내버려 두면 오영심은 제물에 떨어지는 능금처럼 유민호의 손으로 돌아갈 것이다.

그러는 무렵에 육이오 동란이 왔다.

그날은 마침 일요일이었다. 창경원 출입을 월여 전부터 단념하고 있던 영심이가 그날은 어쩐지 불쑥 금잉어가 보고 싶어서 몇 시간 동안을 춘당지 연못가에서 보내고 창경원 문을 나서려는데 군인을 실은 지이프차 하나가 휙 지나가면서 라우드스피이카로 소리소리 쳤다.

"병사들에게 고함! 대한민국 병사들은 계급여하를 막론하고 즉각 원대로 복귀하라!"

지이프차 뒤로 병사를 만재한 트럭도 미아리고개를 향하여 달렸다. 창경원에서 뛰어나온 몇명의 병사가 달리는 트럭에 비호처럼 올라탔다.

"만세! 만세!"

달리는 트럭 위에서 총검을 쳐들고 군인들이 흥분과 함께 만세를 불렀다. 그 뒤를 장갑차가 달리고 야포와 기관총을 실은 육중한 차량이 달렸다.

충동의 거리! 삼팔선 전선에 걸쳐 괴뢰군의 침공이 마침내 시작되었다는 것이다.

"아, 허 대위는 지금……?"

그 순간 영심은 일선에서 이미 교전상태에 들어갔을 허정욱 대위를 후딱 머리에 그리며 명륜동을 향하여 쏜살같이 달렸다.

2

"전면 전쟁!……"

삼팔선상에 늘상 있던 조그만 충돌쯤으로 생각하고 있던 시민들은 전면 전쟁이라는 한 마디에 눈이 둥그래졌다.

거리는 뒤끓고 인심은 흉흉했다. 명륜동 입구에는 벌써 출정 병사들을 환송하는 시민의 행렬이 좌우에 쭉 늘어서 있었다.

"만세! 만세!"

흥분과 불안에 찬 표정들을 하고 사람들은 손벽을 치며 만세를 불렀다.

대한민국의 한낱 정신과민에서 오는 행동이기를 시민

들은 바라고 있었던 것이다.

그러나 그러한 희망은 마침내 허물어지고 이 강토에 시산을 쌓고 혈해를 이루운[109] 실로 비참한 인류의 비극은 시작되고 있었던 것이다.

"아, 영심 씨가 아니요?"

창경원 담장을 끼고 명륜동으로 뛰어가고 있는 영심의 옆에서 지이프차 한 대가 욱하고 멎으며 뛰어내린 것은 허정욱 대위였다.

"어마 정욱 씨가……?"

허 대위의 늠름한 키가 영심의 옆으로 뛰어왔다. 손가방 하나를 달랑 들은 몸이었다.

"일선서 언제 오셨어요?"

"어제 저녁에 왔읍니다. 사흘 동안 휴가를 얻어가지고…… 어젯밤은 친구의 집에서 유하고 오늘 저녁 쯤 선생님을 찾아뵈려 했었던 것이……"

허 대위는 그러다가 기다리는 지이프차를 향하여 고함을 쳤다.

"뒤로 곧 갈 테니, 먼저 가!"

지이프차는 병사 둘을 더 실어 가지고 휙 떠나갔다.

---

109) 이룬

"자아, 영심 씨, 빨리 갑시다! 그렇지 않아도 지금 선생님을 잠깐 찾아뵙고 갈라고……"

둘이는 달렸다. 명륜동 입구를 왼 쪽으로 접어들며 경학원을 향하여 쏜살같이 뛰어갔다.

"탁, 탁, 탁, 탁……"

"톡, 톡, 톡, 톡……"

허 대위의 무거운 군화 소리와 영심의 구두 소리가 주위의 혼잡을 누비며 말없이 자꾸만 달렸다.

넓은 이마에 입은 한일자로 꽉 다물고 있었다. 이글이글한 눈과, 굵다란 눈썹, 완강한 체구에 키는 후리후리컸다.

"전면 공략이라는 건 확실한 정본가요?"

"틀림없을 것 같습니다."

"어떻게 되는 걸까요."

"어떻게 된다구…… 언젠가 한 번은 있어야 할 일이니까요."

둘이는 그냥 달리며,

"영심 씨의 건강은?……"

"덕택으로……"

"영심 씨의 회답은 확실히 받아 봤읍니다."

"………"

영심은 숨도 가빴지만 대답을 하지 못했다. 허정욱의 구혼을 거절한 희답이던 까닭에——

"유 군은 자주 댁에 들리는가요?"

유민호의 방문에 허정욱은 신경을 쓰는 것이다.

"회사 일로 홍콩을 간다고, 잠깐 집에 들렸어요. 한 주일 전에……"

영심이가 집으로 돌아왔을 때, 아버지도 벌써 소식을 듣고 있었다. 허 대위가 전하는 정보를 아버지는 가만히 듣고 있다가,

"음, 틀림없을 거야."

그리고는 또 잠깐 말을 끊었다가,

"죽음 속에서 생을 찾을 각오를 해야겠는데……"

"선생님, 그 각오는 벌써부터 되어 있읍니다."

그러면서 허 대위는 그 굵다란 눈썹을 들어 소그듬이110) 고개를 숙이고 앉아 있는 영심의 얼굴을 물끄러미 쏘아보았다.

---

110) 비스듬히

3

"그럼 선생님, 안녕히 계십시요. 시간이 없어서 저는 떠나야겠읍니다."

허정욱은 조모와 아버지에게 무릎을 꿇고 정중히 작별의 인사를 하고 일어섰다.

"몸 조심 잘 하라구!"

월남, 이후 유민호와 함께 친 손자처럼 생각하던 허정욱이었다. 조모는 글썽글썽 눈물을 흘리면서 허정욱의 가방에서 더렵혀진 양말짝을 꺼내 놓고 아들의 새 양말 두 컬레를 대신 넣어 주었다.

"할머니, 고맙습니다!"

허정욱은 조모의 손을 두 손으로 움켜잡았다.

"할머니, 싸움터에 나간다고 다 죽는 건 아닙니다."

"글쎄, 그래 주었으면 오죽이나……"

"저는 지금까지도 전투의 경험이 많은 몸이랍니다. 전쟁이나 국부 전투나, 총알이 날아오긴 마찬가지니까요."

친척이라고는 하나도 없는 허정욱에게 있어서 서울에 오기만 하면 제집처럼 안이하게 드나드는 이 가정이었다.

"그래도……"

유민호나 허정욱이나, 둘 중에 하나는 영심의 남편이

될는지도 모를 사람이라고, 이것은 조모만이 아니라 오진국 씨도 마음속으로는 그러한 생각을 가지고 있었던 것이다.

"할머니, 염려마시래두?…… 그놈의 총알들이 어찌나 영리한지 글쎄, 저를 살살 피해만 다닌답니다. 요 머리 위로 어깨 옆으로 살살 날아만 가지요."

눈물을 흘리면서 조모는 쓸쓸히 웃었다.

"어머니, 허군은 이미 철저한 생사관(生死觀)을 갖고 있는 사람이니까, 그대로 내버려두셔요."

아버지가 조모를 만류하였다.

영심은 허 대위의 가방을 들고 가만히 고개를 숙이고 서 있었다.

"그럼 영심 씨도 안녕히 계십시오. 부디 몸조심 하셔서 하루바삐 건강을 회복하시도록…"

"감사합니다."

영심은 고개를 들지 못하고 허리만 굽혔다.

"그럼 영심 씨, 그 가방을 이리 주시요."

"제가 저기까지……"

격렬한 감정이 한 줄기 뭉클하고 영심에게 왔다. 자기에 대한 극심한 정열을 가슴속 깊이 간직해 둔 채, 이 대범한 사나이는 나무램111) 한 마디 남겨 놓지 않고 저처럼 담담한 태도로 죽음의 터전을 향하여 묵묵히 떠나려는 것이다.

"자아, 인제 나오지 마시요."

현관 앞까지 나와서 허정욱은 가방을 받아 들었다.

"인제 가시면 언제 또?……"

영심의 말꼬리가 자꾸만 떨린다. 사람의 관계란 이처럼도 까다로운 것일까? 자기가 한 마디만 입을 떼면 이 사나이는 그야말로 얼마나 기뻐할 것이랴! 그 기뻐서 날뛰는 그대로의 자태로 싸움의 터전으로 내보낼 수는 없는가?……

"언제라고…… 기약할 수 있는 길이 못되지만…… 그렇지만 영심 씨, 반드시 돌아오겠읍니다! 영심 씨의 건강한 자태를 보기 위해서라도 꼭 돌아와야만 하지 않겠읍니까?"

"그래도 어떻게 꼭이라고……"

"영심 씨!"

아까처럼 담담한 어조가 아니었다. 뭉클하고 영심의 가슴을 찌르는 한 마디였다.

"네?……"

---

111) 나무람

"한 마디만 약속을 해 주시요!"

"약속이라고?……"

영심은 전신을 부르르 떨며 허정욱의 무거운 입술을 오들오들 쳐다보았다.

4

무슨 약속인지 모르지만 생명의 단석을 기리지 못하는 이 경우에 있어서의 허 대위의 약속이라면 무엇이든지 들어 주어야만 하였다.

"영심 씨, 내가 죽지 않고 돌아오는 날을 영심 씨는 기다려 주시겠지요?"

엄숙할이만큼[112] 무게를 지닌 말이었다.

"거야…… 거야 뭐 새삼스럽게……"

영심이가 다음 말을 채 잇지 못하고 있는데, 커다란 손길이 덥썩[113] 왔다.

"영심 씨가……"

커다랗고 완강한 손길 속에서 영심의 조그만 손이 자꾸

---

112) 엄숙하리만큼
113) 덥석

만 떨린다.

"영심 씨가 기다려 준다면 나는 어떤 일이 있어도 공명을 세우고 반드시 돌아오겠읍니다."

"그때까지도 영심 씨의 건강이 좋지 못하다면 좋아질 때까지 오 년이고 십 년이고 나는 기다리겠읍니다."

'아아――'

영심은 비틀비틀 쓰러지듯이 기둥 하나를 잡아 쥐고는 눈을 감았다.

그러나 그 지긋이[114] 감은 눈시울 위에 피어오르는 검화(瞼花)한 떨기!

"약속을 했는데…… 그이와 먼저 약속을 했는데……"

그 한 마디를 영심은 마음으로 수없이 되풀이하며, 머나먼 남쪽하늘 초록별 밑에서 살고 있던 고독한 소년의 모습을 눈시울 속에 그려 보았다.

"자아, 그럼 영심 씨…… 안녕히!"

허정욱은 후딱 영심의 손을 놓았다.

영심이가 다시금 정신을 가다듬고 눈을 떴을 때는 이미 허정욱의 폭 넓은 등골이 경학원 마당을 무서운 기세로 달리고 있었다.

---

114) 지그시

"탁, 탁, 탁, 탁…… 탁, 탁, 탁, 탁……"

영심도 달리기 시작하였다. 그러나 영심의 걸음으로는 어림도 없다. 허리에 찬 권총 케이스를 꽉 붙들고 허정욱 대위는 달렸다.

"죽을지도 모른다! 다시는 못 만날지도 모른다!"

영심은 눈앞이 아찔해졌다. 한 마디 명확한 대답을 끝끝내 하지 못한 자신이 악독한 죄인인 양 가슴을 쳐왔다.

손뼉 소리와 만세 소리가 눈앞으로 가까이 다가왔다. 전찻길에는 이미 출정 병사를 환송하는 군중으로 말미암아 꽉 차 있었다.

영심이가 흥분한 군중 사이로 머리를 내밀었을 때는 이미 허정욱의 자태는 보이지 않았다. 트럭이 가고 지이프차가 가고 장갑차가 간다. 흥분 속에서 진행되는 삼엄한 행렬이었다.

그때, 십여 간 거리나 떨어진 오른쪽 군중 틈에서 군인 하나가 한길 한복판으로 튀어나갔다.

"스톱!"

병사를 만재한 트럭 한 대가 군인 옆에서 속력을 늦추었다.

"아 저이다!"

허 대위가 뛰어오르는 것과 영심이가 외친 것은 거의

동시의 일이었다. 그것을 보자 군중이 또 손벽을 쳤다.

트럭은 다시금 속력을 내어 영심의 눈앞 사오 간 길에서 바람을 일으키며 휙 지나갔다.

"아, 정욱 씨!"

영심은 소리를 치며 한길로 튀어나갔다. 다시는 돌이킬 수 없는 커다란 잘못을 범한 것 같아서 영심의 달음박질은 멎을 줄을 몰랐다.

"정, 욱, 씨——"

그러나 트럭 위의 허 대위는 이미 병사들 틈사리115) 속으로 사라져 버렸고 영심은 마침내 교통순경의 제지를 받는 몸이 되고 말았던 것이다.

5

육·이오 삼 개월을 서울서 겪고 구·이팔이 되어 국군의 북진은 파죽지세로 감행되고 있을 무렵 평양을 점령한 허정욱 소령이 인편 한 사람을 보내어 영심의 가정의 안부를 한 번 물어온 적이 있을 뿐, 일·사 후퇴가 오면서부

115) 틈서리

터 소식은 통 두절되고 말았다. 장진 후퇴의 참상으로 보아 죽었을 것이라고 아버지는 말했다.

일·사 후퇴 때 죽어도 남아서 아버지와 같이 죽겠다는 영심을 아버지는 몰아치듯이 하여 외숙을 따라 대전으로 내려 보냈다. 대전에는 외숙의 친지가 있었기 때문에 유민호만 홍콩서 돌아왔어도 병신인 아버지와 조모를 어떻게 해서라도 피난을 시켰을 것이다.

사월 중순, 서울이 재수복되자 영심은 외숙과 함께 결사적으로 죽음의 도시 서울로 찾아 들어왔다. 다행히도 아버지와 조모는 죽지 않고 연명해 있었다.

유민호가 홍콩에서 돌아온 것은 그 후의 일이었다. 영심의 일가는 다시금 유민호의 원조로 살았다. 외숙은 자기 가족도 다 지탱하지 못할이만큼[116] 완전히 몰락해 있었다.

허정욱 소령이 살아있다는 소식을 들은 것은 그해 여름이었다. 중동부 일선에서 연대장이 되어 있었다. 가끔 안부의 편지가 날아왔다.

"할머니, 글쎄 고놈의 총알이 귀밑으로 살살 피해만 댕긴답니다."

---

116) 못하리만큼

편지에는 그런 말도 씌어 있었다.

이듬해 봄 허정욱 연대장은 중령이 되어 영심을 한 번 찾아왔다. 그러나 다시는 구혼의 말을 입 밖에 내지 않고 영심의 옆을 떠나갔다.

그 동안 영심은 서울 종합 대학에 쭉 적을 두고 있었다. 그러나 창경원에서 한 번 헤어진 그 학생은 통 만나지 못했다. 일·사 후퇴와 함께 임지운은 쭉 부산으로 내려와 있었기 때문이었다.

영심이가 마침내 십 년 동안에 걸친 환영을 단념하고 유민호의 끈기 있는 청혼을 승낙한 것은 지금으로부터 넉 달 전 휴전협정이 되어 정부가 환도를 시작할 무렵이었다. 그리고 그즈음부터 허정욱 중령에게서는 통 서신이 오지 않았다. 온대도 문안편지는 아버지에게만 왔다. 그러던 것이 오늘 처음으로 영심에게 직접 글월을 보내온 허정욱 중령이었던 것이다.

그러니까 결국 오영심과 임지운이가 같은 서울의 별을 이고 산 것은 육·이오 동란을 전후한 수개월과 환도 후에 있어서의 두 달 동안, 기껏 잡아 보아도 육개 월 이상의 시일을 계산하지 못한다. 그리고 시민의 행동이 극도로 부자유하던 적 치하의 육·이오 삼 개월을 제하고[117] 보면 불과 석 달 남짓한 시일을 같은 별 밑에서 산 셈이 되는 것이다.

　오늘밤, 소설가 임지운은 이석란의 성실한 남편이 되고자 과거의 환영을 청산하는 마당에서 인간의 운명을 생각하였다. 그리고 그 운명의 하나로서 지역적인 운명을 생각하였다. 공간적으로나 시간적으로나 객관적인 조건이 구비되지 않은 한, 인간의 의욕만으로서는 어찌할 도리가 없는 경우가 있다. 그것을 사람들은 운명이라고 했고 그 객관적인 조건을 조물주는 필연이라고 하였다.

　그리고 오늘밤, 오영심이가 누워 있는 명륜동과 임지운이가 누워 있는 안국동 사이에 가로 놓여 있는 이 얼마 되지 않는 거리가 객관적인 어떠한 조건 밑에서 점점 혹은 갑자기 좁아질는지, 또는 반대로 더 한층 멀어질는지 그것은 어디까지나 본인들의 의욕과는 추호의 관련성도 없는 대자연의 섭리(攝理)만이 알고 있는 신비로운 비밀이었다.

---

117) 제외하고

마담과 철학자[118]

1

전후 두 회에 걸친 임학준 교수의 「연애 강좌」는 오늘로서 전 강의를 끝마치기로 되었다

이날도 교실은 초만원이었다. 이석란은 오늘도 교실 맨 뒤에서 담벼락을 등지고 서 있었고 오영심은 중간쯤에서 쓸쓸히 앉아 있었다.

그러나 어찌된 셈인지, 채 정주의 모습은 보이지 않는다. 임지운과 최후의 작별을 한 채 정주로서는 이미 연애 강의에 대한 흥미를 상실하고 있는지도 모를 일이었다.

이날, 임 교수는 플라톤의 이타적(利他的)인 정신주의의 연애론을 비롯하여 쇼오펜하우에르의 형이상학적인

---

118) 마담과 哲學者

연애론, 스탕달의 정열적인 연애론, 엘렌 케이의 인격적인 연애론 등 저명한 연애론자의 연애관을 쭉 소개하고 나서 마지막으로 임 교수의 자신의 연애관을 간단히 피력하였다.

"연애는 인생의 예술이요, 결혼은 인생의 기업(企業)이다. 이것이 연애와 결혼에 대한 나의 철학입니다."

학생들이 조용히 귀를 기울이고 있었다. 임 교수의 이 한 마디는 확실히 평이하면서도 신선한 충동을 주는 효과적인 명제(命題)였다.

거기서 임 교수는 인생과 예술에 대한 설명을 알기 쉽게 하였다. 그것을 요약하면,

"인생이란 정신적으로나 육체적으로나 우리가 일생 동안에 경험해 온 기쁨과 슬픔과 노여움과 즐거움과 괴로움과 쓸쓸함과…… 그밖에 온갖 것을 통털어[119] 말하는 것입니다."

그러면서 임 교수는 맨 뒷 줄에 서 있는 이석란을 바라보았다. 언젠가 이석란은 임 교수에게 인생의 뜻을 질문한 적이 있었기 때문이다. 석란은 빙그레 마주 웃어 보였을 뿐, 저번 날처럼 쓸데없는 잡음은 넣지 않았다.

---

119) 통틀어

석란으로서는 이미 소기의 목적을 달한 셈이니까, 끝까지 얌전히 듣고 있다가 오늘 저녁 약속대로 저녁을 대접하면 되는 것이다. 그리고 오늘 저녁의 만찬에는 양편쪽 가족이 다 참석하기로 하자는 말을 어제 지운에게서 들은 석란이었다.

　　"예술이란 곱다, 이쁘다 하는 미의식(美意識)에서 발동하는 하나의 정서(情緒)의 세계를 말하는 것이기 때문에 어디까지나 냉정한 계산 밑에서 영위(營爲)되는 소위 기업성과는 스스로 그 성질을 달리하고 있읍니다. 따라서 연애와 부부애가 자연 발생적으로 그 성질을 달리하게 되는 것은 당연한 귀결이라고 보아야 하는 것입니다. 그 증거로서 우리들의 조상은 소위 연애라는 과정을 밟지 않고도 훌륭한 결혼 생활을 해 왔었고 한 쌍의 원앙 같은 부부애를 영위해 왔읍니다."

　　이 마지막 한 마디는 저번 날 밤, 이 석란의 성실한 남편이 되고자 하는 아들 지운에게서 들은 말을 되풀이한 것이다.

　　"연애는 청춘의 상징이기는 하지만 인생의 필수품은 아닌 것입니다. 거기에 비하면 성실한 부부애는 한 조각의 빵과도 같이 우리 인생에 있어서 필요한 것입니다. 연애 없는 인생은 있어도 결혼 없는 인생은 없읍니다. 예술은 인간 생활에 있어서 한 조각의 빵처럼 귀중하지는 않습니다. 마티스나 피카소의 회화가 없어도 사람은 삽니다. 차이코프스키나 베에토오벤의 음악이 없고 세익스피어나 지드의 작품이 없어도 사람은 삽니다. 이렇듯 예술이 인간 생활에 있어서 한낱 장식물인 것과 마찬가지로 연애도 우리 인생에 있어서 한낱 장식물 이상의 아무런 것도 아닙니다. 여러분!"

교실 안이 갑자기 조용해졌다. 인생과 연애의 위치를 임 교수는 말하고 있는 것이다.

2

"그러나 여기에 인류의 이상이 한 가지 있읍니다."

임 교수는 다음과 같이 자기의 연애관의 결론을 지었다.

"인간은 빵만으로도 살 수는 있으나 예술이라는 하나의 문화재를 요구했읍니다. 마찬가지로 여러분은 중매결혼으로도 훌륭한 가정을 이룩할 수는 있으나 연애라는 하나의 과정을 하나의 정신식(精神食)으로서 희망하고 있읍니다. 따라서 학생 여러분, 연애를 위한 연애를 삼가합시다. 그것은 잘못하면 여러분의 인생은 수포화할 것입니다.

진실하고 아름다운 연애로서 건실한 부부애를 건설하도록 노력합시다!"

임 교수는 단을 내렸다. 박수 소리가 쏟아져 나왔다.

석란은 먼저 교실을 나와 교문 옆에서 임 교수가 나오기를 기다리고 서 있었다.

"아, 저 차가 또 왔네."

교문에서 한참이나 떨어진 지점에서 크리임색 자가용이 저번 날처럼 자주 치마의 학생을 기다리고 있는 것이 멀리 바라다보였다. 석란은 갑자기 그 자주 치마의 학생이 조금 부러워졌다.

그러는데 그 자주 치마의 학생이 임 교수와 함께 충충대를 교정으로 내려오고 있었다.

"저이가 임 교수와 무슨 이야길까?……"

날샌 세파드처럼 석란의 후각이 긴장을 하였다. 무슨 이야기를 하는지는 알 수 없으나 자주 치마의 학생은 무척 수줍어하는 태도로 임 교수와 나란히 걸어오고 있었다.

"선생님."

다가오는 임 교수를 향하여 석란은 외치듯이 불렀다.

"아, 석란 양―"

임 교수는 부드럽게 웃었다. 석란도 빙그레 웃으면서,

"절더러 선생님을 모시고 오라구……"

"누구가…… 지운이가?……"

"네, 지금 종로 다방에서 기다리고 있을 거야요. 사모님도……"

그렇게 하기로 약속을 하고 나온 임 교수였다.

"석란 양이 오늘은 어째서 그처럼 얌전히 강의를 들었을까?"

세 사람이 버스 정류장으로 걸어가면서 임 교수는 물었다.

"후훗—"

석란은 손으로 입을 막으며 자주 치마를 핼끔 바라보았다. 영심도 조용히 웃고 있었다. 자기의 웃음과는 대조가 되리만큼 조용한 웃음이었다.

"어제 지운 씨에게 말을 들었어요."

"뭐라고?"

"저는 조금도 가식 없는 저를 선생님께 보이고 싶어서 그랬는데…… 좀 더 얌전했더랬음 좋았을 거라구요. 그래서 오늘은 얌전히……"

"어, 허허헛…… 참, 석란 양은……"

임 교수는 유쾌해졌다.

"선생님이 반대를 하셨다면서요?"

"어, 허헛, 그런 말까지 들었소?"

"죄 듣고 있어요."

"음―"

그러면서 세 사람이 크리임색 차가 있는 지점까지 왔을 때,

"저 선생님 안국동이면 이 차 같이 타고 가시지요."

하고 영심이가 임 교수를 쳐다보았다.

"아 그럼 좀 신세를 질까? 우리는 종로까지만 가면 되니까……"

"그러셔요, 선생님."

영심은 임 교수와 석란을 차에 모시고 자기는 운전대 유민호 옆에 올라타면서,

"저 오늘 강의를 해주신 임 선생님이예요."

하고 유민호와 임 교수를 소개하였다.

"아, 임 선생님이십니까! 유민호올씨다. 그렇지 않아도 임 선생을 한 번 찾아뵙자고 하던 참인데……"

"임학준입니다. 멀지 않아 두 분의 경사가 계시다는 말, 지금 영심 양에게서 들었읍니다."

그러나 그때, 유민호의 얼굴을 정면으로 바라보자 석란은 적지 않게 놀랐다.

"아, 이 사나이는……"

3

석란의 놀람에는 이유가 있었다. 석란은 이 사나이의 얼굴을 알고 있는 것이다.

언젠가 석란은 채정주가 가정교사로 들어가 있는 청파동 유민호 변호사의 집을 한 번 찾아간 적이 있었다. 유 변호사는 회사 일로 부산에 내려가고 없었다. 드넓은 집 안에는 두 사람의 식모와 변호사 사무실에서 일을 보는 서생 두 사람과 금년 국민학교 이학년인 유민호의 딸이 있었다. 이 딸이 헤어진 전처가 남겨 두고 간 소생이었다. 채정주는 이 아이의 가정교사였다. 그때 석란은 안방에 걸려 있는 유 변호사의 사진을 본 것이다.

그러나 그것뿐이라면 석란의 놀람이 그리 클 리는 없었다. 그 유 번호사가 최근 어머니가 경영하는 명동 '식도락'에 자주 나타났다. 어머니의 사생활과 경계면에는 통 눈을 감고 있는 석란으로서 자세한 것은 알 길이 없으나 어머니의 침실에까지도 드나들 수 있는 유 변호사의 모습을 석란은 수차나 목격한 일이 있다.

석란이가 있는 안채와 영업장소인 바깥채와는 쪽문 하나가 달린 검은 판자 담장으로 완전히 격리되어 있었다. 어머니는 태반 영업장에서 살았고 하인들을 감독하기 위하여 침실도 바깥채에 두었다. 매듭이 뽕뽕 뚫려진 판자 구멍으로 석란은 때때로 유흥의 세계를 넘겨다본다.

유 변호사의 얼굴도 그래서 여러 차례 목격한 석란이었다.

그러한 비밀의 목격자가 지금 자기 등 뒤에 도사리고 앉아 있는 줄은 꿈에도 모르고 유민호는 차를 몰고 있는 것이다.

"임 교수의 말로 추측을 하면 이 두 사람은 멀지 않아서 결혼을 하는 모양인데……"

석란은 갑자기 영심이라고 불리우는 이 여성이 측은해지는 것이다.

"아, 서로들 인사를 하고 지내야지."

임 교수는 석란과 영심을 서로 소개하여 주었다.

"이석란 양은 정치외교과 졸업반이고 오영심 양은 작년에 영문과를 졸업한 분이고―"

"아, 그럼 오늘 강의에는 일부러 나오셨어요?"

반색을 하며 석란은 물었다.

"네―"

"아이유, 열심이셔!"

영심은 그저 웃기만 했다.

"유민호올씨다."

유민호도 뒤를 돌아다보면서 인사를 하였으나 석란은 고개를 하나 까닭도 없이 유민호의 얼굴을 차겁게 쏘아보고 있었다.

그러나 유민호는 핸들을 잡는데 정신이 팔려 석란의 그러한 차거운 태도에 관심을 둘 여유는 없었다. 종로에서 차가 멎으며 이교수와 석란은 내렸다.

"그럼 선생님 날짜가 결정되는 대로 찾아뵙겠어요."

영심과 유민호도 차에서 내려 정중한 인사를 하였다.

"그때는 임 선생님, 수고를 좀 해주셔야 겠읍니다."

"잘은 할 줄 몰라도 성의껏 해보겠읍니다."

이리하여 차는 다시금 명륜동 쪽으로 달려갔고 임 교수와 석란은 지운의 모자가 기다리고 있는 '꽃다방'을 향하여 전찻길을 건넜다.

"선생님더러 주례를 서 달라는 거 아냐요?"

"음, 별로 좋아하는 일은 아니지만도……"

다방으로 들어가자 어머니와 마주 앉아 있던 지운이가 다소 쑥스러운 표정으로 빙그래[120] 웃으면서 몸을 일으키었다.

---

120) 빙그레

4

"아이유, 이처럼 얌전한 학생인데……"

지운의 소개로 인사를 하고 지운의 옆에 가만히 앉아 있는 석란을 바라보면서 임 교수 부인은 칭찬을 하였다.

"그렇습니다, 어머니. 말을 않고 가만히 앉아 있을 때는 얌전하답니다."

그 말에 석란은 지운의 옆얼굴에다 눈을 곱게 흘겨주었다.

"하하하핫……"

그것이 귀여워서 임 교수 부부는 명랑하게 웃었다.

"어머니에게 선을 보이느라고 지금 최상급의 얌전을 빼고 있는 거야요."

이번에는 입을 막으면서 석란은 쿡쿡 웃었다.

"어머니, 어떻습니까? 이만큼 얌전하면 파스가 되겠읍니까?"

그 말에는 어지간한 석란이도 얼굴을 붉혔다.

"아이구, 말 말아 네게는 과분한 아가씬데……"

석란의 시선이 이번에는 임 교수 부인의 얼굴을 곱게 흘겼다.

"어쩌면 눈매무시가 저렇게 고울까?"

"아이 사모님도!"

석란은 두 손으로 얼굴을 가리웠다.[121]

"어, 허허헛…… 석란 양이 부끄러워서 죽을 지경이로군."

"아이, 선생님꺼정……"

손가락 사이로 이번에는 또 임 교수를 흘겼다.

"촌색시처럼 부끄러워할 줄을 다 알고…… 어머니, 이만했으면 제법이지요?"

"그저 네 맘엔 꼭 들어맞을 아가씨다."

"잘 골랐지요?

"네 눈도 상당하다."

"아이, 난 몰라요!"

석란은 몸부림을 쳤다. 정말 부끄러워서 손을 뗄 수가 없다.

이상한 일이다. 저번 날 임 교수를 대할 때는 별반 부끄럽다는 생각은 없었는데 이처럼 정식으로 혼담이 버려진 자리에서 같은 여성인 임 교수 부인을 대하고 보니 남성들에게는 통하지 않는, 그 무슨 여성들만이 갖고 있는 비밀이 폭로 되는 것 같아서 정말로 부끄러워서 견딜 수

---

121) 가리었다.

가 없는 것이다.

"그렇지만 어머니, 본래는 그리 부끄러워 할 줄을 모르는 성품인데요. 요즈음에 흔한 서양 영화를 자꾸만 보고 나서부터는 저도 모르게 수양을 쌓아서…… 적당한 때 적당히 애교를 부리고 있는 거랍니다."

"어머나?……"

석란은 후딱 손을 떼며 놀라는 표정을 크게 썼다.

"보세요, 어머니 배우의 소질도 풍부하답니다."

"정말 그럼 난 갈 테야요!"

석란은 홀랑 자리에서 일어났다.

"하하하…… 벌써부터 내외 쌈이야!"

임 교수 부부는 유쾌히 웃었다.

그러나 지운의 이 한 마디에는 다소의 진리 같은 것이 있기는 있다고, 석란 자신도 자기의 부끄럼의 성질을 해부해 보며 일어서는데, 문이 열이며 '식도락'의 여주인 마담로우즈의 화려한 자태가 다방 안에 나타났다.

손님들의 시선이 일제히 그리로 쏠릴 만큼 마담로우즈의 모습은 화안하니 빛나고 있었다. 스물셋의 석란의 어머니이니까, 나이는 적어도 사십의 고개를 두서넛 넘어섰을 계산이 되어 있으나 십 년 쯤은 확실히 젊어 보이는 얼굴 모습이다.

흰 양단 반 회장 저고리를 금사로 수를 놓은 짙은 하늘빛 양단 치마, 적당히 풍부한 흰 손목에 커다란 악어백이 흔들리고 있었다.

생김생김이 장미꽃 같다고 해서 구식 부모는 장화홍련전의 장화(薔花)를 이름으로 땄다고 했다. 그래서 손님들은 '식도락'의 여주인을 장미부인이라고 불렀고 마담로우즈라고 불렀다.

5

"어째 너 그러구 서 있니?"

샐쪽해서 서 있는 딸을 보고 마담로우즈는 걸어왔다.

"쌈을 했답니다."

지운이가 웃으면서 마담을 맞이하였다.

"쌈은 누구하고?"

"저하구요."

"왜?……"

"촌색시처럼 제법 수줍어 할 줄도 안다고 했더니만……"

"호호호홋…… 이런 때나 수줍어 봐야지, 수줍어 볼 기회가 있을라구?……"

마담은 화려하게 웃었다.

"어쩌면…… 어머니꺼정 저쪽 편이슈?"

석란의 눈흘김이 이번에는 어머니에게로 달려왔다.

"저쪽편이라고?……"

그러다가 마담은 우서 죽겠다는 듯이,

"오, 호호홋…… 옳지! 널 혼자라고, 지운 씨가 막 학대
를 했었구나!"

"하하하핫……"

지운이는 유쾌히 웃으며 마담로우즈를 양친에게 소개
하였다. 인사를 바꾸고 나서 마담은 임 교수 내외를 향
하여,

"보시는 바와 같이 철이라고는 하나도 없답니다. 과부
자식은 쓸모가 없다는데, 저런 걸 데려다 무엇에다 쓸려
고…… 미스터 지운도 애는 좀 먹을 거야."

"어, 허허…… 귀여운 따님인데 무슨 말씀을……"

"귀엽다고 보아 주시는 것만이 다행이지만도…… 저
어……"

마담은 임 교수 부인을 향하여,

"저 사모님, 오늘은 적당한 장소로 모실까도 생각해 보
았지만, 이왕이면 저희들이 사는 꼬락서니도 보실겸 제
집에다 다소의 준비를 시켜 놓고 왔읍니다. 그리아시

고……"

"무슨 그런 염려까지…… 그저 이렇게 서로 한 번 만나 보면 되지요."

"자아, 그럼……"

일동은 꽃다방을 나서서 택시 한 대를 불러 타고 명동 '식도락'으로 달려갔다.

시공관 근처에 '식도락'은 있었다. 아래층은 대중식당이고 좌석 손님들은 이층으로 모시게 되어 있었다. 보이들과 쿡과 접대부들을 합치면 삼십여 명의 커다란 세대를 혼자서 통솔해야만 하는 마담이었다.

저녁 무렵이라, 아래층은 벌써 손님들이 절반 이상이나 자리를 점령하고 있었다. 이층 좌석에서는 남녀 합창인 '목포에 눈물'이 흘러나오고 있었다. 손벽 소리도 들렸다.

임 교수 내외는 서로의 얼굴을 말없이 쳐다보았다.

"호호, 사모님과 선생님, 다소 놀라신 모양이셔!"

그 말에 임 교수 내외는 후딱 표정을 가다듬고 다시금 엄숙한 얼굴을 지었다.

"석란아, 선생님과 사모님은 뒷문으로 모셔야 한다."

마담은 그러면서 손님들이 들끓는 대중식당으로 들어가고 임 교수 내외와 지운은 석란을 따라 옆골 목으로 해서 '식도락' 뒷문을 들어섰다.

여기가 소위 석란이가 거처하는 '식도락'의 안채다. 영업장인 바깥채와는 검은 판자 담장으로 막혀 있었다. 그러나 '목포의 눈물'이 흘러나오는 이층은 여기서도 담장 위로 올려다 보였다.

"어서 이리 좀 올라오세요."

조그만 쪽문으로 마담이 나타났다.

이 안채에는 두 방이 있었다. 육조 온돌은 석란의 침실이요, 팔조 다다미는 석란의 공부방이다. 온돌에는 침대가 놓여 있었고 팔조 다다미에는 테이블과 의자, 그리고 흑칠의 피아노 한 대가 놓여 있었다. 그 피아노 앞에 호화로운 요리상이 이미 준비되어 있었다.

"선생님, 철학 사전에 '목포의 눈물'은 적혀 있지 않습죠?"

그런 재치 있는 말로서 이 가정의 소란한 분위기를 마담은 변명해 보이는 것이다.

6

그러나 불행이도 임 교수는 마담로우즈의 한 마디를 이해하지 못하고 있었다. 이층에서 흘러나오는 노래가 무슨 저속하고 추잡한 유행가인 줄만 짐작했지만 그것이 '목포의 눈물'인 줄은 몰랐다. 그래서 얼떨떨한 표정으로,

"예, 철학사전에 목포의 눈물이라고요?"

그 말에 임 교수 부인은 남편의 옆구리를 쿡 찌르며,

"아이, 지금 이층에서 부르는 저 노래 말이에요."

하고 속삭이듯이 일러주며 얼굴을 후딱 찌푸렸다.

"아, 난 또……"

그래서 그때는 이미 마담로우즈의 감정은 차차 삐둘어져[122] 가고 있었다.

임 교수 부인이 남편의 옆구리를 쿡 찌루며[123] 얼굴을 찌푸리던 광경을 마담은 재빠르게 눈치를 채고 있었던 것이다.

"그래서 선생님과 사모님을 일부러 제집으로 모신 거야요. 후일에 이르러 실망이 없으시도록 저희들의 생활을 미리 알아 두십사고……"

석란은 불안을 느꼈다. 얼핏 듣기에는 허심탄회한 인사말 같았으나 녹녹치 않은 어머니의 과격한 성미를 석란은 알고 있기 때문이었다.

생활양식이 전연 다른 두 가정이었다. 따라서 자칫 잘

---

122) 삐뚤어져
123) 찌르며

못하면 색채와 분위기를 달리하는 양쪽 감정이 부딪히기가 쉽다. 석란과 지운은 그것을 걱정하였다.

좌석에는 순 일본식으로 된 진수성찬이 벌여져 있었다. 도미의 '아라다끼'를 중심으로 식탁 위에는 '식도락'의 일등 쿡이 발휘한 성의 있는 솜씨가 밤하늘에 기라성처럼 수두룩 널려져 있었다. 보이는 연방 쪽문으로 드나들었고 '목포의 눈물'은 이미 '나를 두고 가시는 님'으로 변해 있었다.

그럴 적마다 임 교수 내외는 서로 얼굴만 쳐다보았고 그것이 웃읍다고 마담은 웃었으나 그 화려한 웃음의 한 껍질 밑바닥에서 상처를 입은 마담의 자존심이 점점 이그러지고[124] 있었다.

"변변치 못한 음식이나 많이 잡수세요."

"많이 먹습니다."

"주위가 소란해서······"

"괜찮습니다."

"선생님과 사모님의 조용하고 평화스런 가정에 비하면······"

"원 무슨 말씀을······"

---

124) 일그러지고

술을 따를 적마다 마담로우즈의 적당히 살찐 흰 손목이 백금 팔지와 함께 임 교수 내외의 독실한 가정생활을 비웃고 있는 것 같았다. 한 캐럿 삼부오리의 다이아 반지가 임 교수 부인의 초라한 금가락지를 노려보고 있는 것 같아서 지나치게 눈이 부시다.

　사실 임 교수 내외는 이 가정에 발을 들여 놓으면서부터 소란하고 추잡하게 들떠있는 주위의 시산한 분위기가 생리적으로 싫었고 따라서 아들의 혼담을 경솔하게 승낙한 것이 뉘우쳐지기도 하였던 것이다.

　그러한 눈치를 마담은 채고, 그래서 한 발을 더 뜨면서 냉큼 술병을 들고,

　"사모님, 어쩐지 기분이 나빠 보이시는데, 술 한 잔 드시고 기분 좀 내세요."

　했다.

　"아이, 나는 술은 못합니다."

　남편과 단둘이서는 서너 잔 술은 하는 부인이다.

　"그래도 한 잔이야 못하시겠어요?"

　"나는 정말로 한 잔도……"

　술뿐이 아니었다. 기라성처럼 널려진 식탁 위의 음식물 전체가 추잡의 보수와도 같아서 구역질이 나기 시작하였다.

"호호, 정말로 얌전하신 사모님이셔! 성실한 가정부인으로선 안성마춤[125]이야! 오, 호호홋……"

"어머니도, 어쩌면……?"

뺑하는 목소리와 함께 석란의 눈흘김이 달려왔다.

그러나 마담로우즈의 대결 정신은 좀처럼 누그러질 줄을 모르는 듯이,

"오, 호홋…… 오, 호홋……"

를 그냥 계속하고 있었다.

7

성질을 달리하는 두 개의 생활 감정이 정면으로 딱 마주쳐 버렸다. 임 교수 부인은 마담을 경멸하였고 마담은 그러한 부인을 한 발 더 떠가면서 비웃고 있는 것이다.

"어머니, 그건 실례야요. 누구나가 다 어머니처럼 술을 잡수시는 줄 아세요?"

그러시기 시작하면 걷잡을 수 없는 어머니였다. 모욕을 느끼고 어리둥절해 있는 임 교수 부인을 바라보기가 석란

---

125) 안성맞춤

은 딱했다.

"오, 호홋 그처럼 얌전하신…… 사모님이니까, 선생님이 애처가로서도 이름을 날릴 수밖에……"

"어머니 말씀 삼가해요! 여기가 이층 술좌석인 줄 아세요?"

"얘 글쎄 그렇지 않느냐? 이런 기쁜 자리에서 그 술 한 잔 못 받는다면 모를 것도 알법한 일이지 뭐냐? 누가 술에 독약을 탔다드냐?"

"어머나? ─"

석란은 얼굴이 새파래졌다. 임 교수 내외는 또 한 번 서로의 얼굴을 쳐다보았다.

"어머니는 술군126)이니까, 술 한 잔에도 감정을 상하지만……"

"그래 나는 술군이다! 술파는 집 마담이다!"

보다 못해 임 교수는 부인을 향하여,

"여보, 한 잔 받구려."

했다.

"싫어요! 그렇게도 보기가 딱하면 당신이 받아 자시구려!"

126) 술꾼

부인은 또 부인대로 뺑하니 소리쳤다.

"허어, 이거 참 큰일났군!"

참으로 난처한 일이다. 보통 좌석 같아도 모르겠는데 적어도 양가의 경사스러운 혼담이 맺어지려는 자리가 아닌가. 임 교수는 정말로 딱하기 짝이 없다.

"자아, 그럼 그 잔을 내가 받지요. 그 대신 벌주로 석 잔을 연거퍼[127] 받겠읍니다."

그랬더니 마담로우즈는 허리를 꼬며 우스워 죽겠다는 듯이,

"오, 호호…… 그러다 보니, 정말로 애처가셔!"

"어 허헛…… 그 편이 그저 무난하담니다."

"그렇지만 선생님 짝 잃은 외기러기 앞에서 너무 농후하지는 마세요. 호호홋……"

"어머니, 뭐야요?……"

석란의 외침이 총알처럼 튀어나왔다.

"나는 먼저 갈 테다!"

임 교수 부인이 발끈 자리에서 몸을 일으켰다.

"아, 어머니, 조금만 더 앉았다가 같이 가세요."

지운이가 당황한 표정으로 어머니를 만류하였다.

___

127) 연거푸

"아니다. 뭣 때문에 내가 어울리지도 않는 자리에 그냥 앉아 있어야만 한다는 말이냐?"

"아, 글쎄 어머니, 잠깐만······"

그리고는 마담을 향하여,

"어째서 이런 장면이 벌어지게[128] 됐는지 모르지만······ 서로 조금씩만 양보를 합시다."

"흥, 미스터 지운은 술집 사위가 못될 것 같애 겁이 나서 그러는 거야?"

"아이고, 어머니는 입도 빠르지!"

"넌 왜 또 그러지? 철학자의 며느리가 못될까봐서 그러느냐? 너는 너고, 나는 나다! 네 결혼 문제 때문에 내 생활이 비판 받기는 싫어!"

"글쎄 누구가 어머니를······"

석란은 울먹울먹 하였다.

8

울먹울먹하는 딸을 마담로우즈는 쏘아보며,

---

128) 벌어지게

"너는 왜 또 이러는 거야? 누구 말처럼 너도 저쪽 편이냐?"

"글쎄 어머니……"

"너도 내 생활을 비판할려고 그러는 거냐? 철학자의 생활이 떳떳한 것처럼 마담로우즈의 생활도 떳떳한 거야!"

그래서 어머니의 생활에는 통 눈을 감고 온 석란이었다.

"글쎄 어머니더러 누가 뭐라고 했어요?"

"그만한 눈치도 모르는 것이 시집만 가고 싶음 제일이야? 아니꼽게들……"

"어마나?―"

석란은 마침내 눈물이 핑 돌았다.

"손님을 청해 놓고 이게 무슨 실례야요? 쌈을 할려고 선생님을 청했어요?"

"할 때는 해야지! 너는 지운이만 좋음 제일이지만도, 나는 내 생활이 제일이야. 멋도 모르고 시집을 갔다가 일생을 두고 술집 딸 소리를 들어도 좋아?"

"그건 어머니가 제멋대로 삐뚤어져서 하는 말이지 누가 글쎄 어머니의 생활을……"

"사람은 눈치가 빨라야 하는 거야. 흥, 임 교수에게 철학이 있다면 너 어미에게도 그만한 철학은 있는 줄만 알아 뒤!"

그때는 이미 임 교수 부인은 방을 나와 뜰로 내려서고 있었다. 지운이와 석란이가 따라나왔다.

"사모님, 용서하세요!"

뒷문 밖까지 따라나오면서 석란은 울었다.

"용서는 무슨……"

싸움을 하지 않고 그대로 나온 자기 자신을 부인은 결국 잘됐다고 생각하며 그것도 전혀 자기의 교양과 남편의 인격에서 받은 영향이라고 믿었다.

"나쁜 어머니는 아니지만, 워낙 자존심이 세서……"

"자존심이야 누구나가 있겠지만도……"

그러다가 후딱 석란을 바라보며,

"그래 너 우리 지운이가 정말로 좋으냐?"

그러면서 부인은 석란의 들먹거리는 어깨에다 손 하나를 올려놓았다.

"그런 건 어머니, 물어 볼 필요도 없다니까요."

지운은 그리고 나서 석란의 숙인 얼굴을 기웃하고 들여다보면서,

"좋지?"

"몰라이!"

"석란, 어머니 앞에서 똑똑히 대답을 해야만 되는 것이

야. 좋으면 좋고 싫으면 싫다고… 이 단계에 있어서 어머니의 그 한 마디는 대단한 중대성을 띄고 있는 물음이니까 말이요. 좋지?……"

"모른다니까─"

"싫어?……"

석란은 머리를 흔들었다.

"그럼 좋은 거지 뭐야! 좋지?……"

석란은 머리를 끄덕끄덕해 보였다.

"자아, 어머니, 석란이가 명확한 대답을 했읍니다."

"그랬으면 되는 거지 뭐. 부모네들이 결혼하는 건 아니니까─"

"야아, 멋드러진¹²⁹⁾ 어머니다! 그러니까 제가 어머니를 존경하는 거야요!"

"애도 참……"

"석란!"

"응?……"

"우리 어머니, 멋이 쿡 들지?

"우리 엄마도 삐뚤어지지만 않음 멋두 있대요."

"오우케이! 만사형통이다!"

───────────

129) 멋들어진

지운은 주먹으로 허공을 치며,

"어머니 조금 기다리세요. 마담에게 인사를 하고 아버지를 모셔 올께요."

지운은 안으로 뛰어 들어갔다.

"가는 님의 허리를 시름없이 안고 가지만 말라고 생야단을 치네—"

이층에서 취객들의 잦은 난봉가가 흘러나왔다. 부인은 얼굴을 또 찌푸렸다.

결혼전야[130]

1

오영심은 유민호와의 결혼식이 한 주일 후로 결정을 본 어떤 날 저녁, 영심은 아버지 오진국 씨의 정중한 인사 편지를 가지고 안국동 임학준 교수를 찾아갔다.

그것은 십일 월 초순, 어떤 바람 부는 날 저녁이었다. 저녁 무렵이면 임 교수가 집에 있으리라고, 일부러 그런 시각을 택했던 것이다. 혼사 일로 유민호는 부산으로 내려가고 없었기 때문에 영심은 혼자 찾아보기로 하였다.

고급 과자 한 상자와 와이샤쓰 한 벌을 사들고 "임학준"이라는 문패와 '임지운'이라는 문패가 나란히 붙어 있는 임 교수의 집 대문 밖에 다달았을[131] 때는 이미 날은 어

---

130) 結婚前夜
131) 다다랐을

둑어둑 저물어 있었다.

신진 작가인 임지운의 이름은 잡지에서도 몇 번 보아서 낯이 익다. 작품도 한두 편 읽은 적이 있는 영심으로서는 문학적인 호기심 같은 것도 있어 어쩐지 다소 마음이 설레이기도 하였다.

예술이라든가 문학이라든가, 그런 것과는 전연 딴 세계에서 호흡하고 있는 유민호 변호사와 허정욱 중령 이외의 남성을 영심은 알지 못한다. 출세를 최대 이상으로 하고 있는 유민호의 세계와 국가의 간성으로서 목숨을 바치는 것을 천명으로 여기고 있는 허정욱의 세계밖에는 영심은 모른다.

그러기 때문에 기질로 보아서나 학력으로 보아서나 다분히 이상주의적인 영심으로서는 작가라는 임지운의 직업이 자기 마음속에 깃들어 있는 한 개 초록별과도 같이 인생의 향기를 찾고 있는 것만 같아서 마음이 아늑해진다.

더구나 아버지와 아들이 다같이 이상의 추구를 직업으로 삼고 있다는 사실이 영심에게는 무한이 좋았다.

대문을 조심히 열며 들어서니, 반만큼 열려진 중문으로 화분이 두 개 놓여 있는 장독대와 부엌이 들여다보였다. 계집애가 저녁상을 치우고 있는 것을 보고 마침 좋은 시각에 찾아왔다고 영심은 생각하며 불렀다.

"선생님, 계신가요?"

계집애가 부엌에서 나왔다.

"어느 선생님 말씀이세요?"

"저어 M여대에 나가시는 임 선생님 말이야요."

"어디서 오셨어요?"

"명륜동서 사는 오영심이라고 하는데요."

"네, 잠깐 기다리세요."

그러더니 계집애는 안방으로 들어가지 않고 지운이가 있는 뜰 아래방으로 부르르 들어갔다. 그 방만 불이 켜져 있고 안방과 건너방은 캄캄하다.

"아, 영심 양이 오셨구려."

그러면서 임 교수가 방문을 열고 영심을 안으로 맞아들였다.

"어서 앉으시요."

부인이 옆에서 영심을 앉히웠다.[132]

"사모님, 처음 뵙겠읍니다."

영심은 꿇어앉아서 조용한 인사를 드렸다.

"선생님한테 벌써부터 말은 듣고 있지요. 경사가 계신

---

132) 앉히었다.

다고요?"

"아이, 사모님⋯⋯"

영심은 얼굴이 **빨개지며** 고개를 숙였다. 고개를 숙인 영심의 눈 아래 기름을 갓 먹인 새하얀 장판이 반들반들 빛나고 있었다.

"아이유, 선생님 말씀처럼 어쩌면 이렇게도 얌전할까? 선생님이 어떻게나 칭찬을 하는지⋯⋯"

"아이, 사모님도⋯⋯"

영심의 고개가 자꾸만 숙는다.

"우리집에도 경사가 있다우. 우리 아이들이 장가를 간답니다. 그래서 이처럼 방도 뜯어 고치고⋯⋯ 안방과 건넌방은 오늘 기름칠을 했지요. 그래서 이처럼 한 방에 모였답니다."

"아, 그럼 여기는 작은 선생님의⋯⋯?"

"그렇답니다. 우리 지운이가 쓰는 방이지요."

호기심에 찬 얼굴로 영심은 소설가의 방을 한 번 둘러보았다.

2

소설가의 방이래야 별다른 것이 없었다. 책이 다소 많을 뿐, 그것도 사변통에 죄 도적을 맞고 책이 없어서 아들이 쩔쩔 맨다고 부인은 말했다. 미닫이를 열면 한 간 반짜리가 달려 있는데 며느리를 맞아오면 책장은 죄 그리로 옮겨야겠다고 했다. 무슨 책들이 들어 있는지 영심은 보고 싶었으나 파란 커어튼이 유리 안으로 느려져 있어서 볼 수가 없다. 맨 밑에 조그만 설합이 세 개 달린 책장이었다. 그 맨 오른쪽 서랍 안에 영심의 십 년 묵은 꽃봉투는 얼마 전까지도 들어 있었다.

　그 꽃봉투를 태운 책상 위 재떨이에 재를 털면서 임교수는 말했다.

　"이런 걸 뭘 다 사갖고 오셨소? 그러면 도리어 미안해, ……"

　영심이가 내놓는 과자와 와이샤쓰 상자를 보고 하는 말이다.

　"제가 사 갖고 온 것이 아니고 저의 아버지께서…… 선생님 말씀을 드렸더니 아버지께서 무척 좋아하시며 몸소 찾아뵙지 못한다고…… 이 편지를……"

　모필로 '임학준 선생, 친전'이라고 쓴 흰 봉투를 영심은 내놓았다.

　"글씨가 아주 달필이시군!"

긴 두루마리에다 순한문으로 쓴 편지였다. 편지에는 정중한 인사말을 하고, 생면부지의 인간이라도 이렇듯 인연이 있으면 맺어질 수 있다는 것을 진심으로 기뻐한다는 말과, 쓸모없는 자식이나마 일생의 대사이기에 선생 같은 진실한 학자의 손으로 혼례식이 이루어진다면 이상의 요행이 없을 것이며 이를 기회로 하여 교분을 얻을 수가 있다면 이미 세상을 버린 지 오랜 몸이나 여생의 대락(大樂)을 누릴 수 있을까 하나이다── 이러한 형식의 서한이었다.

"과분한 글월이요. 영심 양이 나를 잘못 전달한 것이 분명한데……"

"아닙니다. 저의 아버지는 진심으로 선생님을 존경하고 계십니다."

거기서 영심은 아버지의 쓸쓸한 삶을 대략 이야기하고 저번날 밤의 광경을 설명하였을 때, 임 교수는 적지않은 감동의 빛을 띄우면서,

"오 선생이야말로 훌륭한 분이오. 애정의 길과 바둑의 길이 결코 다를 리 없다는 그 한 마디는 범인으로서는 도저히 입에 담을 수가 없는 인간 철학의 깊이를 말하는 것이요."

"그러니까 이처럼 얌전한 따님을 두신 게 아니예요?"

부인은 석란의 어머니를 생각한다. 삼대독자 외아들을 두었다가 하필 왜 그런 장모를 모시게 해야만 하느냐고, 장본인들이 좋다니까 하는 수 없지만 부인은 정말 영심이 같은 며느리를 맞아 보고 죽었으면 한이 없을 것 같았다.

부인의 말에 임 교수도 동감을 하며,

"그 아버지에 이 딸이 있는 것이요. 그러나 여보, 과히 염려할 것은 없소. 우리는 지금 며느리를 맞는 것이 아니고 아들의 아내를 맞는 것이니까요."

"그러니까 그런 꼴을 당하면서도 승낙을 한 게 아니요?"

"무어 그런 것 쯤 가지고……"

아무래도 임 교수 내외는 아들의 결혼이 아쉬워서 못 견딜 지경이다.

"그래 혼례식은 어느 날이요?"

"이달 초아흐렛 날이예요."

"응?…… 초아흐레?……"

"네."

"어쩌면 우리와 꼭 같은 날일까?"

부인의 말이었다.

"그러셔요?……"

영심도 멍해졌다.

"음, 그날이면 안되겠는 걸! 장소는 어딘데?"

"엘·씨·아이예요."

"어머나? 장소도 같구려!"

"음, 그 달은 새 달이 잡히면서 첫 길일(吉日)이라고 엘·씨·아이만 해도 다섯 쌍의 결혼식이 있다지 않소."

임 교수 내외의 결혼 삼십 주년 기념일은 길일이 아니라고 마담로우즈가 반대를 하여 이날을 택하게 되었던 것이다.

3

"그럼 어떻거나? 그날은 선생님이 시간이 없을 텐데……"

"그래 영심 양, 시간은?……"

"열두 시래요."

"아, 그럼 우리 바로 전이로군. 우리는 두 시부턴데……"

그러다가 임 교수는 결심을 한 듯이,

"그럼 됐어! 시간을 내지요."

"그래도 선생님……"

영심은 적지 않게 황송해서 임 교수와 부인의 얼굴만 덤덤히 바라보았다.

"괜찮소. 그래야 내가 오 선생도 만나 볼 수 있으니까——"

"황송합니다. 선생님! 아버지가 정말로 기뻐하시겠어요!"

"무슨 그런…… 두 시간의 여유가 있으니까 무방하오."

"아가씨가 이처럼 얌전하니까, 선생님이 성의를 내는 거지. 신랑 되는 분이 홀딱 반했을 걸 뭐."

"아이 사모님도……"

영심은 또 얼굴을 붉혔다.

"대학을 나왔다면서도 아는 척하지도 않고…… 자기보다 부모를 먼저 내세우고…… 누구처럼 시아버지가 될 사람에게 꽃다발을 안기워 보내지는 않을 테니까——"

"어, 허헛…… 사람이라는 것은 다 제각기 분복이 있는 거요. 팔자라는 것은 일종의 우연성을 말하는 것이니까, 같은 시간에 같은 장소에 내가 당신을 못 만났더라면……"

"좀 더 행복하게 살았겠지."

그래서 부인도 웃고 영심도 웃었다.

"좀 더라는 것은 현재를 기준으로 해서 하는 말이니까, 당신이 좀 더 잘 살았을 거라는, 바로 그 위치에 앉아서도 역시 또 좀 더라는 말을 쓰게 될 테니까. 그저 이만했으면 무던하다고 생각을 하시오."

재미있는 선생님이라고 영심은 또 방글방글 웃었다.

"네네! 그래서 요정 마담한테도 그저 이꼴저꼴 다 보고 사는 거 아냐요?"

말의 내용은 잘 몰라보겠으나 평화스런 분위기가 이 가정에는 넘쳐흐르고 있는 것 같아서 영심의 마음이 더 아늑하게 가라앉는 것이다.

"그러니까 인간에게는 우연성이라는 것이 지극히 중대한 것이요."

"그래서. 우리 지운이만 해도 석란을 만나기 전에 이런 아가씨를 만났다면…… 누가 알아요? 어떻게 될는지."

"거야 물론 모르지만……"

"당신도 부러울 거요. 이런 얌전한 며느리를 맞아보겠나요, 얼마나 별루셨소?"

그러면서 부인은 영심의 손 하나를 잡아 쥐고 살뜰히 쓸어보며,

"손두 어쩌면 이렇게 고울까?"

모두가 다 석란보다 나아 보이는 임 교수 부인이었다.

4

부인은 그냥 영심의 손을 잡고서,

"시부모도 다 계시우?"

"벌써 돌아가셨대요."

"듣자니 돈이 많은 사람이라든데. 훌륭한 자가용차를 다 갖고 있구……"

"돈이 없는 것보다는 나을 테지만 그렇지만 사람에게는 그보다 더 소중한 것이 있을 것 같아요."

그 소중한 것 때문에 일부러 불행한 결혼을 택한 것이다.

"옳은 말이야. 지운이가 들었으면 무척 좋아할 말인데……"

"지운 선생님, 그런 말씀 늘 하세요?"

"하는 것이 뭐유? 입만 벌리면 그런 말뿐인데……"

"역시 작가니까, 그러시겠지."

"지운이가 있었으면 이야기가 맞을 텐데……"

"어디 나가셨어요?"

"청첩 때문에 석란을 만난다고 하면서 아까 낮에 나갔는데…… 석란이라고, 그 애 약혼자 말이유. 저번 날 왜 차를 같이 타고 왔었다면서……?"

"아, 그이세요?"

아무런 이유도 따져 볼 필요도 없었지만 영심은 공연히 호기심이 움직이는 것이다.

그때도 다소의 눈치 같은 것은 채고 있었지만 그 학생이 이 댁 며느리가 될 사람인 줄은 모르고 있었다.

임 교수의 연애강좌 때, 연애를 두 번만 하다가는 목숨 하나가 모자랄까 봐서 걱정이 된다던 그 학생, 그리고 임 교수가 차안에서 소개를 해주던 그 학생…… 다소 지나치는 것 같기는 하지만 무척 똑똑한 학생이라는 인상을 영심은 받고 있었다.

"참, 저희는 아직 청첩을 못 찍었어요. 선생님의 정식 허락을 받고 찍을려고…… 청첩이 되는 대로 가지고 오겠어요."

"먼 길에 또 올 건 없고…… 우편으로라도 부치시오."

"아니예요. 또 찾아뵙겠어요. 그럼 선생님 사모님, 실례하겠읍니다."

영심은 인사를 하고 조용히 일어섰다.

"맛있는 과자가 생겨서 지운이가 돌아오면 잘도 먹을 테지."

"단 것 좋아하시는 가요?"

"술도 좀 하는 모양이지만 단 것은 좋아한다오. 돌아올 무렵이 거진 됐는데……"

"그럼 안녕히……"

"어두운데 조심해 가시우."

부인은 대문 밖까지 나와서 영심을 전송하였다. 석란의 손은 한 번도 쥐어 보지 않은 부인이 영심의 손을 쥐어 봤을 만큼 대단한 호의였다.

"조심해 가요."

"네, 안녕히⋯⋯"

캄캄한 골목을 빠져 나갈 때까지 부인은 대문 밖에 그대로 서서 소리를 질렀다.

바람은 그냥 불고 캄캄한 밤하늘에 별들이 밝다.

"어디 있을까?⋯⋯"

영심은 걸으면서 하늘을 우러렀다. 초록별을 한 번 찾아보고 싶은 심정이 불현듯 들었다. 그러나 그리 쉽사리 찾아지는 초록별은 아니었다. 수없이 반짝이는 별들을 요리조리 헤치면서 찾고 있을 때, 사나이의 검은 그림자 하나가 영심의 옆을 지나 골목으로 꺾어 들면서 임 교수의 대문을 향하여 걸어갔다.

"너 지금이야 오느냐?"

임 교수 부인의 목소리가 멀리 어둠 속으로 들렸다.

"아, 어머니세요? 난 또 누구라고?⋯⋯ 깜짝 놀랐어요."

"그래? 어찌나 캄캄한지⋯⋯"

"누구 오셨댔어요?"

"응, 아버지더러 왜 주례를 서 달라는 색시가 있다지

않았어? 그 색시······"

모자는 안으로 들어가서 대문을 잠근다.

5

현재보다도 미래를 아름답게 생각하고 가까운 데보다도 먼 데를 꿈꾼다는 것은 인간이 공상할 수 있는 기능을 반드시 인간에게 행복만을 가져다주지는 않았다.

진리라든가 이상이라든가 행복이라든가 하는 것은 시간적으로나 공간적으로나 언제든지 먼 곳에 있는 것으로만 생각한다. 그리고 누구에게나 오영심이가 갖고 있는 마음의 초록별이 하나씩은 있을 것이다. 그것은 반드시 애인만을 의미하는 것은 아니다. 자기의 인생을 아름답게 할 수 있는 희망의 초록별을 사람들은 마음 한구석에다 모시고 사는데 무슨 행복 같은 것을 느낀다.

그러나 그 행복 같은 것을 느끼는 바로 그 느낌이야말로 행복 그 자체인 것을 사람들은 긍정하지 않을려고 발버둥을 치는 것이다. 그리고 그것은 영원한 비극성을 말하는 것일 수밖에 없다.

먼 곳에 있는 줄 알았던 마음의 초록별이 오영심의 바로 옆을 지나갔다.

천국에 사는 줄만 알고 밤하늘만 골똘히 쳐다보던 행복의 초록별이었다. 그리고 두 사람 사이에 어둠의 장막이 가로 막히지만 않았던들 오영심과 지운은 십 년 동안이나 찾아헤매이던 행복의 정체를 붙잡았을 것이다.

그러나 행복의 정체를 붙잡았다고 해서 그것이 과연 두 사람에게 행복을 가져올 것이라고 누구가 단정할 수 있을 것이냐…… 그와는 정반대로 극심한 불행을 가져올는지도 모른다. 그래서 자비로운 조물주는 어둠의 장막을 내리어 두 사람의 불행을 구해 주었는지도 모를 일이다.

"어머니, 연대장이 제 결혼식에도 꼭 참석하겠다구요."

영심이가 사온 과자를 먹으면서 지운은 어머니가 내준 편지 한 장을 읽고 있었다.

"그러니까 친구는 다 고맙지, 그 먼 데서……"

"아, 어머니!"

지운은 돌연 외치듯 불렀다.

"왜 그러느냐?"

"언젠가 어머니께 말씀드린 적이 있었지요? 연대장이 실연을 하고 고민한다는 이야기……"

"그랬었지."

"자기가 실연을 한 바로 그 여자가 딴 남자와 결혼을

하는데 그 결혼식에도 꼭 참석을 해야만 하겠다구요."

"그만하면 사람도 무척 좋은 양반인 모양이다. 나 같으면 분통이 터져서도 그런 결혼식엔 못 가겠다."

"그런 작은 사람이 아니랍니다. 대범하고 솔직하고, 정의감이 강한 인간이랍니다."

"사내 사람들은 달라!"

"그런데 어머니, 그날은 정말로 길일이나 봐요, 초아흐레, 저희와 똑 같은 날입니다. 이제 찾아왔던 그 여자도 그날이라면서요?"

"그래서 글쎄 아버지가 어떻걸까 하고 망설이지 않았니?"

석 달 전, 휴전 직후의 일선을 시찰하고자 국방부 주최로 문단의 몇몇 사람들과 함께 중동부 전선에 지운은 다녀왔다. 그때 지운은 ××연대장 허정욱 중령의 그 허심탄회한 무게 있는 성품이 마음에 들어 각별한 교분을 맺은 사이가 되었다.

허 중령도 지운의 의젓하고 얌전한 성품이 무척 믿어졌는지, 어떤 달 밝은 날 밤, 둘이는 달빛이 창백한 황량한 드넓은 뜰을 거닐면서 다음과 같은 실연의 고백을 하였다.

6

"국가의 흥망을 한 몸에 지닌 군인의 몸으로서 일개 여인에게 정을 두고 연연한다는 것은 수치스러운 일이지만요."

연대장 허 중령은 그런 말을 전제로 하고,

"어떤 여인을 오륙 년 동안이나 은근히 사모하다가 마침내 실연을 당했읍니다. 그 여인은 나와 중학 동창인 사나이와 약혼을 했지요. 그러나 그 여인은 아무리 생각해도 그 사나이보다는 나를 좀 더 존경하고 따르는 것 같았지만 어떻게 된 셈인지, 결국은 저편 사나이에게 시집을 가게 되었답니다. 존경만으로는 결혼이 안되는 것인지, 요즈음 신여성의 심리는 복잡해서 우리 같은 단순한 사람에게 이해가 잘 안가서 탈입니다."

거기서 지운은 대답을 하였다.

"사정은 잘 모르지만 결국은 공리적인 타산에서 나온 행동이겠지요."

"그럴까요? 하기야 저편에는 그만한 물질적 여유가 있으니까요. 변호사요, 상사 회사의 사장이랍니다. 또 여자의 가족이 그만한 물질적 혜택도 입었고, 또 언제 죽을지 모르는 일선 군인의 몸이기도 하니까요."

"요즈음에 흔한 예지요."

"역시 그렇게 생각하는 것이 옳을 것 같습니다."

허 중령은 쓸쓸한 어조로 말하다가,

"그러나 임형, 이런 경우에는 어떻게 해야만 되는 걸까요?"

하고 갑자기 열을 띠면서 물었다.

"임형은 작가니까, 우리 군인들보다는 현대 남녀의 미묘한 심리를 잘 이해할 테니까 하는 말이지만요."

"어떤 경우 말입니까?"

"내 직감으로서는 말입니다. 약혼자에 대한 애정이 그 여자에게는 별로 없읍니다. 말하자면 일종의 정략결혼이지요."

"그러나 그것은 어쩔 도리가 없겠지요. 본인이 좋아서 그리로 가는 거니까요."

"그렇지만 여기에는 한 가지 중대한 문제가 있읍니다."

"무언데요?"

"여자의 약혼자인 그 사나이로 말하자면 굉장한 이중인격자지요. 아니, 이중 삼중의 백면상(百面相)과 같은 인격의 소유자지만요. 여자 편에서나 여자의 부모들은 그런 사실을 통 모르고 있답니다."

"허어? 전연 모릅니까?"

"전연 모르지요. 이런 경우에 내가 나서서 그 가면의 사나이의 불미로운 행동을 폭로해도 무방하느냐? 그렇지 않으면 끝까지 모르는 척하고 내버려 두느냐?…… 임형, 어떻거면 좋습니까? 나의 불타는 정의감으로 보아서는 아무리 생각해도 그대로 내버려 둘 수가 없어요. 여자에 대한 애정 문제와는 별개로 정의는 불의를 없애기 위해서 존재하는 것이 아닙니까? 불의를 보고 눈을 감는 것도 역시 불의라고 나는 생각하지요."

열을 띤 허 중령의 굵다란 음성이 달 밝은 골짜구니[133]를 우르렁 울렸다.

"임형, 잘못하면 남의 험구를 하는 교양 없는 사나이라고, 그 여자에게 인격적인 오해를 받을 것이 무서워서 꾹 참고 있기는 하지만요. 임형 같으면 이런 경우에는 어떻게 행동을 할 것 같습니까?"

"나는 그대로 내버려 두지요."

"역시 오해 받을 것이 무섭지요?"

"아닙니다. 오해는 아무래도 좋습니다."

"그럼 무슨 이유로……?"

"아무리 교묘한 이중인격자라도 사람이란 몇 번만 보면

---

133) 골짜기

아는 것입니다.

　그것을 간파할 만한 총명이 그 여자에게는 없으니까, 그런 소경 같은 여자라면······"

　지운은 연대장의 심정을 생각하여 일부러 말끝을 흐려 버렸다.

7

　"그렇게 생각할 수도 있겠지요."

　허 중령은 그러고 나서,

　"결코 총명하지 못한 여자는 아닌데요."

　그러면서 달빛을 등진 검은 산허리를 그 어떤 참을 수 없는 울분을 가지고 덤덤히 바라보다가,

　"임형처럼 그렇게 점잖게만 생각한다면 결국에 있어서 정의라는 것은 한낱 관념적인 존재일 뿐이고 그의 실천은 영영 있을 수 없겠지요. 우리 군인들은 문인들처럼 섬세한 정서의 세계는 잘 모르지만, 그 대신 감정의 무더기가 쏟아져 나오는 것 같은 과격한 일면을 갖고 있답니다. 그것이 없이는 도저히 그 가열한 싸움터에 나설 수는 없지요. 총탄이 비 오듯이 날아오고 포성이 울부짖는 싸움

터에는 정서라든가 지성이라든가 하는 세계는 있을 수 없으니까요. 오직 한 가지 정열, 감정의 무더기밖에는 없지요."

"잘 알 것 같습니다."

허 중령은 얼마 동안 묵묵히 걷다가,

"나는 이런 생각을 때때로 가져 본답니다."

"무슨 생각인데요?"

"그 여자의 결혼식에는 반드시 참석을 해야만 되겠다구요."

"반드시 참석을 한다고…… 그건 무슨 까닭으로요."

"기어코 축사를 한 마디 해야 될 것 같아서요."

"축사라고요?"

지운은 놀랐다.

"네, 참된 의미에서의 축사! 정의를 위하여 불의의 가면을 벗겨 놓는 축사 말입니다."

"아, 그런 의미의 축사……"

지운은 또 한 번 놀랐다.

"그렇게 함으로써 결국에 있어서 그 여인은 구제를 받을 것입니다. 나의 감정의 무더기는 지금 그런 것을 공상하고 있지요."

생각만 하여도 그것은 너무도 비참한 극적 장면이었다.

"다소 점잖지 못한 행동이라고 임형은 생각할는지 모르지만요. 그러나 인간은 점잖아지기보다는 먼저 불의를 보고 눈을 감지 않는 데서부터 구제를 받아야 할 것이어요. 따라서 그것은 우리들 개인만이 아니라, 인류 전체에 광명을 가져올 것이라고 나는 굳게 믿고 있지요."

"좋은 말입니다."

이리하여 연대장 허정욱 중령의 실연담을 들을 수가 있었던 지운이었고 그 후에도 한두 번의 서신 왕래가 있었다. 그래서 거리와 임무 관계도 있고 해서 며칠 전 지운은 결혼식 날짜만을 미리 통지해 두었던 것이다. 그리고 그러한 연대장에게서 오늘 회답이 온 것이었다.

그러나 결혼식장에서 그러한 의미의 축사를 하겠다는 허 중령의 마지막 한 마디까지는 이야기하지 않았던 때문에 어머니는 지금 연대장의 사람 좋음을 나무랬었고[134] 그러한 어머니에게 대하여 지운은 그런데는 대범한 위인이라고 연대장을 위하여 변명은 하였으나 내심으로는 허 중령의 그러한 공상이 실현될 것 같은 예감에 적지않은 불안을 느끼는 것이었다.

"그래 너 청첩은 다 냈니?"

---

134) 나무랐었고

"네."

지운은 과자를 맛나게 먹으면서,

"어머니."

"응?"

"삼대독자 외아들이 종시 장가를 들게 되어서 얼마나 기쁘세요?"

"하늘만큼 기쁘다."

"그럼 한 턱 하세요, 내일 아침……"

"그렇지 않아도 네가 좋아하는 만두국을 끓이는데……"

"야아, 신난다!"

지운은 아이들처럼 표정을 크게 써 보였다.

8

"석란의 어머니는 재미있는 사람이야."

셋이 나란히 불을 끄고 자리에 들었을 때, 임 교수는 혼잣말처럼 불쑥 말을 꺼냈다.

"자기 생활에 대해서 그만한 자신을 가지기가 힘든 일인데……"

"자격지심에서 하는 말이지 뭐가 힘들어요?"

어둠 속에서 부인이 감정을 가지고 대답을 했다.

"그것도 있겠지만…… 임학준 교수에게 철학이 있다면 자기에게도 그만한 철학은 있다지 않아?"

"그거야 있겠지요. 누구나가 다 자기대로의 생활 철학은 갖고 있을 테니까요."

이번에는 지운의 대답이다.

"음, 아뭏든[135] 상당한 위인이야. 그런 자리에서 그만큼 대담하기가 쉬운 일이 아닌데……"

임 교수는 도리어 마담로우즈의 생태(生態)를 어지간히 부러워하는 것 같은 어조였다.

"자기가 생각하는 바를 그만큼 솔직 대담하게 표현하면서 살 수 있다는 건 일종의 행복을 의미하게 되는 것이니까——"

자기의 생각을 언제나 비판의 체로 걸르고[136] 받아서야 표현을 하는 임 교수로서는 석란 모녀의 적나라한 표현주의적인 삶의 형태에 적지 않은 매력을 느끼는 것이었다.

"요즈음에 와서 아버지는 그러한 적극적인 생활 태도에 관심을 가지시는 것 같은데…… 제가 보기에는 그것은 대단히 위험한 생각이야요."

---

135) 아무튼
136) 거르고

"음——"

"말하자면 그것은 아버지가 이때까지 지니고 온 철학의 전부를 포기하게 되는 것이니까요. 마담로우즈에게도 철학은 있겠지만 그것은 어디까지나 생활에 관한 철학일 뿐, 인생에 관한 철학은 아니지요. 그들에게는 희망과 욕망은 있어도 이상은 없으니까요."

"희망과 이상은 뭐가 다르니?"

부인이 옆에서 입을 열었다.

"다르지요. 생활에 대한 희망이나 욕망을 진선미(眞善美)의 입장에서 비판을 받는 것이 이상이니까요. 그러니까 아버지가 마담로즈우와 같은 적극성을 띄인 생활태도에 매력 같은 것을 느낀다는 것은 인생에 대한 이상을 손수 포기하고 단순한 욕망을 그대로 발휘하면서 살아보시겠다는 징조인데…… 대단히 위험한 징조야요."

"그렇다면 아버지의 철학이 타락을 하는 거지 뭐냐?"

"그럴는지도 모르지요."

"그대들이 무얼 안다고들……"

임 교수는 항의를 했다. 그러나 임 교수의 얼굴은 어둠 속에서 빙그레 웃고 있었다.

"지운이 네가 아버지 교육을 좀 톡톡히 시켜 드려야겠다. 잘못하면 아버지가 늦바람 피실지 모르니까 말이다."

"그건 어머니 책임이지 제 책임은 아니에요."

"그렇지만 어쩌다 또 곰곰히 생각하면 아버지가 약간 가엾어 보이기도 하더라."

"왜요?"

"오십 평생 바람이라고는 한 번도 못 피어 본 아버진데 한 번 쯤 피워 보도록 눈감아 드리는 것도 좋을 것 같애. 나를 뭐 내쫓기야 할라고?"

"어머니는 열녀시군요. 제가 어머니를 위해서 열녀문을 세워 드리지요."

"잘들 논다. 사람을 마구 가지고 노는구나!"

임 교수의 목소리가 어둠 속에서 유쾌히 흘러나왔다.

"애, 정말로 간혹 가다 그런 생각을 해 보는 적이 있단다. 결혼 생활 삼십 년 동안을 꼬박 나를 위하고 가정을 위해서만 살아온 아버지가 아니냐? 한 번 쯤 바람 좀 피워 보시라고 눈을 감아 드리는 것도 자비심이지, 뭐냐?"

"어머니가 먼저 그렇게 한 발을 더 뜨니까, 아버지의 인간성이 어쩔 수 없이 어머니를 더 위하게 되는 거 아냐요?"

"그럴는지도 모르지만……"

부인은 잠시 말이 없다가,

"애, 그렇지만 사람이 사람을 진실로 믿고 존경하고 사랑한다면 그런 것쯤 용서할 것 같은 생각이 가끔 들더라."

"그런 말을 할 수 있다는 어머니가 얼마나 행복하신가를 아셔야 할 거예요."

"글쎄 누구가 행복하지 않대나?"

"제가 보기에는 우리 가정처럼 평화한 가정은 없을 것이라고 생각해요."

"모두가 다 아버지 덕택이지."

"허어, 바람을 피라면서 피지 못하도록 만들어 놓는군."

그러면서 임 교수는 이 가정의 평화를 새삼스레 느끼는 것이다.

황혼이 오기 전에 도대체 무엇을 바란다는 말이냐? 이러한 보배로운 아내와 가정보다 더 보배로운 것이 있을 수가 없다. 욕망의 이상화(理想化)야말로 참된 의미의 행복을 가져오는 것이라고 지나간 옛날, 아들에게 가르쳐 주었던 바로 그 교훈을 임 교수는 지금 반대로 그 아들과 함께 새삼스레 복습을 하고 있는 것이다. 이상에 불타는 이 아들의 엄격한 삼십 대의 채찍이 긴장이 풀려진 이 아버지의 오십 대를 채찍질 하고 있는 것이다.

"그런데 너 잘못하다가는 석란에게 쥐어 살라."

"쥐어 사는 것, 좋지 않아요?"

"안될 말이지. 가정은 역시 남편이 위여야 한다. 옛적부터 하는 말이, 암탉137)이 울면 집안이 망하는 법이라고, 여편네한테 쥐어 사는 사나이들 꼴은 구역질이 나서 정말 못 보겠더라."

"어머니와 아버지처럼 쥐지도 않고 쥐우지도 않으면 되잖아요? 민주주의적으로⋯⋯"

"아이구 얘두 헛공부를 했구나! 민주주의 국가에도 정부가 있다는 걸 알아야 한다. 그 정부의 수반이 역시 남편이 돼야만 한다는 말이다."

"왜 아내가 되면 어때요?"

"글쎄 그렇지 않다는밖에! 세상에선 남녀평등을 부르짖지만도 본질적으로 남녀평등은 될 수 없느니라. 역시 남자가 여자보다는 모든 점을 종합해 봐서 나으니까 도리가 없지 뭐냐?"

"그럴가요? 주먹은 다소 셀는지 몰라도⋯⋯"

"그것 봐라. 그것부터가 벌써 평등이 될 수 없는 첫 조건인 걸 어떻거니?"

"참, 어머니야말로 가장 민주주의적인 현모양처예요."

"모두 너의 아버지가 성실한 탓이란다."

"저도 석란을 어머니처럼 만들어 놓을 테니까, 두고 보

---

137) 암탉

세요."

"잘 안될 걸!"

"그래요?"

"아까 왔던 그 색시 같으면 모르지만도……"

"그렇게 얌전하던가요?"

"그런 색시 같으면 남편만 착실해서 적당히 지도를 하면 아주 훌륭한 주부가 될 텐데…… 아깝더라!"

"괜찮아요. 석란이만한 여자도 드물답니다."

"거야 그럴 테지만…… 여자의 교양이란 그 태반이 남편에게서 받는 건데…… 아까 그 색시만 해도 네만한 남편이면 모르지만, 그렇지 못하면 그 색시도 파이다 파이야!"

그렇게 부산 말을 써서 남편과 아들을 웃기면서 부인은 이윽고 잠이 들었다.

악마의 영역¹³⁸⁾

1

바로 그날 밤 그 무렵, 유민호는 부산 송도 해변 어떤 여관 일실에서 주섬주섬 옷을 주워 입고 있었다.

사조 반 온돌방이다. 가구라고는 별로 없다. 여자가 누워있는 잠자리 머리맡에 초라한 경대가 하나 놓여 있었고 자리 옆으로 여자가 벗어 놓은 양단 치마저고리의 희한한 금실 꽃무늬가 구렁이 껍질처럼 길처럼 길다랗게 도사리고 있었다.

되는 대로 흩어져 있는 곤색 양복저고리 위에 여자의 흰 인조 속치마와 새하얀 버선 두 짝이 요염하게 얹히어 있는 방 한가운데 일어나 앉아서 유민호는 지금 물빛 와

---

138) 惡魔의 領域

이샤쓰를 주워입고 있는 것이다.

"왜 갑자기 일어나세요?"

이부자리 속에서 여자는 물었다.

스물너더댓은 실히 되어 보인다. 계란 같은 타원형의 얼굴이 석고상처럼 표정이 가난하다.

"마누라 생각이 갑자기 나서……"

경대를 끌어당겨 유민호는 넥타이를 매는 것이다.

"유사장이 언제 장가를 들었게……?"

"장가는 안들었어도 마누라는 있어."

"그게 누군데?……"

여자는 갑자기 신경을 쓴다.

"산판을 가져와요."

"산판은 갑자기 또 무얼해요?"

"하도 많아서 셀 수가 없으니까─"

"흥, 돈 많은 재센가 보군요."

"미안하오. 어서 일어나 입어요."

"난 안갈 테야!"

"그럼 그만두어요. 내 가는 길에 박군한테 들려서 부인을 모셔 가라고 충고를 하지요."

표정 하나 까딱없는 얼음장 같은 유민호다.

"흥!"

여자는 샐쭉해지며 하는 수 없이 일어나서 옷을 주워 입기 시작했다.

　넥타이를 매며 유민호는 거울 속으로 앙상하니 뼈대가 들어난 여자의 빈약한 두 어깨를 바라보며 박군의 월급을 좀 더 올려줘야겠다고 생각한다. 박군이란 부산에 있는 덕흥상사 본점의 서무주임이다.

　"양단옷은 천천히 해 입고 영양분을 좀 취해요."

　"쥐꼬리만한 월급으로 영양분이 다 뭐요?"

　"염려 말아. 박군의 월급이 멀지 않아서 고양이 꼬리로 변할 테니까─"

　양복을 입으면서 유민호는,

　"박군이 눈치를 챈 모양인데……"

　"벌써부터!"

　치마를 허리에 두르면서 여자는 대답했다.

　"그래도 암말 없어?"

　"알고도 모르는 척하는 모양이예요."

　"살림살이 잘돼 간다!"

　양복 안주머니에서 만원 세 뭉치를 꺼내주며,

　"곗돈 탔다고 들어가서 그래요. 그리고 애들 데리고 기다리기에 좀 갑갑했겠느냐고 고기나 두어 근 술이나 한 병 사 갖고 들어가요."

"내일 올라가시면 언제 또 내려오세요?"

"이번엔 좀 걸릴 걸. 한 달 쯤……"

영심이와 결혼 생활을 계산에 넣고 하는 말이다.

방을 나서기 전에 유민호는 경대 앞에서 얼굴을 고치고 일어서는 여자를 한 번 안아주며

"집에 돌아가서 박군 보고 그래요. 오늘 영도다릿목에서 관상을 보았더니만, 멀지 않아서 남편이 출세를 할 거라고…… 그래서 술 한 병 사들고 왔다고 그래요."

"아이유, 어쩌면 거짓말도 잘 주워다 붙이시지! 회사에선 그처럼도 얌전하다는 사장인데……"

"그것도 다 타고난 분복이니까. 부러워했댔자 소용이 없을 거요."

이윽고 두 사람은 캄캄한 해변길을 시내로 향하여 택시를 몰았다.

2

충무로 근처에서 여자를 부리고 유민호는 곧장 대청동으로 차를 돌렸다.

이 대청동에는 유민호의 소위 마누라가 있었다. 아무도

모르는 비밀의 마누라였다. 호적에만 오르지 않았을 뿐, 삼 년 전 본처와 이혼을 한 후, 지금까지 쭉 계속해 오고 있는 동거생활이었다.

그만큼 유민호는 모 중학 교원이던 이 김옥영(金玉英)을 좋아했다.

유민호는 지금까지 수많은 여자와 동거생활을 하였으나 단 한 사람도 정식으로 호적에 올린 적은 없었다. 여자들이 거기에 대해서 불평을 말하면 이렇게 대답하였다.

"호적에 오르나 안 오르나 마찬가지의 결과를 가져온다. 한 사람의 여자를 상대로 일생을 보낼 그런 미련한 인간은 아니니까, 공연히 이혼 수속만 귀찮아지는 거야. 그대들이 결혼계(結婚屆) 한 장으로 내 자유를 속박해 보려는 것은 이미 그대들의 애정도 아니고 성실도 아니다. 그것은 다만 그대들의 의식주를 보장 받으려는 하나의 상행위(商行爲)니까, 그런 위험률이 많은 상행위에 내가 동의를 할 만큼 무식하지도 않고 미련하지도 않다. 결혼계 한 장으로써 결혼이 지속되는 것이 아니고 애정의 유무가 결혼을 결정짓는 것이다. 그러니까 법률상의 아내라야만 된다면 나는 절대로 동의할 수가 없다. 어째 그러냐 하면 그대들에 대한 나의 애정의 지속을 나 자신도 예측할 수가 없으니까 말이다."

그것이 싫다고 본처는 나가버린 것이다. 그리고 중학교 교원이던 이 김옥영은 유민호의 이론을 승인함으로써 삼 년에 걸친 동거생활을 계속해 온 것이다.

"당신이 이번에는 정식으로 결혼한다죠?"

두 살 먹은 어린 것이 아랫목에서 자고 있었다. 영옥은 파자마를 입은 채 유민호 옆에서 술을 따르고 있었다. 스물일곱 살, 갸름한 얼굴이 다소 우수에 잠겨 있었다.

"왜 샘이 나서 그래?"

유민호도 잠옷으로 갈아입고 술상 앞에 반석처럼 앉아 있었다.

"그런 감정은 별로 없어요. 한두 번 이래야 샘도 나지."

"걱정 말아, 내가 너를 좋아 하는 한, 염려할 것 없어."

"새색시를 얻어 오면 헌색시는 싫어질 것 아냐요?"

"반드시 그렇지도 않아. 이번 여자는 다소 얌전하다 뿐이지, 매력은 너만 못해."

유민호는 손을 뻗쳐 옥영의 턱을 넌지시 쓸어 올리며,

"천하일품이야!"

했다.

"이번엔 결혼식도 한다면서?"

"그래야만 말을 듣겠으니까, 하는 수 없지 않아?"

"이번에도 호적에 안 올려요?"

"안 올려! 그건 확고한 인생관이니까—"

"결혼식까지 하고도 호적에 안올리면 저편에서 가만 있을라고?"[139]

"가만 안 있으면 어떻게? 이미 불장난을 본 후니까, 마음대로 하라면 되는 거야."

"그만하면 심장이 어지간히 튼튼해요."

"그런 게 아니라, 여자 편에서 나를 그다지 달갑게 생각하고 있지 않으니까, 결혼계를 그만 두자면 도리어 고마워할 거야. 그러니까 문제는 다른 곳에 있어. 나를 좋아하지 않는 여자를 기어코 손에 넣어 보는데 남자로서의 정복감은 만족하는 거야."

옥영의 미끄러운 턱을 만지던 손으로 술잔을 쭉 들이키며,

"더구나 그 여자에게는 내 중학 동창 하나가 붙어 다니는데…… 말하자면 일종의 경쟁 심리에서 나온 행동이야."

"경쟁 심리라고요?"

여성의 입장으로서는 좀처럼 이해하기 어려운 심리였다.

"자기에게 조금도 애정을 느끼지 않는 여자 하나를 손

---

139) 가만있으라고

에 넣으려고 결혼식까지 한다는 말이예요?"

"이거 봐요. 내 사랑하는 사람아!"

한 잔 거나한 유민호는 옥영을 끌어당겨 옆으로 껴안으며,

"남자에게는 애정 이외에 정복욕이라는 것이 있는 거야. 그러니까 여자의 입장으로서는 남성들의 호의가 그 어느 종류에 속하는 것인가를 알아야만 해. 이 정복욕과 애정은 일란성(一卵性) 쌍둥이[140]처럼 얼굴이 꼭 같으니까, 남성들의 호의를 통틀어 애정이라고 생각하는 건 대단히 위험한 일이야. 여성의 비극은 그 대부분이 여기서부터 출발하는 줄만 알아 둬."

"그럼 이번 결혼하는 여자에게 대해서도 애정 같은 것은 없다는 말이예요?"

"별로 없지. 경쟁심에서 출발한 정복욕! 그 왕성한 정복욕 때문에 실로 삼 년 동안이라는 긴 세월을 두고 점잖게 서서히, 끈기 있는 공작을 해온 것이니까ー"

"어떤지 누가 알아?…… 누가 요 가슴속을 홀랑 들어갔다 나왔담 모르지만……"

옥영은 그것이 애정이 아니고 단순한 정복욕이라는 말

---

140) 쌍둥이

에 어지간히 마음을 놓으며 유민호의 가슴패기를 어루만졌다.

"생각해 봐요. 성적을 다투던 동창생과 경쟁이 붙었다니까! 더구나 저편 남자는 성실한 인격의 소유자래서 여자나 여자의 부모가 상당한 호감을 갖고 있는 강적(强敵)이야. 그런 꼴을 보고도 가만히 내버려 둬야만 해?"

"그렇지만 여자가 불쌍하지 않아?"

옥영은 같은 여성의 불행을 진심으로 동정하였다.

"그런 것은 내 알 바가 못돼. 더구나 나를 그리 달갑게 여기지 않는 여자를 동정해야만 할 이유는 없어. 결혼이란 하나의 수단이지 문제는 라이발(戀敵[연적])보다 먼저 여자의 육체를 소유해 버리는 데 있는 거야."

"나쁜 사람!"

그러면서 옥영은 다소의 흥분을 가지고 유민호의 넓적다리를 꼬집었다.

"너만 나쁘지 않으면 되지 않아?"

"난들 어떻게 알아? 언제 어느 때 버림을 받을는지⋯⋯"

"버림을 받을 때까지 취직을 한 셈 치고 있으면 돼. 삼년 동안을 계속한 건 너 하나뿐이다."

"천하일품이니까―"

"그렇지 않아도 네 생각이 간절해서 뛰쳐왔어."

"어디서?……"

"어떤 빈약한 육체의 품안에서……"

"솔직하시구려!"

"명백하지."

"흥, 여자의 감정을 학대하는 것을 당신은 유일한 낙으로 삼고 있지."

"학대 받는 감정 속에 질투가 있고 질투의 감정 속에 감미로운 감각을 느끼는 것이니까, 말하자면 그것은 일종의 애무를 의미하는 거야."

"잔인한 심리학자!"

"자비로운 애욕의 철학자다! 고맙게 생각하고 질투심을 향락해야만 되는 거야."

"악마와 같은 사람이야요. 당신은……"

"그것은 명예로운 존칭이다. 인간 생활에 악마의 영역(領域)이 존재하지 않았다면 일생 칠십은 투명 무미한 증유수(蒸溜水)처럼 아무런 맛도 없을 것이다. 증유수는 성자에게나 드리고 악마는 흐리터분한 천연수를 마셔야 산다!"

유민호는 술상을 밀어치우고 전등을 껐다. 옥영을 붙들고 자리에 들어서 혼잣말처럼 외쳤다.

"인간의 행복의 대부분은 악마의 영역에 있는 것이다!

아아, 명예로운 악마, 악마, 악마의 영역이여!"

3

이튿날 오후 유민호는 비행기 편으로 상경하여 남대문 통에 있는 덕홍상사 서울 지점에 들렀다.

남자 사원 오륙 명과 여자 타이피스트 한 사람이 앉아 있는 사무실을 거쳐 사장실로 들어갔다. 전찻길을 눈 아래로 내려다볼 수 있는 양지바른 방이었다.

커다란 사무 탁자 옆에 털썩 주저앉자마자 며칠 동안 밀렸던 결재 서류를 들고 간부 사원 두 사람이 바뀌어 들어와서 간단한 보고와 함께 서류에 결재를 맡아 들고 나갔다.

유민호는 필요 이상의 웃음을 짓지 않는다. 사무처리는 지극히 명쾌 신속하였고. 우물쭈물 하는 데가 조금도 없 는 속결주의였다. 유민호는 시계를 들여다보았다. 네 시 다. 며칠 동안 밀렸던 사무처리를 하는데 단 삼십 분밖에 걸리지 않았다.

그러나 유민호는 대단히 바쁘다. 회사일 이외의 애욕의 사무처리가 여러 군데서 그를 기다리고 있는 것이다. 우

선 그는 손을 뻗쳐 청파동 자택에 있는 법률 사무소에
전화를 걸었다.

"응? 소송 건이 둘?…… 알았소. 오늘은 바쁘니까 내일
로 밀고…… 인숙이, 학교에서 돌아왔소?"

"네, 지금 안방에서 가정교사와 공부를 하고 있읍니다."

"인숙이 좀 전화에 불러줘요. 인숙의 목소리가 듣고 싶
으니까. 그리고 가정교사도……"

그러나 실은 딸 인숙이보다도 가정교사 채정주의 음성
이 더 듣고 싶은 것이다.

이윽고 복도를 콩콩 뛰쳐나오는 발자국 소리가 들리자,

"아버지예요? 언제 부산서 오셨어요?"

국민학교 이학년의 명랑한 목소리였다.

"지금 막 오는 길이다. 공부 잘했나?"

"응, 지금도 채 선생님과 막 공부를 하던 중인데……
근데 말이야 아버지! 나 어저께 엄마 봤지!"

"엄마?…… 엄마는 어디서?……"

유민호의 표정이 다소 어두워진다.

"학교서…… 학교 문 앞에서……"

"그래 무슨 말을 하더냐?"

"아버지가 정말로 장가를 드느냐고…… 그리고 아버지
가 매일밤 집에 들어와서 주무시느냐고, 그런 걸 자꾸만

물어보면서…… 참, 나 맛나는 것 먹었지."

"뭔데?……"

"양식! 양식 먹었어, 칼하구 삼지랑 갖고 먹는 거 있잖아?"

"음―"

유민호는 가느다란 신음 소리를 내면서,

"잘했군! 그럼 인숙이는 이제 그만하고 채 선생님을 대다오."

전화가 바뀌어졌다.

"아, 채 선생, 얼마나 수고가 많습니까?"

점잖고 부드러운 목소리가 갑자기 되었다.

"무슨 수고가…… 인숙이가 얌전해서 하나도 힘드는 것 없읍니다."

"선생님이 그처럼 얌전하시니까 제자도 따라가는 모양이지요."

"아이, 선생님도……"

"음성이 조금 이상한데, 감기 드셨군요?"

"네, 약간……"

"잘 조심하셔야겠읍니다. 감기는 만병의 근원이라고 …… 안방 약장 안에 아스피린이 있으니까, 그걸 우선 잡수시고 그 속에 좋은 주사약도 들어 있으니까, 이따 제가 돌아가서 놔드리겠읍니다."

"아이 선생님, 주사도 놓으실 줄 아세요?"

"엔간한 의사들보다는 났읍니다. 하하하······"

유민호는 이 무척 딱딱한 가정교사의 피부가 갑자기 보고 싶어지는 것이었다.

"전문적은 아니지만 다소의 의학적 상식과 문학적 교양을 갖는다는 것은 현대 문화인의 한 조건이니까요. 정맥 주사도 문제없는 솜씨니까, 피하나 근육 주사야 무엇이 어렵겠읍니까? 중이 제 머리 못 깎는다고, 채 선생이 아무리 의학생이라고는 하지만 제 손으로 제 살을 뚫으기는 다소 힘들 것이 아닙니까? 하하하······"

웃음도 점잖고 이야기도 교양적이다. 그러나 무척 차가워 보이는 이 가정교사의 새하얀 피부의 일부를 건드려 보고 싶어 하는 유민호의 소위 악마의 영역을 경험 없는 채정주의 처녀성으로서는 하나의 자비로운 천사의 영역 밖에는 더 해석할 수가 없었다.

"감사합니다."

"그런데 부산 갔다 왔던 기념으로 채 선생께 조그만 선물을 하나 사 갖고 왔읍니다. 마음에 드실는지 모르지만 이따 밤에 돌아가서 드리겠읍니다."

"아이유, 황송합니다."

"천만에요. 어미 없는 인숙이가 지금 오직 채 선생 때문에 외롭지 않게 지난다는 것을 생각하면 정말 쑥스런 말이지만 눈물이 나도록 고맙지요."

"제가 뭘 한다고……"

"그럼 이따 제가 다소 늦더라도 돌아가시지 말고 꼭 기다려 주시오."

그리고는 저편의 대답이 나오기 전에 채각 하고 전화를 재빨리 끊어버렸다. 대답할 여유를 저편에 준다는 것은 불리하다. 선물을 미끼로 통행금지 시간을 넘길 작정이니까, 너무 늦어지면 내일 주세요, 하는 말이 튀어나오게 되면 아니 되기 때문이다.

전화기는 놓이자마자 또다시 째르랑 째르랑 울렸다. 유민호는 수화기를 또 들었다. 오영심이었다. 어저께 정식으로 임학준 교수의 승낙을 받았으나 청첩을 찍어도 무방하다는 이야기다.

"알았읍니다. 곧 찍도록 수배하겠읍니다."

"그럼……"

하고 전화를 끊을려는 것을,

"잠깐만—"

하고 막으며 다소 서글픈 어조로,

"영심 씨 슬픕니다."

"왜 그러셔요?"

"적어도 며칠만 지나면 남편이 되고 아내가 될 우리들의 사이가 아닙니까. 이처럼 우리들의 사이에? 사무적인 것밖에 남지 않았다면, 그건 정말 슬픈 일입니다. 영심 씨!"

"네……?"

"이 다음부터는 전화를 너무 빨리 끊을려고 그러지 마시오."

"아, 그런 뜻이라면…… 미안합니다. 일부러 그런 건 아니고…… 제가 세상일에 다소 서툴러서 그만…… 이담부터 주의하겠어요. 용서하세요."

"그렇게까지 나오면 도리어 이편이 미안하지요. 영심 씨!"

"네."

"우리 결혼해 가지고 재미있게 살아요, 네?"

"네."

"그때까지는 온갖 정열을 꾹 참고…… 그것이 점잖고 얌전한 신부를 대하는 신랑의 예의라고 생각하지요. 신혼 여행으로는 벌써 동래온천에 깨끗한 호텔 한 방을 예약해 놓았답니다. 아아, 생각만 해도……

"고맙습니다."

"그럼 오늘 좀 바빠서 내일 오 선생님을 한 번 찾아뵙지요."

"아버지께 그렇게 말씀 드리겠어요."

"그럼 내 사랑하는 아내여. 감기 들리지 말고 잘 자요!"

전화를 끊고 유민호는 팔걸이의자에 깊숙이 파묻혀 눈을 지긋이 감았다.

그리고 감기가 들린 채정주와 감기가 들리지 않은 오영심을 나란히 세워 놓고 저고리, 치마, 속옷— 이렇게 하나하나씩 옷을 벗겨 보기 시작하였다.

5

최근 유민호가 접촉하고 있는 십여 명의 여성 가운데서 아직 옷을 벗겨 보지 못한 것은 오영심과 채정주뿐이었다. 그만큼 유민호에게 있어서는 이 두 사람의 여성이 가장 신선한 매력과 호기심의 대상이 되어 있는 것이다.

오영심도 결국에 있어서는 옷을 벗기우는 여성 가운데 하나일 뿐, 무슨 영구적인 애정이라든가 무슨 인격적인 존경의 넘을 가지고 해로동혈(偕老同穴)의 결의 같은 것은 추호도 없다. 결혼식이라는 다소 비용이 드는 과정

하나를 더 거치는 것 따름이다. 그리고 그 결혼식이 며칠 후로 박두한 지금 오영심의 소유는 이미 결정적 단계에 들어간 셈이니까, 유민호로서는 채정주에 대한 선무 공작을 더 활발하게 전개시켜야만 하였다.

오영심은 다소 채산이 맞지 않는 장시일의 공작을 필요로 했었지만 채정주는 비교적 쉬울 것 같았다. 겉으로는 대단히 말랑말랑해 보이면서도 오영심의 심지는 어딘가 딱딱한 데가 있다. 거기 비하면 채정주는 일견 딱딱하고 차가운 데가 있기는 하지만 후딱 한 번 마음의 키만 돌려 놓으면 아주 간단한 여성이라고 유민호는 자신을 가지는 것이다.

눈을 지긋이 감고 이 두 여성의 나체를 요리조리 골고루 비교해보다가 휙 몸을 일으켜 외출을 할려고 모자를 쓰는 데 문이 조용히 열리며 타이피스트 박미경(朴美京)이가 들어왔다. 검은 스커어트에 자주빛 자켓을 입고 동글납작한 얼굴에 허리가 지나치게 가는 여자였다.

박미경은 벙어리처럼 걸어 들어와서 벙어리처럼 유민호 앞에 섰다. 일개 미천한 지위에 있는 타이피스트가 부르지도 않았는데, 사장 앞에서 왜 그리고 서야만 하는지를 유민호는 물론 알고 있다.

"무슨 일이 있어?"

박미경은 여전히 말은 없이 유민호의 얼굴을 원망스럽게 체다보고만[141] 섰다.

"나 좀 바쁘니까, 이야기가 있거든 후에……"

"사장님도 바쁘겠지만 저도 좀 바빠요."

비로소 박미경은 반항적인 한 마디로 대꾸를 했다.

"그래도 내가 더 바빠!"

"아냐요. 제가 더 바빠요."

"뭔데, 대관절?"

"임신을 했어요."

유민호는 그러나 별반 놀라지도 않는 표정으로 박미경의 허리를 한 번 훑어보았다. 그럴 성싶어 그런지, 미경의 가는 허리가 다소 굵어진 것도 같다. 얼굴은 별로 볼 것이 없었으나 그 가는 허리에 대한 다소의 매력이 점점 확대되어 마침내는 손을 대어버린 유민호였다.

"그래서?"

"어떻검[142] 좋아요?"

두 사람의 대화가 모두 차겁다.

"임신했으면 낳아야지. 그것이 자연의 법칙이니까—"

"괜찮겠어요?"

---

141) 쳐다보고만
142) 어떻게 하면

"괜찮지 않을 것 같으면 그만 둬도 좋고……"

유민호의 그 얼음장같이 차거운 대답이 마침내 박미경의 눈에서 눈물을 강요하였다.

"결혼을 한다죠?"

"아, 하지."

"제 일은 어떻걸 셈이세요?"

"그건 문제가 달라."

"어떻게 달라요?"

"우리의 행동은 결혼을 전제로 하지는 않았으니까—"

"그러나 그건 세상의 상식이 아냐요?"

"그것은 하나의 우매한 상식이다. 진실로 자기 자신의 가치를 아는 인간은 그러한 우매한 상식의 노예가 될 수 없는 거야. 그러니까 미경이도 자신의 참된 가치를 잘 알아채리고[143] 쓸데없는 상식을 대의명분으로 내세우는 건 좋지 않아!"

박미경은 비웃음에 찬 얼굴로 유민호를 말끄러미 바라보았다.

---

143) 알아차리고

6

"이이거 봐요."

"유민호가 다소 부드러운 어조가 되며 박미경의 눈물과 조소가 한데 얼버무려진 얼굴을 바라보았다.

"남자의 애욕은 결혼이라든가 생식(生殖)이라든가, 그러한 심리적인 것을 목적으로 하는 것이 아니고 순수한 의미에 있어서의 애욕 그 자체를 목적으로 하는 거야. 이리하여 나는 애욕의 예술성을 부르짖는 사람이야. 따라서 결혼이라든가 가정이라든가 자존이라든가 하는 심리적인 것을 생각한다는 것처럼 불순한 애욕은 없는 것이다. 그것은 애욕의 순수한 예술성을 모독하는 행위가 아닐 수 없다는 말이야. 이러한 순수한 애욕의 행동자인 유민호에게 결혼이라든가 가정이라든가 하는 불순한 조건을 강요하려는 박미경을 나는 존경할 수가 없어."

"그건 사장이 남성의 횡포를 변명하려는 괴변이예요. 우리들 여성은 그러한 남성의 부동적(浮動的)인 애욕보다도 좀 더 조용하고 고정적인 애정을 원하기 때문에 자연히 결혼이라든가 가정이라든가 하는 일정한 형식을 필요로 하는 것이지, 결코 실리만은 아니예요. 남성들의 애욕의 세계에는 그러한 악마적인 데가 있는지 모르지만 여성들의 애정에는 성스러울 만큼 이쁘고 아름다운 데가 있는 줄을 알아야 하실 거야요."

그러면서 박미경은 흑흑 느껴 우는 것이다.

"사장은 그러한 악마적인 마음을 가지고 저를 사랑해 주었는지 모르지만 저는…… 저는 정말…… 천사와 같았어요."

결국 여성은 남성의 그러한 악마성 앞에 머리를 숙이고 동정을 구하는 도리밖에 없는 것이라고 유민호는 마음속으로 빙그레 웃으며,

"악마의 자비심을 원하고 있다는 말이지?……"

대답은 없이 미경은 더 한층 고개를 숙이며 울었다.

천사는 아름답기는 하지만 힘이 없다. 추하기는 하지만 악마에게는 힘이 있는 것이다. 천사와 악마의 투쟁에 있어서 현실의 승리자는 언제나 악마였다. 천사의 승리는 언제나 약자의 관념과 미래 속에서만 살아 있고 희망되어 왔다.

이리하여 무진장한 인간의 관념과 무한대의 시간적 미래는 약자의 마음속에 종교심과 이상을 부여함으로써 종교가와 출중한 철인들로 하여금,

"악마여, 두고 보자!"

는, 한 마디로서 현실의 패배를 위무하여 온 것이라고

이것이 박미경에 대한 유민호의 자비심의 논리적 근거였다.

"잘 알았어. 그러니까 울지 말고 눈물을 씻어요. 문제는 결혼식을 한다든가 결혼계를 낸다든가 하는, 그런 형식적인 수속만 밟지 않을 뿐이지, 본질에 있어서는 애정 문제로나 경제 문제로나 꼭같이 대우를 할 테니까, 미경이, 안심하고 나가 있어요. 임신은 몇 개월이지?"

"삼 개월—"

"그러니까 그 문제는 적당히 처리를 해요. 미경의 장래를 위해서 지금 적당히 처리해 버리는 것이 아마도 편할 거야. 법이 있는 것 같으면서도 기실법이 없는 세상이니까, 쓸데없이 울고불고 해 봤댔자 공연히 악마의 노여움만 살 거 아니야? 악마의 자비심이 움직일 때에 적당히 타협을 하는 편이 천사를 위해서도 좋을 거니까—"

그러면서 유민호는 미경을 한 번 안았다 놓고 명함에다 간단히 소개장을 한 줄 써서 지폐뭉치와 함께 미경에게 내주며,

"이걸 가지고 종로 삼가 XX산부인과 원장을 찾아가요."

명함에는 '적당한 처분을 앙망'이라는 여덟 글자가 씌어 있었다.

그리고는 원망스럽게 쳐다보는 미경을 그대로 남겨 두고 사무실을 나와 부원 한 사람에게 청첩 인쇄를 부탁한 후에 차를 몰아 명동 '식도락'으로 유민호는 달려갔다.

여자를 방문할 때면 차는 반드시 손수 운전을 한다. 그만큼 운전수에 대해서도 유민호는 비밀주의를 지키고 있는 것이다.

시간이 아직 일러서 이층 좌석에는 손님이 별로 없다. 유민호는 마담로우즈의 방을 제방처럼 성큼성큼 걸어 들어가서 저고리를 벗고 경대 앞에서 화장을 고치고 있는 마담의 적당히 살찐 흰 목덜미에다 입을 맞추며,

"왜 이렇게 살만 자주 찌는 거야? 암돼지처럼……"

"늙어가면서 살이 쪄야 여자는 미인 노릇을 하는 줄도 몰라? 아직 풋내기로구먼. 아이, 간지려!"

눈썹을 그리노라 울렸던 오른편 팔을 탁 내리면서 마담로우즈는 유민호의 다섯 손가락을 팔고비로 막아 대며 몸을 흠짓[144] 움츠러뜨렸다.

"못써! 어린 것이! 남자는 여자에게 대해서 언제든지 점잖아야만 매력이 있는 거야."

"점잖게 대할 상대가 따로 있어. 썩어가는 세포조직을

────────────

144) 흠칫

아무리 코티분으로 문질러 봐댔자 파리에 있는 화장품상
인만 기쁘게 할 테니까—"

"걱정도 팔자지!"

"게다가 신분이나 똑똑하면 또 모르지만 접대부의 오야
가다(대장)를 보고 일일이 점잖게 대할려다가는 적잖음
의 가치가 환불(圜弗)교환률처럼 폭락을 할 테니까—"

"정말이야?……"

마담이 휙 앉았다. 빨강이를 갓 바른 젖은 입술이 파들
파들 떨었다.

"정말 이래서 좋겠다면 그대로 두고 나쁘겠다면 취소를
하지."

"푼돈[145] 몇 푼 들여 놓았다고 줏하면 안돼! 유민호
변호사에게 인격이 있다면 마담로우즈에게도 그만한 인
격은 있는 거야."

"아이고, 배가 고파! 부산서 아침을 먹고는 진종일 공기
만 마셨어. 뭐 맛나는 것 없을까?……"

"아이 참, 어린 것이 능칠 줄도 다 알고…… 그래 접대부
가 돼서 뭐가 못마땅하다는 말이야. 사람은 간판을 하나
가지고 살아야 하는 거야. 사기협잡배에게는 간판이 여러

---

145) 푼돈

개 필요하지만 접대부의 간판은 하나밖에 없어 떳떳한 간판이야!"

"하아, 이건 정말 뜻하지 않은 부부싸움이로군."

"오늘날 세상이 어째서 요처럼 잘되 가는 줄이나 알아?"

"모르겠소이다. 원컨대 하교를……"

"그 잘난 양반들이 정치를 함네, 문화사업을 함네, 하면서 뒷구멍으로 딴 간판을 여러 개 걸고 있기 때문이야, 거기 비하면 접대부의 간판은 하나밖에 없는 명명백백한 간판이야. 술과 웃음밖에 판 것이 없어!"

"술과, 웃음…… 그밖에 뭐가 또 하나 있을 법한데……"

"뭣이?……"

금물을 올린 쇠부치146) 콤팩트가 분가루를 날리면서 유민호의 면상을 향하여 날아갔다.

이마에서 실오락147) 같은 피가 한 줄기 흘러 내렸다. 유민호는 묵묵히 경대를 잡아당겨 설합에서 마담의 탈지면을 꺼내 꾹꾹 찍어 냈다.

그 모양이 다소 처량해서 마담의 감정이 후딱 누그러졌다.

---

146) 쇠붙이
147) 실오라기

"아이구, 가엾어! 우리 아기가……"

새로운 탈지면을 한 줌 뜯어 쥐고 등 뒤로 유민호를 껴안으며 다가앉았다.

"마담은 애욕의 철학자야."

"무슨 소린데……?"

"부부싸움은 뒷맛이 있어."

"아는 것도 많지."

"증오의 감정은 새로운 애정의 샘물이 되고, 낡은 애정의 표백제(漂白劑)를 의미하는 것이니까―"

유민호는 번 듯 마담의 무릎을 베고 누우며 입술을 모았다.

7

마담로우즈의 파트론은 석 달이 멀답시고 바뀌어진다. 그 맨 최근의 파트론이 유 변호사인 줄은 일군들도 짐작을 한다. 그래서 유 변호사가 들어앉은 마담의 방 앞으로는 그림자조차 얼씬 않는다.

이층 좌석에서는 술 취한 사람들이 여러 차례 마담을 불렀다. 그러나 방문이 굳게 닫혀진 마담의 방안에서 마담의 빨간 입술은 지금 취객의 부름에 대답할 만큼 한가하지는 않았다. 먹고 말하는 기능 이외의 또 하나의 기능을 인간의 입술은 갖고 있는 것이다.

이윽고 방안으로부터 말소리가 도란도란 들려 나왔다.

"결혼을 해도 나한테 올래?"

"오고말고."

"젊은 것 데리고 좋아할 생각을 하면 죽이고 싶네."

"이 품에서 차라리 죽었으면……"

"장가를 못 가서 섭섭할 거야…… 도대체 어떤 년인데?"

"그저 그렇구 저렇구 하지."

"그 년의 팔자도 고약하지. 하고 많은 게 사네 녀석인데, 하필 왜 이런 악마와 같은 남자를 골랐어?"

"악마는 신보다 훨씬 더 인간적이라는 사실을 알아야 해."

"무슨 소리야?"

"마담로우즈는 지금 악마 유민호와 같은 영역의 거주인이 되어 있다는 사실을 깨달아야 하는 거야. 지금 자기가 악마라고 생각해요?"

"뭐가 뭔지, 난 모르겠어."

"마담은 지금 자기가 천사라고 생각해요?"

"모르겠다니까, 글쎄……"

"그러나 마담은 자기가 악마도 천사도 아닌, 한 사람의 인간이라는 사실만은 깨닫고 있을 거야."

"거야 그렇지만……"

"세상은 민주주의가 되고 자유주의가 되었다. 이 사실은 다시 말하면 일부 독재적인 강권 주의자들만이 향유하던 악마의 영분(領分)을 백성에게 공평히 분배했다는 것을 의미하는 것이다. 자유란 무엇이냐? 박탈되었던 인간성의 탈환이다. 인간성이란 본능의 순수성을 말하는 것이야. 이리하여 인간성이 순수를 옹호하는 것은 악마의 예술가뿐이다."

"악마야 무슨 소린지 모르지만 너무 흥분하지 말아요."

"그러기 때문에 악마는 예술가를 좋아하는 거야. 예술가만이 인간의 악마성을 이해하는 것이다. 그 밖의 온갖 정치적인 것, 종교적인 것, 교육적인 것들은 모두가 다 인간성의 불순과 억압을 꾀하는 악마의 것일 수밖에 없어!"

"악마의 강의는 인제 그만해요."

자기 딸과 정부의 유민호가 같은 날 같은 장소에서 결혼식을 거행하게 된 것을 기연(奇緣)이라고 마담은 말했을 때, 유민호는,

"그런 숙성한 딸이 있으면 왜 내게 소개를 안했어? 지금이라도 늦지는 않으니까 좀 보여 줘요."

"말 좀 삼가해요! 벼락을 맞아도 좋아?"

"악마가 다 벼락을 맞아 죽었으면 종교는 오늘날처럼 성행하지는 않았을 거야."

"최후의 심판을 받아야 할 거야."

"심판자는 언제든지 권력자가 되는 법이야."

"참, 사내들은 악마야!"

"여자들은 천사고……"

"이래서 요리집 자녀들은 시집 장가를 못 간다는 말도 들을 법하지."

"그런 말 들었어?"

"그래 한바탕 해대기는 했지만…… 생각하면 무리도 아니야. 맹자님의 어머니는 삼천(三遷)을 하셨다는데 이런 악마들이 무서워서 어서 어서 치워버려야겠어! 또다시 그런 부질없는 수작을 해봐라! 내 성미 알지?"

"네네, 잘 알아 모십죠."

마담과 유민호는 비로소 옷 주제를 단정히 거두고 보이를 불러 저녁 식사를 청했다.

마담의 꽃무늬를 흰 머리핀이 두 동강이로 부러져 나간 채, 여기 한 쪼각 저기 한 쪼각 방안에 흩어져 있었다.

처녀[148]

1

"그래 마담의 딸이 어떻게 생긴 아가씬가, 한 번 보여 줘요. 절대로 손은 대지 않을 테니까—"

저녁 식사와 함께 반주를 나누면서 유민호는 어린애처럼 졸랐다. 적당한 육체의 피로가 마담로우즈의 화려한 얼굴을 한층 더 윤택 있게 만들고 있었다.

"개 눈에는 똥만 보인다더니, 당신의 눈에는 암컷만 보이는가 봐."

"그런 게 아니요. 다른 사람들은 모두들 점잖아서 의사 표시를 하지 않을 따름이지, 사나이들의 마음이란 거지반 다 똑같이 돌아가고 있는 거야."

---

148) 處女

"아전인수(我田引水)도 분수가 있지, 사람들이 다 당신 같은 악당인 줄 알아?"

"모르는 말이야. 옛날부터 남녀 칠세에 자리를 같이 하지 않았고 우리의 조상인 어머니나 할머니들은 남성의 눈에 띠일 것이 무서워서 장옷을 쓰고 나돌아다녔어. 왜?…… 사나이들의 마음이 다 똑같이 돌아가고 있었다는 역사적인 증거야. 교양이라든가 도덕이라는 것이 간신히 그것을 누르고 있지만 그까짓 교양 도덕이 무슨 힘이 있는 줄 알아? 한낱 무기력한 도금(鍍金)일 뿐이야."

"아이구, 거 무서워서 어떻게 나돌아다녀? 인제부터라도 장옷을 써야겠네."

"괜찮아. 옛날과는 달라서 장옷은커녕 벌거벗고 다니지 못해서 야단이야. 여름철에 좀 봐요. 유방이 들여다보이는 잠자리 날개 같은 나이론 샤쓰, 겨드랑이털이 부수수 들어나 보이는 팔소매 없는 원피이스, 빈대한테 물린 자리가 울긋불긋 꽃무늬를 그리고 있어도 가리우고 싶지 않는 그들의 다리, 다리, 다리……"

"참 세상이 어째서 그처럼 변했을까?"

"여성들이 남성의 악마성을 허용했을 뿐 아니라 한 걸음 더 떠서 그것을 도발하고 있다는 충분한 증거야. 그리고 그것은 이미 악마성이라고 불리워지기에는[149] 너무나 떳떳한 인간성임을 그들이 발견한 까닭이야."

"아이구, 요 귀여운 악당아. 그거 저 좋을 대로만 이야기하면 되지."

그러면서 마담은 젓가락으로 유민호의 볼을 한 번 콕 찔렀다.

"어서 마담의 딸을 보여줘요. 마담의 작품이니까 걸작은 걸작이겠지."

"없어. 외출하고 없어."

걸작이라는 한 마디에 마담은 선뜻 화장대 설합에서 라이카 판 사진 몇 장이 들어 있는 조그만 흙 봉투를 꺼내주었다. 저번 날 지운이와 함께 정릉 계곡에서 찍은 기념 사진 한 뭉치였다.

"아, 이 학생이……"

저번 날 오영심과 자동차를 같이 타고 왔었다는 말을 유민호는 하면서,

"무척 깔끔하던데……"

"녹녹치 않을 걸!"

"두고 봐야지."

"그만하면 걸작이지?"

149) 불리어지기에는

"타작은 분명 아니야."

"건드렸다가는 죽을 줄 알아요!"

"죽을 각오를 하면 되겠군?"

"악당!"

"그래 이 사나이는 누군데?"

"석란의 임자가 될 사람이야. 소설가 임지운을 몰라?"

"소설가?…… 아이구, 따분해. 배가 고프면 쌀 먹을 생각은 못하고 자존심으로 요기를 하는 특수한 동물이야. 그래서 한국의 식량사정은 다소의 도움을 보고는 있지만."

"입도 나쁘지!"

"그러나 악마의 이해자로서 다소의 존경은 하고 있지. 웅? 이게 누구야?……"

사진 한 장을 골라 쥐고 유민호는 시선을 들었다.

정릉 계곡에서 석란과 더불어 포옹의 윤리 문제로 장시간 논쟁을 하던 중년 신사 내외의 사진이 유민호 손에 쥐어져 있었다.

2

마담의 설명으로 유민호는 이 중년 부부의 사진이 찍혀진 경로를 알았다.

"도대체 누군데 그래?"

"사나이는 모르지만 여자는 알아."

"악마의 손에 걸렸던 여자로군."

"응, 헤어진 여자다. 인숙이 엄마 ―"

"얌전하게 생겼는데……"

"분명히 부부라고 그랬었지?"

"분명히! 그래서 지운의 편에서도 약혼자라고 그랬다니까 ―"

"음 ―"

유민호는 물끄러미 사진만 들여다보고 있었다.

유민호는 갑자기 질투를 느끼는 것이다. 일종의 상쾌한 질투였다. 더구나 같이 찍혀진 사나이가 점잖은 도덕가라는 한마디가 유민호의 가슴속에 불길을 질러 놓았다. 자기와 헤어졌어도 결혼은 하지 않을 줄 알았던 인숙 엄마가 다른 사나이의 품에 안겼다는 사실이 유민호에게는 그지없이 불유쾌했다.

"왜 갑자기 불쾌한 얼굴을 하는 거야? 저 먹긴 싫어도 개주기는 싫다는 말인가?"

"말인즉 꼭 맞았다."

"사내들이란 참 언어도단이지! 헤어진 계집애까지 신경을 쓰고 있으니, 아이고, 지긋지긋한 욕심이야!"

"조물주가 그렇게 만들어 주었으니까 내 탓은 아니야."

유민호는 벌떡 일어서서 모자를 썼다. 여덟 시를 조금 넘은 시각이었다.

"앙큼한 계집! 이렇다는 말 한 마디 없이 시집을 가?"

동대문으로 차를 몰면서 유민호는 질투에 불타고 있었다. 시집을 가건 안 가건 무슨 상관이냐고, 언어도단인 자기 자신을 뻔히 깨달으면서도 유민호의 감정은 평온하지가 못했다.

"흥, 도덕가?……"

도덕이라든가 성실이라든가 양심이라든가 하는 말처럼 유민호로 하여금 적개심을 일으키는 것은 없다. 차라리 자기와 같은 사나이에게 시집을 갔던들 유민호의 감정은 이렇듯 불유쾌하지는 않았을 것이다.

"그렇다! 질투심은 다시없는 홀몬제다!"

실로 오랫 만에 맛보는 질투심이었다. 낡아빠진 장난감처럼 아무런 매력도 없던 인숙 엄마의 육체의 구석구석이 도덕가라는 상대자의 출현으로 말미암아 이처럼 신선하게 빛을 낼 줄은 진정 몰랐다. 그리고 이 질투심을 잘 육성해서 활용하는데 자기다운 애욕의 철학이 있는 것이 라고 유민호는 골똘히 생각하였다.

그러나 동대문 밖 창신동을 찾았으나 인숙 엄마가 들어 있던 셋방은 얼마 전부터 비어 있었다. 어디로 이사해 갔는지 주인도 모른다고 했다.

"어디서든지 한 번은 만나겠지."

활줄 같은 긴장이 풀리며 유민호는 곧장 청파동 자택으 로 차를 몰았다.

그러나 일단 풀렸던 긴장은 자기가 돌아오기를 기다리 는 채정주를 생각함으로써 다시금 소생하기 시작하였다. 인숙 엄마에 대한 질투심을 아무런 인과 관계도 없는 채 정주 위에서 발휘시켜 본다는 것은 실로 광적(狂的)에 가 까운 논리이기는 했으나 유민호는 지금 논리의 세계를 상대로 하고 있는 것은 아니었다.

"논리를 무시한 감정의 쾌락!"

유민호 철학의 궁극의 목적은 바로 그것이었다.

바깥 채 법률 사무소에는 이미 불이 꺼져 있었다. 현관 앞에서 차를 멈추었다. 운전수가 나왔다.

"아버지!"

채정주의 손목을 끌고 인숙이가 뛰쳐나왔다.

3

"선생님과 석란과의 결혼 문제 때문에 제가 굉장한 마음의 타격을 받을 것같이 생각하시는 건 선생님의 오산일 거예요. 제게는 연애 문제도 중요하지만 그것 때문에 제 자존심을 울리고 싶지는 않아요."

그래서 비교적 수월하게 임지운은 잊어버릴 것이라고 지나간 날 해질 무렵의 동대문통에서 지운과 더불어 아름다운 최후의 이별을 지었던 채정주였다. 그리고 끝끝내 뒤를 돌아보지 않고 청파동까지 걸어올 수 있는 채정주였다.

채정주는 유민호 변호사와 같은 청파동에 살고 있었다. 모 제약 회사 영업부에 근무하는 아버지의 수입이 신통치 않아 육·이오 이후 부산 피난시절부터 정주는 쭉 가정교사로 돌아다녔다. 그러다가 환도 후 유민호 변호사의 전처 딸 인숙을 맡게 된 것이다. 대우도 비교적 좋았지만 무엇보다도 집이 가까운 것이 정주에게는 편했다.

인숙이가 무척 정주를 따랐다. 어머니를 잃은 인숙의 외로움이 눈물겨워 인숙이가 붙드는 대로 태반은 인숙이와 같이 자고 같이 먹었다. 그것을 또한 유 변호사도 환영했다. 살림살이에 쓰이는 돈을 식모에게 맡기는 것보다는 정주에게 맡기는 편이 정확하고 조리가 있었다. 그러기 때문에 가정교사라기보다도 가정부의 지위를 정주는 차지하고 있는 것이다.

식모가 두 사람 법률, 사무소에 있는 서생 하나가 먹고 잤다. 그만큼 정주의 책임이 컸으나 그것도 유 변호사가 결혼만 하면 벗어날 수 있는 책임이기에 유종의 미를 정주는 걷우려고 하는 것이다.

사업 때문에 태반 집을 비워두고 다니는 유 변호사였다. 그러나 가끔 가다가 집에 들어와서 자는 날이면 참으로 좋은 인숙의 아버지였다. 좋은 아버지는 따라서 좋은 남편도 될 수 있는 것이라고, 어째서 인숙 엄마와 헤어졌는지는 모르지만 유 변호사의 사회적 지위로 보던지 조금도 헤실픈 데가 없는 그의 인품으로 보던지, 여성들의 결혼난관 오늘날처럼 극심한 사회에서는 그리 쉽사리 찾아질 존재는 아니었다. 그래서 정주는 유 변호사의 은사의 딸이라는 한 여성을 세속적인 의미에서 부러워도 했다.

그것은 물론 애정 문제를 토대로 한 선망은 아니었다. 연애 없는 결혼이 반드시 불행하지 않았다는 것과 연애 있는 결혼이 반드시 행복하지 않았다는 사실을 채정주의 총명은 목격하고 있기 때문이었다.

더구나 임지운과 관계에 있어서 채정주는 자기가 일종

의 연애 불적격자(戀愛不適格者)라는 사실을 발견한 것 같았다. 연애 행동에는 일종의 노예적인 근성이 필연적으로 요청되지만 채정주의 자존심은 그것을 허용하지 못했다.

차라리 연애를 포기하는 한이 있더라도 자존심을 붙들고 고독하게 사는 편이 좀 더 가치가 있었고 좀 더 행복할 수가 있는 것이다.

그러기 때문에 임지운이라는 사나이는 자기의 자존심을 문질러 준 하나의 불유쾌한 존재로서밖에 더 생각키워지지가 않았다. 이리하여 임지운을 단념하는 데 있어서 채정주는 남처럼 오랜 시일을 요하지는 않았던 것이다.

"아버지 보고 싶었나?"

"네, 보고 싶었어요."

인숙을 안고 유민호는 방으로 들어갔다. 그 뒤로 채정주가 가방을 들고 조용히 따라 들어갔다.

상당한 넓이의 정원을 가진 이층 적산 주택이나. 팔 조 온돌과 십조 다다미가 이 가정의 내실로 되어 있었다. 다다미는 양실로 꾸며져 주로 유민호의 가구가 놓여 있었고 온돌에는 인숙의 잔자부런한 도구가 깨끗이 정리되어 있었다.

"아이구, 아버지 수염 아파요."

인숙이 볼을 부벼대는 유민호의 입술을 인숙은 손으로

떠밀었다.

"맛나는 것 줄까?"

"네, 빨리 주세요."

"채 선생, 가방 속에 크리임 초콜렛이 들었읍니다."

정주는 가방을 열고 초콜렛 한 뭉치를 꺼냈다.

"인숙이가 자지 않고 기다린 보람이 있었구나."

정주는 아랫방 찻장서 접시를 꺼내다가 소탁자 위에 초콜렛을 소담하게 담아 놓았다.

"채 선생님도 같이 앉아 잡수시요."

"네."

인숙이와 정주는 초콜렛을 녹이고 있는 동안에 식모가 밀크티를 석 잔 끓여 가지고 들어왔다.

유민호는 양복저고리를 벗어 장 속에 걸고 그 위에다 까운 식으로 된 다갈색 잠옷을 걸치면서 소탁자 옆 암녹색 비로드 소파에 걸터앉았다. 담배를 피워 물며,

"인숙이가 엄마를 만났다지?"

"응."

"이 담엔 만나지 말어."

"왜요?"

"엄마는 나쁜 엄마야. 인숙일 버리고 간 엄마니까—"

"……"

정주의 얼굴을 힐끔 쳐다보면서 인숙은 불만스런 표정을 지었다.

　　정주는 차를 마시며 조용히 웃었다. 초록색 스웨터의 채정주의 모습이 요즈음에 와서는 다소 우울해 보이는 것이 유민호에게는 좋았다. 명랑하지도 우울하지도 않은 정상적인 상태에는 틈사리가 없다. 감정이 이미 병들어 있는 것이라고 채정주의 우울을 유민호는 그렇게 해석하였다.

　　"채 선생이 요즈음 무척 피곤해 보이십니다. 인숙이 단련이 고단하신가 본데……"

　　"아니요. 고단은……"

　　"약 잡수셨어요?"

　　"네."

　　"열은 많습니까?"

　　"다소 있지만 괜찮아요."

　　유민호는 묵묵히 일어나며 아래방으로 내려갔다. 전기 곤로에다 코드를 꽂고 약장 문을 열었다. 크고 작은 주사기가 서넛 들어 있는 알마이트 벤또곽에 물을 붓고 뻘개진 곤로150) 위에 올려놓았다.

---

150) 곤로: 석유나 전기 따위를 이용하는 취사용 도구.

정주는 찻잔을 놓고 뒤를 돌아다보았다. 약장 앞에 쭈 구리고 앉아서 유민호는 주사약을 열심히 고르고 있었다.

필요 이상의 사교적인 말을 하지 않는 한 사람의 충직한 사나이의 모습을 처녀 채 정주는 유민호에게서 본 것 같았다. 그것은 결코 오늘뿐이 아니었다. 무척 친절하면서도 그것을 조금도 생색내지 않았다. 요즈음 젊은 사람들이 곧잘 하는 친절의 보수 같은 것은 추호도 요구하는 기색이 없다. 그래서 채정주는 유민호라는 인간을 도덕적으로 무척 견고한 인품이라고도 보아왔고 그렇지 않으면 자기에게는 통 관심을 두지 않는 사람이라고도 생각하였다.

"선생님, 괜찮아요. 그만 두세요."

정주는 일어서서 곤로 옆으로 걸어갔다.

"그만 둬요?"

유민호는 충직한 표정을 하며 약장 앞에서 천천히 몸을 일으켰다.

"한 대 맞으시면 좋을 텐데요."

"아이, 괜찮아요."

"정말 괜찮으시다면……"

유민호는 도로 주사약을 약장에 넣었다. 그러나 주사기를 담은 벤또곽은 이미 보글보글 끓어 나기 시작하였다.

채정주는 미안해졌다. 그 조그만 물거품이 툭툭 튀며 보글보글 끓고 있는 것을 들여다보며 자기는 지금 유민호의 인간적인 친절을 이유 없이 거부하고 있는 것이라고 뉘우쳐졌다.

5

"아마도 채 선생은 내 솜씨가 믿어지지 않는 모양입니다."

유민호는 무시당한 친절을 조금도 나무람이 없이 빙그레 웃으며 전열선(電熱線)에 꽂았던 코드를 빼려는데,

"아이, 선생님, 그래도 좀 더 끓여요."

처녀는 마침내 졌다. 스물세 살이 지닌 버지니티(處女性 [처녀성])의 한도(限度)였다. 그리고 그 정도의 채정주의 한도를 유민호는 정확하게 계산하고 있었던 것이다.

일단 뽑았던 코드를 유민호는 다시금 묵묵히 꽂으면서,

"인숙이 엄마가 몸이 허약해서 내 손으로 주사를 많이 놔 주었답니다."

"왜 헤어졌어요?"

기대했던 질문이 마침내 채정주 입에서 흘러 나왔다.

아까부터 유민호는 인숙 엄마의 이야기를 일부러 꺼내고 있었던 것이다.

남녀 간의 애정 문제를 오늘밤의 화제로 삼아야만 했기 때문이다.

"다른 사나이와 달아났답니다."

자기가 난봉을 피워서 다라났다[151]는 말은 마담로우즈 같은 여성에게나 효과가 있는 것이지 처녀 앞에서는 금물이다.

"어쩌면?……"

정주가 과연 관심을 보여 왔다.

"자기 아내를 남에게 빼긴다[152]는 건 남자의 세계에서는 다소 수치스런 이야기랍니다."

분위기가 갑자기 엄숙해졌다. 채정주 같은 여성 앞에서는 지나치게 화려한 분위기는 금물이다. 그러한 들뜬 분위기는 정주로 하여금 갑옷 동물처럼 목을 움츠러뜨리게 할 우려가 다분히 있다.

"선생님은 그분을 지금도 때때로 생각하세요?"

"때때로가 아니지요."

유민호는 쓸쓸히 웃었다.

---

151) 달아났다
152) 빼앗긴다

그 지극히 쓸쓸한 웃음이 채정주의 가슴에 거스름 없이 순수하게 왔다. 거스름을 거슬러줄 만큼 채정주는 경험도 없고 불량하지도 못했다. 다만 채정주의 비교적 차거운 성격이 다른 여자들처럼 값싼 동정을 표하지 않았을 따름이다.

"지금도 나는 인숙 엄마를 진심으로 사랑하고 있답니다. 하하하…… 싱거운 사나이라고 흉보지 마세요."

그러나 그와는 반대 효과가 채정주의 감정 속에서 차차 움터가고 있었다.

싱겁다는 생각은 추호도 없고 유민호의 성실면만이 확대되어 갔다.

"이쁜 분이었나 봐요."

여성들에게 있어서 미추(美醜)에 대한 관심처럼 큰 것은 없다. 그리고 채정주도 여성이었다.

"이쁘지는 못했읍니다. 그렇지만 인간의 참된 애정은 이쁘다 밉다, 하는 것을 초월하는 것이라고 나는 생각하지요. 용모의 아름다움에서 출발한 애정에는 깊이가 없읍니다."

한 마디 한 마디가 미혼 처녀의 굳건한 이상을 불태우는 주옥같은 말이었다. 정주는 비로소 유민호의 참된 인간성을 발견한 것 같았다.

과거의 경험으로 보아서 단 몇 시간이라도 접촉해 본 뭇 남성은 모두가 다 헤실픈 찬미자였다. 임지운의 애정도 결과로 보아서는 오십 보 백 보의 일이었다.

　그렇건만 과거 두 달 남짓한 시일에 있어서 채정주를 대하는 유민호에게는 그러한 헤실픈 데도 없었고 그러한 값싼 찬미도 없었다. 있었다면 그것은 다 못 설명 없는 친절뿐이었다.

　"자아, 인제 다 끓었읍니다."

　유민호는 코드를 빼놓고 핀셋으로 주사기를 끓는 물에서 집어냈다.

6

　열 시가 거지반 되었다. 같은 청파동이지만 거리 관계로 정주가 돌아갈려면 지금 일어서야만 했다. 그러나 이십 시이시이의 굵다란 주사기에다 칼슘과 사르보르를 섞어서 유유히 넣고 있는 유민호의 호의를 무시하고 일어설 수는 차마 없었다. 십 분쯤 늦어져도 괜찮을 것이라고 생각하고 있는데,

　"아이, 선생님 아픔 어떻거나?

인숙이가 정주의 팔에 매어달린다.

"아프긴……"

인숙의 머리를 어루만지며 유민호의 뒤를 따라 소탁자로 왔다.

"자아—"

유민호가 정주를 재촉하였다. 정주는 다소 어색한 감을 느끼며 스웨터를 벗고 블라우스 소매를 걷어 올렸다.

유난히 흰 살결을 정주의 팔은 갖고 있었다. 솜털이 보수수 들여다보이는 전등 밑 탁자 위에 팔을 뻗치며 정주의 굳건한 처녀성이 얼굴을 붉혔다. 지나간 날 임지운에게도 보이지 않았던 피부의 일부였다.

정주는 유민호의 손길을 미리 방지하는 의미에서 얼른 한 손으로 자기 팔고비 위를 누르고 주먹을 쥐어 정맥에 피를 모았다. 정맥이 새파랗게 두드러졌다.

그러나 유민호는 좀처럼 주사기를 대지는 않았다. 물끄러미 정주의 신선해 보이는 피부를 들여다보면서 왼손으로 정맥 위를 서너 번 쓸어내렸다. 의사들이 곧잘 하는 솜씨라고 정주는 생각하고 있었지만 유민호는 기실 손바닥에 느끼는 다사로운 감각을 향락하고 있었다.

애욕의 경험이 없는 처녀의 피부로서는 상상도 못할 악마적인 음탕한 감각이었다.

"어서 놓세요."

정주는 시간의 경과에 신경을 쓴다.

"아—"

유민호는 감각의 세계에서 펄떡 깨어나자 알코올솜으로 닦아 내고 혈관을 뚫었다. 깜붉은 핏줄기가 한 오락 소르르 주사기로 스며들다가 다시금 혈관 속으로 휙 사라졌다.

"아이 무서워!"

인숙이가 두 손으로 눈을 가리웠다.

"주먹을 펴고…… 손도 놓고……"

"선생님 아주 손이 익으셔요."

"모두 다 인숙 엄마의 덕택이랍니다."

인숙 엄마라는 한 여성의 존재를 정주는 또 생각하지 않을 수 없었다.

"인숙 엄마를 그처럼 골똘히 생각하시면서 어떻게 선생님 결혼을 또 하실 생각이 나셨어요?"

"아, 이번 결혼 말입니까?"

"네."

유민호는 쓸쓸히 웃으며,

"뭐라고 할가요?…… 일종의 의리 결혼이지요."

"의리 결혼이라고?……"

"은사의 말씀을 거절할 수는 없으니까요."

정주는 놀랐다.

"그럼 서로 애정 같은 것은?……"

"별로 없지요."

정주는 또 한 번 놀랐다. 이 시대에 그런 형식의 결혼이 있을 수 있다는 것은 정말 꿈같은 이야기였다. 정주는 차츰차츰 유민호라는 인간을 동정하기 시작하였다. 칼슘이 화끈화끈 정주의 전신을 감돌고 있었다. 막혔던 코가 수르르 풀리는 것 같은 흐뭇한 체온이 기분에 상쾌하다.

"아이. 다 들어갔다."

인숙이가 옆에서 외쳤다.

유민호는 한 손으로 정주의 새하얀 피부를 누르며 바늘을 뺐다.

정주가 다시 블라우스 소매를 내리고 스웨터를 입었을 때는 열 시를 십 분이나 지났을 때였다.

"인제 저는 가야 하겠어요."

정주는 일어섰다.

"아, 시간이 벌써 그렇게 됐던가요?"

유민호는 능청맞게도 팔뚝시계[153]를 들여다보며,

---

153) 손목시계

"십 분이 넘었는데 괜찮겠읍니까?"

"괜찮아요."

"인숙이와 같이 주무시고 가시지."

그런데 인숙이가 달려붙으며,

"선생님, 자고 가요. 어젯밤에 하던 아리바바 이야기마 저 해주세요."

했다.

그제서야 비로소 유민호는 생각이 난 듯이,

"아참, 채 선생께 선물을 드린다는 걸 깜빡 잊어먹었군 요?"

"..........."

정주는 무척 초초하면서도 시간이 없다고 뛰쳐 나갈 수는 도저히 없었다.

7

인숙이와 같이 자고 갈 각오 없이는 일 분 일 초도 그대 로 서 있을 수 없는 시간의 흐름을 정주는 바늘154)처럼

---

154) 바늘

아프게 느꼈다.

그런데도 불구하고 유민호는 우선 주사기부터 유유히 약장에 넣고 있었다.

무엇인지는 모르지만 선물을 주려거든 어서 주었으면 좋으련만도 그렇다고 이편에서 재촉할 수 있는 형편도 아니었다.

열 시 십오 분이 되었다. 자고 가느냐, 돌아가느냐? 정주가 갈팡질팡하고 있는데 유민호가 가방을 들고 정주 앞으로 걸어왔다.

"채 선생이 좋아하실는지 어쩔는지는 모르지만, 어미 없는 인숙을 그처럼 귀여워 해 주시는 채 선생을 생각하면……"

"아이, 선생님도 무슨 말씀을……"

"마음에 없는 말은 될 수 있는 대로 하지 않고 살아볼려고 하지요."

그 한 마디와 함께 가방 속에서 조그만 케이스 두 개를 꺼냈다. 똑같은 케이스였다. 케이스 속에 순금 목걸이가 하나씩 들어 있었다.

"내가 잘 아는 금은상이 부산에 있지요. 그래서 하나는 이번 결혼하는 사람에게 주고 하나는 채 선생께 드릴려고 사 갖고 왔읍니다."

"어머나……"

정주는 눈앞이 휘황했다. 더구나 약혼자와 꼭같이 자기를 대우해 준다는 사실이 정주의 자존심을 흐뭇하니 만족시켰다.

"그렇지만 제가 그런 걸 어떻게 받아요?"

무엇인지 정주는 무섭다. 정주는 경계를 하는 것이다.

"왜 못 받습니까? 인숙을 생각하면……"

"사소한 물건이면 모르지만……"

"요즈음 금값은 대단히 싼 편이지요. 몇 푼 짜리되지 않습니다."

"감사합니다."

그러면서도 마음이 떨려서 감히 손을 내밀 수가 없다.

"사실은 백금반지 같은 것을 생각해 보았지만, 그건 잘못하면 채 선생의 오해를 살는지도 모를 것 같아서 이걸 택했답니다. 반지 선물에는 그러한 애정 관계가 포함되어 있다고 하지만 목걸이에는 그런 의미는 없으니까요."

"고맙습니다."

어쨌든 받지 않을 수 없는 처지였다.

이미 갈 시간은 넘었다. 정주는 각오를 하고 도로 주저앉았다. 저번에도 한 번 인숙이와 같이 자고 있는데 통행금지 시간이 넘어서 돌아온 유민호와 미닫이 하나를 사이에 두고 잔 적이 있었다. 그때도 오늘처럼 다소 불안했으나 지극히 점잖은 유 변호사였던 사실을 되씹어 생각하며 인숙을 무릎 위에 안았다.

"채 선생, 피곤하시면 내려가서 주무시지요. 나는 좀 더 앉아 있겠읍니다."

"괜찮아요."

정주는 자꾸만 안심이 된다. 자기가 지금까지 경험한 남성들은 대개가 다 자기와 가까운 거리에 앉아 있기를 원했건만 유민호는 반대로 어서 가라는 것이다.

그렇다고 해서 자기에게 통 관심을 두지 않고 있는가 하면 약혼자와 똑같은 목걸이를 사 갖고 오는 성의도 있다. 신비로운 남성이었다. 신비로운 곳에 호기심은 움직이는 것이다. 결혼식이 며칠 후로 박두해 있건만 결혼 생활에 대한 흥미는 통이 느끼지 않는 것 같은 신비로운 사나이 유민호에게 정주는 호기심과 호의와 동정까지 갖게 되었다.

"애정이 없어도 결혼할 수가 있을까요?"

이번에는 정주 편에서 애정 문제를 화제로 꺼냈다.

그것은 오늘날 유민호가 정밀한 계산 밑에서 기대했던 화제였으며 기대했던 시각이었다.

8

"불행을 각오하면 애정 없는 결혼도 할 수야 있지요."

"그렇지만 결혼의 목적은 불행해지는 데 있는 건 아닐 텐데요."

저도 모르는 사이에 정주는 유민호의 결혼에 대하여 항의 같은 것을 하고 있는 자기 자신을 깨닫고 저으기 당황하였다.

"개인의 행복을 추구하는 것이 현대인의 특징이기는 하지오. 그러나 나는 다소 봉건적이긴 하지만 인간 대 인간의 의리를 무시하고 살기는 싫습니다. 의리를 살리는 데 좀 더 폭 넓은 행복감을 느낄 수도 있는 것이니까요."

"선생님, 보기에는 무척 세련된 인품 같지만 생각하시는 바가 다소 고루할이만큼[155] 지나치게 굳건하네요."

그 지나치게 굳건한 것이 여성의 입장으로서는 대단히 좋은 것이다. 여성의 불행은 태반의 굳건하지 못하는 남성의 횡포에서 오기 때문이다. 실로 유민호와 같은 굳건한 남성은 요즈음 이 거리에서는 좀처럼 찾아보기 힘든 주옥 같은 존재가 아닐 수 없다.

---

155) 고루하리만큼

정주는 폭 한숨을 지었다. 지운을 석란에게 빼앗긴 고독한 영혼이 지금 불행한 결혼을 자진해서 하려는 유민호의 쓸쓸한 영혼과 오뚝 마주 서 있는 것이다.

"아, 인숙이가 잠이 들었네."

그 말에 유민호는 얼른 일어나서 아랫간에 자리를 폈다. 정주가 인숙을 안아다가 자리에 눕히고 자리옷으로 갈아입히고 있는데 유민호는 그 옆에다 다시 정주의 자리를 손수 깔아 놓고,

"어서 채 선생도 주무세요."

"아이, 선생님도 제 자리까지……"

정주는 황송해서 견딜 수가 없다.

"인숙 엄마의 자리는 꼭 내 손으로 깔아 주었답니다."

정주는 순간 대답을 못하고 얼굴을 붉혔다. 부부간의 잠자리에 대한 예비지식을 유민호는 지금 교육시키고 있는 것이다.

"제가 빨랑빨랑 돌아갔음 선생님이 인숙이 옆에서 주무실 걸 그랬어요."

인간적으로 믿기워지기는[156] 했으나 유민호와 같은 방에 자기를 거부하는 완곡한 말이었다,

---

156) 믿기어지기는

"아닙니다. 나는 소파에서 자기를 좋아한답니다. 온돌은 딱딱해서요."

저번에도 그랬었다. 그러나 비좁은 소파에서 자기가 좋을 리는 만무할 것이라고, 어디까지나 여성에 대한 예의를 깍듯이 지켜주는 유민호의 인격이 자꾸만 우러러보였다.

이윽고 불을 끄고 미닫이를 꼭 닫친 후에 유민호는 소파에다 자리를 깔고 누웠다. 눕기 전에도 채정주의 손길 한 번 쯤 잡아 보아도 좋을 만큼 시기는 충분히 익어져 있었으나 유민호는 생각하는 바가 있어서 그것을 감히 하지는 않았다.

채정주가 다소 딱딱한 여성이기에 섣불리 손을 댔다가 데이기보다도 정주 편에서 저절로 익어 떨어지기를 끈기 있게 기다리는 편이 한층 더 정확성이 많았다.

"채 선생, 주무세요?"

한참 만에 유민호는 어둠 속에서 정주를 찾았다.

"네, 아니요."

정주의 대답이 안정성을 상실하고 있었다.

"선생님, 왜 안 주무셔요?"

이야기를 좀 더 해 보고 싶어하는 대답이다. 유민호는 어둠 속에서 빙그레 웃으며,

"채 선생이 왜 좀 더 미리부터 제집에 와 주시지 못했을까요?"

그러면서 유민호는 꺼질 것 같은 긴 한숨을 푸욱 내쉬었다.

정주는 대답을 못하고 숨소리를 꼭 죽였다.

9

무대의 장면이 지극히 좋다. 이러한 효과적인 연애 장면을 구성하기까지에는 유민호의 극작가적인 노력이 필요했던 것이다. 창문에 달빛이라도 비춰주었던들 무대효과는 한층 더 있었을 것을…… 아까운 노릇이라고 유민호는 생각하며,

"인간의 운명이란 정말 모를 일이지요. 애정도 없는 불행한 결혼을 왜 하느냐고, 채 선생은 아까 절더러 물으셨지만…… 그렇지만 채 선생을 만나 뵙기까지에는 그 결혼을 거부할 만큼 강렬한 애정의 대상이 내게는 없었답니다."

정주는 여전히 숨길을 꼭 죽이고 있었다. 미닫이 하나를 사이에 둔 웃간 소파 위에서 유민호의 쓸쓸한 사랑의

고백이 절절하게 흘러나오고 있었다.

"그러나 모든 것은 이미 늦었지요. 이 결혼을 방해하는 무슨 커다란 기적이 나타나기 전에는 좋던 싫던 사흘 후에는 그 여자의 남편이 돼야만 하는 운명이랍니다. 이런 말을 끝끝내 하지 않고 배겨 볼려고, 그 동안 극심한 노력도 꾀하여 봤답니다. 그러나 인간이란 역시 약한 동물인가 봐요."

그때야 비로소 채 정주는 그처럼 무관심했던 유 변호사의 태도가 하나의 건실한 노력의 결과였던 사실을 깨닫고 가벼운 전률을 전신에 느꼈다. 정주의 순결한 처녀성이 무섭게 흔들려졌다.

"그래서 채 선생을 대할 때는 언제나 대범할려고 노력했었지요. 사흘 후에 결혼을 해야만 하는 사나이가 애정의 고백을 해 봤댔자 무슨 소용이 있겠읍니까?"

소용이 없다고 하면서도 유민호는 애정의 고백을 하고 있는 것이다. 이러한 논리의 모순을 간파하기에는 채정주의 영혼이 지나치게 떨고 있었다. 지운에게서 받은 자존심의 상처가 뜻하지 않은 유민호의 고백으로 말미암아 차츰차츰 아물어지고 있었다.

"채 선생, 주무세요?"

"..........."

정주는 대답을 하지 못했다.

"채 선생!"

"어서 말씀하세요."

정주의 대답은 떨고 있었다.

"결혼을 한 내가 일생을 두고 아내 이외의 여성인 채 선생을 생각해야만 한다는 것은 확실히 죄악이지요. 채 선생!"

"네?……"

"나는 용기가 있읍니다. 지금이라도 늦지 않다고 나는 생각을 했읍니다.

채 선생만 저 같은 인간을 버려 주지 않는다면…… 나는…… 나는…… 용기가 있읍니다. 내일이라도 이 결혼을 파괴할 용기가 있읍니다!"

"무……무슨 그런 말씀을……"

정주는 오주주 말을 떨었다.

"아닙니다! 진정입니다! 결혼식을 거행하지 않겠읍니다!"

사흘 후로 박두한 결혼식을 파괴시켜서까지 자기를 사랑해 주는 유민호의 정열을 채정주는 엄숙하게 생각할 수밖에 없었다. 분에 넘치는 행복이었으나 그것을 이 자리에서 승인할 수는 도저히 없다.

"안되십니다. 선생님! 그건 무서운 일이예요!"

"무서운 일이 아니라, 참되고도 엄숙한 일이지요. 내일 밤이나 모레 밤까지…… 어쨌든 결혼식을 거행하는 전날 밤까지만 승낙해 주시면 언제든지 나는 용기가 있읍니다!"

"…………"

정주는 또 숨을 죽였다.

유민호는 소파에서 벌떡 일어났다. 그리고는 미닫이가 있는 어둠 속을 한 걸음 한 걸음 더듬어 갔다. 저절로 익어 떨어질 무렵이라고 유민호는 생각했기 때문에……

10

그러나 유민호는 캄캄한 미닫이 앞에서 우뚝 선 채 그것을 경솔하게 열고 들어가지는 않았다.

도덕가의 아내가 되었다는 인숙 엄마에게서 불태우면 정욕의 불길을 그대로 고스라니 채정주 위에서 연소시키고 있던 들뜬 감정을 억제할 만큼 유민호는 계산이 밝다. 사랑의 고백이 그 질에 있어서는 무척 강렬했지만 시간적 여유를 두고 그것을 저울질해 볼 겨를이 채정주에게는 없었기 때문에 마음에 각오가 완전히 서지 못하여 처녀의 무경험이 호다닥 놀라며 결사적인 반항을 할 것만 같았다.

오영심은 원체 자기에게서 영혼의 흔들림을 받고 있지 않기 때문에 삼 년이라는 긴 세월의 공작이 필요했지만 비록 짧은 시간일 망정 이 경우에 있어서 그것이 만일 채정주가 아니고 오영심이었다면 그만한 영혼의 동요만 느낀다면 충분히 익어 떨어졌을 것이다.

그러나 채 정주는 다소 달랐다. 영혼의 흔들림을 받은 것도 사실이지만 그 흔들림이 오영심처럼 강하고 예민하지 못하기 때문에 감정 이입(感情移入)에 있어서 다소의 시간이 걸려야만 했다.

오영심은 예술가적인 자멸적(自滅的) 감정이 풍부해서 안 떨어질 때는 죽어도 안 떨어지지만 떨어질 때는 수월히 떨어진다. 그러나 채정주는 감정만으로는 잘 떨어지지 않는 인물이기 때문에 지성의 발판을 언제나 찾고야만 떨어지는 것이다. 시간이 다소 걸려야만 했다.

그래서 섣불리 건드리다가 손가락을 물어 뜯기우는 것보다는 하루 이틀의 여유를 주어 영혼의 흔들림과 채산을 맞추어 보라는 편이 한층 더 수월할 것 같아서 다시 소파로 가만히 돌아와 누워 버렸다. 누워서 점잖게 좀 더 피리를 불고 북을 쳐가면서 명일에의 효과를 정확히 기대하는 편을 유민호는 택했다.

"채 선생, 어서 주무셔요."

"네, 선생님도……"

"채 선생은 다소 차가운 데가 있지만, 그 차거움을 참되게 인식하고 있는 건 저밖에 없을 거야요."

입때까지 자기의 감정만 토로했을 뿐, 상대자에 대한 찬사가 통이 없었던 것을 유민호는 지금 보충하고 있는 것이다.

"감정의 아름다움에는 지속성이 없지만 지성의 아름다움에는 영원성이 있지요. 인류의 온갖 불미로움을 구할 자는 오직 하나 인간의 차거운 지성뿐이니까요. 채 선생!"

"네?……"

"제게 용기를 내어 주시요!"

"운명이 적당히 해결해 주겠지요."

"지금까지는 그렇게 생각하고 있었답니다. 그렇지만 개척할 수 있는 운명이라면 제 손으로 개척해야만 되지 않겠읍니까? 말하자면 채 선생은 제 운명의 열쇠를 잡은 분이지요."

"아이, 제가 무슨 그런……"

그러면서도 정주는 조금도 싫지 않았다. 지금까지는 별로 느끼지 못했던 무슨 애정 같은 것을 정주는 유민호에게 느끼기까지 하였다. 거울이 광선을 반사시키듯이 여성의 애정은 그 태반이 수동적이다.

　　"이 사흘 동안에 내 운명이 결정될 것을 생각하면……
내게 용기를 주시요!"

　　"아이, 선생님 자꾸만 그러심……"

　　"애정 없는 결혼을 파괴하는데, 왜 용기를 못 내겠읍니까? 어서 편히 주무셔요."

　　"네, 선생님도 어서……"

　　"인숙이 이불 차 버리지 않았읍니까?"

　　"아니요."

　　이리하여 유민호는 끝끝내 점잖은 하룻밤을 극기(克己)로써 새웠다.

연적[157)

1

이튿날 오후 한 시경, 을지로 이가 동일 홍신소(東一興信所)앞에 지이프차 한 대가 멎어 있었다.

군인인 젊은 운전수가 담배를 피워 물고 번거로운 거리 풍경을 물끄러미 바라보고 앉아 있었다. 오늘 아침 일선으로부터 허정욱 중령을 태우고 부랴 부랴 달려온 지이프차였다.

사무실 안에서는 그즈음, 코밑에 조그만 수염을 기른 사십 대의 늠름한 신사와 군복을 입은 허정욱 중령이 마주앉아 있었다. 신사는 이 동일 홍신소 소장이었다. 소장 옆에는 민첩한 눈초리를 가진 삼십 전후의 젊은 소원이

---

157) 戀敵

앉아 있었다.

"어젯밤 열 시까지에 있어서의 유민호 변호사의 소행(素行)이 전부 기록되어 있읍니다."

유민호 변호사에 관한 두꺼운 소행 조사 보고서를 열심히 들여다보고 있는 허정욱에게 젊은 소원이 하는말이다.

"수고가 많았읍니다."

보고서에서 시선을 들며 허정욱은 대답하였다. 지금으로부터 삼 주일 전에 허정욱은 생각 하는 바가 있어 유민호의 소행 조사를 이 홍신소에 의뢰했던 것이다.

"여성들과 접촉할 때는 태반 손수 자동차를 운전하기 때문에 운전수를 매수해봤자 별 효과가 없었지요. 그대신 비용이 상당히 들었읍니다. 유 변호사를 따라 다닌 택시 값만 해도……"

젊은 소원은 생색을 냈다.

"잘 알았소. 수고에 대한 보수를 절약할 생각은 없읍니다."

"에헤헷……"

소원은 굽실하며 머리를 벅작벅작 긁었다.

"상당한 작자인 것 같은데……"

소장도 보고서를 잠깐 들여다보면서,

"송군은 우리 홍신소에서도 가장 우수한 소원이랍니다.

장래 대성할 소질을 가진 청년이지요."

"소장께서 너무 비행기를 태우지 마세요. 그렇지만 단시일에 그만한 재료를 수집하기도 수월한 일은 아니랍니다."

소장과 소원이 서로 주고받고 하면서 생색을 냈다. 그러나 허정욱 중령은 그것이 조금도 불쾌하지가 않았다.

"보수는 얼마나 드리면 좋을까요? 이런 종류의 일에는 다소 소흘해서……"

"연대장께는 특히 서어비스를 해서 실비에다 약간……"

그러면서 소장은 일당 삼천 환으로 계산해서 이십일분 육만 환을 청구하였다.

"식사대와 거마비158)가 대부분이지요. 그렇지만 국가의 간성이신 허 중령을 위하여 송군이 다소의 수고를 했다고 생각하면 되실 겁니다. 하하하……"

소장의 이야기는 유창도 했지만 능란도 했다.

"수고가 많았소."

허 중령은 청하는 대로의 보수를 제공하고 두꺼운 봉투를 집어 들고 자리에서 일어났다.

"시일이 조금만 더 여유가 있으면 좀 더 상세한 보고서를 꾸밀 수도 있었지만요. 다소 조잡해서 죄송합니다."

---

158) 수레와 말을 타는 비용이라는 뜻으로, 교통비를 이르는 말.

"이것으로 충분하오."

허정욱은 그러면서 반석 같은 무게 있는 걸음걸이로 걸어가서 소장의 사무탁자 위에 놓인 수화기를 들고 미리부터 조사해 두었던 번호를 불렀다.

"덕흥상사지요? 유민호 사장을 좀 대 주세요."

"누구십니까? 내가 유민혼데요."

"아, 유군인가? 나 허정욱인데……"

"오오, 허군, 언제 왔나?"

"오늘 아침 잠깐 볼 일이 있어서…… 유군도 좀 만나볼 겸, 지금 그리로 갈까 하는데……"

"오오, 웰컴, 웰컴! 그럼 곧 오게."

전화를 끊고 허정욱은 천천히 동일 흥신소를 나섰다.

"남대문통 덕흥상사로!"

"네."

물었던 담배를 획 내던지며 젊은 운전수는 핸들을 잡았다.

2

허정욱 중령이 덕흥상사 사무실로 들어섰을 때, 사무실

한 구석에는 두 사람의 사원이 청첩 봉투에 열심히 주소 성명을 쓰고 있었다.

허정욱은 내의를 통하고 사원의 인도로 사장실에 들어가면서 '유민호 소행 조사 보고서'에 기록되어 있는 박미경이라는 여자를 한 번 보아둘 요량으로 타이피스트를 눈으로 찾아보았으나 보자기를 쓴 타이프 앞 걸상은 비어 있었다.

"타이피스트는 어디 나갔읍니까?"

인도하는 사원에게 허정욱은 물었다.

"네, 오늘은 마침 결근인 모양입니다."

"그렇습니까!"

이윽고 허정욱은 사장실 문을 열고 안으로 들어섰다.

"여어, 허군, 이게 얼마만인가?"

영심에게 보내줄 청첩장 한 뭉치를 보자기에 싸고 있던 유민호가 손을 내밀면서 사무탁자 앞에서 일어섰다.

"대단히 바쁜 모양이로군."

악수를 하고 허정욱은 유민호와 마주 앉았다.

"그렇지 않아도 자네에게 청첩을 보내려고 하던 참인데 잘 왔네."

"내일 모레가 결혼식이라면서 인제 보내 가지구야 일선 지구까지 배달이 되겠나?"

"아, 하하……"

간단한 웃음 한 마디로 유민호는 허정욱의 항의를 무시하고 말았다.

"그래 허군, 어떻게 일선에서 빠져나왔나? 공용으로?……"

"군의 결혼식에 참석 할 목적으로 빠져 나왔으니까, 아마도 사용이 될 테지."

"오오, 영광, 영광! 영심이 편에서 먼저 통지를 했었군 그래. 하옇든 잘 왔네."

유민호는 담배 한 꼬치를 붙여 물며,

"이왕 온 김이니, 자네 내 둘러리[159]나 좀 서 주게. 자네가 서 준다면 유민호 일대의 영광일 테니까."

"서도 무방하지."

허정욱은 천천히 담배를 꺼냈다.

"그럼 됐어! 동창이란 이래서 좋은 거야."

"그러나 실은 둘러리보다도 나는 축사가 한 번 하고 싶어서 온 것인데……"

"축사?…… 축사도 좋지만 우선 둘러리를 좀 서 주게."

"들러리는 축사할 자격이 없어서 다소 곤란할 걸."

---

159) 들러리

그러면서 허정욱은 방안을 한 번 휘이 둘러보았다.

"축사할 사람은 많아. 그러니까 자네 축사라면 지금 들어도 좋고 후에 들어도 무방하다니까—"

"그렇게 되면 이십 일 동안이나 걸려서 준비한 축문이 수포로 돌아가는 걸."

"이십 일 동안?…… 허어, 굉장한 축사를 준비해 갖고 왔네 그려."

"음, 군의 결혼식에는 다소 성의를 갖고 있지. 이것이 이십 일 동안이나 걸려서 작성한 내 축문이네."

허정욱은 군복 안주머니에서 배가 통통 부른 흰 봉투를 꺼내 보였다. 그것은 두 말할 필요도 없는 '유민호 소행 조사 보고서'였다.

"허어, 어디 좀 읽어 보세."

손을 뻗치는 유민호를 막으며,

"그건 안돼. 축사란 반드시 결혼식장에서 낭독을 해야만 되는 거라네."

그러면서 허정욱은 다시금 봉투를 집어 안주머니에다 쓰러넣었다.

"그런데 박미경 양이 오늘은 결근이라지?"

"누구?"

"타이피스트 박미경 말이네."

"아, 자네 박양을 아나?"

"안면이나 있지?"

"그래?……"

유민호의 표정이 다소의 당황을 보일 줄 알았었는데 여전히 태연하다.

상당한 작자였다.

"그래 명륜동 오 선생 댁에는 들러서 왔겠지?"

유민호는 얼른 박미경의 화제로부터 말머리를 돌렸다.

"아직…… 곧장 이리로 왔으니까―"

"그래? 그럼 우리 같이 명륜동으로 오 선생을 찾아뵐까? 이 청첩도 전달할 겸……"

"천천히 찾아뵙고, 우리 좀 더 이야기나 해 보세. 이번 결혼에 대한 군의 감상 같은 것을 좀 들려주게. 나도 어차피 결혼을 해야, 될 몸이니까, 참고가 될 것 같아서……"

"백문이 불여일견이야. 인제 다 해보면 알지."

"유민호 군!"

허정욱의 어조가 갑자기 얼숙해졌다. 허정욱의 성미로서 그 이상 참을 수도 없었거니와 중심 문제의 주변을 그 이상 쓸데없이 빙빙 돌 필요도 없었다.

"군은 이번 오영심과의 결혼을 단념하는 것이 좋을 것 같으네."

"응?…… 결혼을 단념하라고?……"

그제서야 비로소 유민호는 허정욱의 이 돌연한 내방의 진의를 알아채렸다.[160]

"단념해 주게. 그것이 오영심을 구하고 동시에 군 자신을 구하는 유일한 길일세."

모욕감과 분노로 말미암아 유민호의 얼굴이 확 붉어졌으나 이런 경우에는 침착한 태도를 취하는 편이 항상 현실적인 이득을 가져오는 것이라고 자기를 누르며,

"너무 돌연하고 너무 간단해서 자네의 충고를 그대로 받아들일 수가 없는데……"

"아무 말 말고 단념해 주게. 이 한 마디가 동창인 군에 대한 나의 자비심이네."

"자비심……?"

상반신을 곧추며 유민호는 똑바로 허정욱을 바라보았다.

"내 아내가 될 여성에게 대하여 짝 사랑을 하는 인물로부터 자비심을 받아야만 될 필요는 느끼지 않는데……"

"아무래도 좋아. 어쨌든 나는 지금 군이 잠자코 오영심을 단념해 주는 편이 좋을 것 같애. 이것은 우리들의 삼각 관계로서의 입장에서 하는 말이 아니라, 불의를 보고 참

---

160) 알아차렸다.

을 수 없는 한 사람의 군인 정신에서 나온 말이다. 떠들지 말고 나의 조용한 충고를 받아 주는 것이 좋을 거야."

"협박인가?"

"아니다."

"그렇다면 내 사생활에 관한 문제에 자네가 터치 할 수는 없을 것이 아닌가?"

"군은 한 사람의 순결한 처녀를 모욕해서는 아니 된다."

"말을 똑바로 해라. 오영심은 자신의 의사로써 나를 남편으로 택한 것이다."

"군은 오영심을 행복하게 할 수는 없다. 행복은 군의 사회적 지위나 돈으로서 찾아가지는 않을 것이다."

"자네의 행복론은 이상일 뿐이다. 이상주의자는 미래에서 살아라. 오영심은 현실에서 살려는 것이다. 그 절실한 증거로 오영심은 군을 버리고 나를 택했다. 군이 제아무리 열렬한 정열을 가지고 오영심을 사랑해 봤댔자 영심을 행복하게 만들지는 못한다. 여성의 행복은 남성이 주는 애정에만 있는 것이 아니다. 동시에 여성이 지닌 허영심을 만족시킬 만한 물질생활의 보장이 필요하다는 것을 알아야만 한다. 아니, 좀 더 정확히 설명해주마. 물질적 보장만 풍부하면 남성의 애정 같은 것은 없어도 충분히 느끼는 것이 소위 여성들의 세계인 것이다. 여성의 애정이 없이는 살아나가지 못하는 남성들의 세계와는 다소 그 성질이 다르다는 걸 알아 두고 덤비는 것이 현명할 거야."

그러면서 유민호는 가방 속에 청첩 뭉치를 집어 넣어가지고 몸을 일으켰다.

"다소 바쁘니까, 나는 좀 나가 봐야겠네."

허정욱도 같이 일어섰다. 일어서서 문을 향하여 걸어가는 유민호 앞에 우뚝 막아섰다.

4

보아하니, 자네는 오늘 내게 대해서 무슨 행패를 할 셈인가?"

우뚝 앞을 막아선 허정욱을 눈앞에 노려보며 유민호는 쏘아붙이듯이 말했다.

"행패가 아니고 자비심이다. 군이 단념하지 않는다면 내 편에서 이 결혼을 파괴시킬 수밖에 없다."

허정욱은 비로소 오랫동안 품고 있던 한 마디를 솔직하게 피력하였다.

"파괴시킨다?…… 자네가 지금 허리에 차고 있는 그

권총의 힘을 빌겠다는 말인가?"

"말을 삼가라! 이 무기는 내 개인의 소지품이 아니고 국가의 것이다. 함부로 사용할 것이 못돼. 문제는 그런 데 있는 것이 아니고, 여러 사람이 모인 결혼식장에서 군의 결혼이 파괴당하는 것보다는 지금 군의 자유의사로써 결혼을 단념하는 편이 군의 명예를 위해서도 좋을 것 같애?"

"무슨 말이냐? 똑똑히 말을 해라! 어째서 내 결혼이 파괴를 당해야만 한다는 말이냐."

"모르겠으면 이야길 하마.— 군은 지금 오 선생 일가를 속여 이중 결혼을 하려는 것이다 부산 대청동에는 군의 혈육까지 받은 김옥영이라는 부인이 있을 것이다."

유민호는 그 순간 다소의 당황을 보이다가 곧 자신을 꿋꿋이 걷우며,

"그것은 전연 오해다. 김옥영과는 다소의 안면은 있지만 그런 관계는 통이 없다. 내 말이 믿워지지 않는다면 내 호적면을 조사해 보면 알 것이 아닌가? 이중 결혼이란 법률상의 아내를 가진 자가 그것을 숨기고 다른 여성과 또다시 하는 결혼을 말하는 것이다. 아무리 세상에 어두운 군인일지라도 그만한 상식은 있어야 할 것이 아닌가?…… 그러니까, 다만 자네는 지금 내 결혼에 대해서

신사답지 못한 야만적인 질투를 하고 있을 따름이다."

"그러면 '식도락'의 마담과의 관계는?……"

유민호는 또 한 번 놀랐다.

"군은 마담로우즈의 파트론이라고 들었는데?……"

"사업상의 파트론이 어째서 내 결혼을 방해한다는 말이냐? 모두가 다 자네의 그 추한 질투심에서 나온 일종의 행패일 뿐이다."

"타이피스트 박미경에 대한 애정의 책임은 또 어떻게 처리할 작정인가?"

세 번째 놀라는 유민호였다. 그러나 그것은 어디까지나 마음속의 놀람이었을 뿐, 표정은 까딱도 없다.

"흥, 자네 아는 것이 대단히 많네 그려! 여성과 다소의 안면만 있어도 곧 색안경으로 보는 버릇을 자네는 가졌어. 더러운 상품이다!"

가방을 든 손으로 유민호는 탁 허정욱을 떠밀고 총총히 사장실을 나서며 운전수를 불렀다.

"명륜동까지!"

"네네."

운전수의 뒤를 따라 유민호는 밖으로 나가 차에 올랐다.

"저 차의 뒤를 따라 주게."

"허정욱도 지이프차에 오르며 운전수에게 당부했다. 이

리하여 유민호의 고급차와 허정욱의 지이프차가 적당한 간격을 두고 일로 종로 쪽을 향하여 달리기 시작하였다.

"퉁바리바위 위의 한 알의 사과!"

달리면서 허정욱 중령은 지나간 소년 시절, 고무총으로 사과를 떨어뜨리던 유민호 소년의 재치 있는 솜씨를 골똘히 생각하고 있었다.

5

그보다 조금 전, 명륜동 오진국 씨는 걷잡을 수 없는 분노에 사로잡혀 있었다.

"잘 알았읍니다. 잘 오셨읍니다."

울어서 빨개진 두 눈을 소그듬히 숙이고 영심의 옆에 타이피스트 박미경은 조용히 꿇어 앉아 있었다.

"유사장은 절더러 적당히 처리하는 것이 좋겠다고 하지만…… 저는 아직 사람의 생명 하나를 제 손으로 없애 버릴 만큼 불량하지는 못해요. 그렇다고 제가 유사장과 꼭 결혼을 해야만 되는 것도 아니예요. 남성들의 그 무절조한 애욕의 세계에 대항하여 나가기에는 저희들 여성의 애정이 너무나 이쁘고 순결해요."

그러나 오영심의 얼굴에는 아버지 오진국 씨처럼 분노도 없었고 괴로움도 없었다. 신문의 어느 사면 기사를 읽는 정도의 관심밖에는 없었다. 그래서,

"그러니까 미경 씨는 지금도 순정을 가지고 유사장님을 사모하고 있다는 말씀이죠?"

하고 물었다.

"사모한다는 말이 무엇을 의미하고 있는지, 저 자신도 잘 모르겠어요. 어쨌든 학생 시절에 품고 있던 그런 감정은 분명히 아니었으니까요. 유사장이 저를 귀엽다고 하니까, 거기서 비로소 상대에게 대한 애정 같은 것이 움직였을 뿐이예요. 여성이란 애정의 발견에 있어서도 생리적으로 수동적 태세를 취하는지 몰라요. 남성대 여성의 세계에 있어서 여성들이 언제나 비극의 주인공이 되는 것도 그런데 원인이 있을 거라고 저는 요즈음 그걸 골똘히 생각하고 있어요. 그렇지만 제가 천사처럼 순결했던 것만은 사실이었어요."

박미경은 조용히 고개를 들고 오영심의 표정 없는 얼굴을 가벼운 미소와 함께 찬찬히 바라보며,

"언니는 저보다 이쁘게 생겼어요."

했다.

보통 여자로서는 감히 토하지 못할 한 마디를 박미경은

했다. 여성대 여성의 질투의 감정을 선망의 념으로서 표현한다는 것은 아름다운 행동의 하나이다. 그 순정하고 고운 마음씨가 영심의 마음을 솔직하게 쳤다. 어딘가 영심 자신과 비슷한 데가 있는 여성이라고. 영심은 박미경의 불행을 진심으로 동정하였다.

"제가 염치불구하고 이처럼 찾아온 건 언니의 결혼을 방해하고 싶어서는 절대로 아니예요. 그 점을 오해하면 저는 슬퍼요."

"잘 알 것 같아요."

"결혼까지 한다니까, 언니에게 대해서는 그렇지 않겠지만…… 무서운 사람이예요. 악의 승리를 확신하고 있는 사람이예요. 피도 눈물도 없어요. 사람의 생명 하나를 처리하는데 간단한 명함 한 장으로……"

그러면서 박미경은 핸드백에서 명함 한 장을 꺼내 주었다. '적당한 처분을 앙망'한다는 유민호의 명함이었다.

"이건 날 좀 빌려 주시요."

오진국 씨가 명함을 들여다보면서 하는 말이다.

"어쨌든 돌아가 계시요. 댁의 불행에 대해서는 저희들이 할 수 있는 데까지는 손을 써 보겠읍니다. 생명은 귀중한 것이요 경솔히 서둘러서 천명에 어긋나서는 아니되오. 아직 어린 몸으로 심뇌가 많겠소이다."

"고맙습니다. 그렇지만 제가 찾아온 본위는 조금도……"

"알겠소. 알겠소. 보아하니 대단히 착하고도 총명하신 분이요. 유민호로 말하면 내가 아들처럼 믿어온 사람이었는데, 잘못 보았소! 음—"

이윽고 박미경은 공손히 인사를 하고 돌아갔다.

6

"영심아."

박미경이가 돌아간 지 한참 만에 그 무엇을 골똘히 생각하고 앉았던 오진국 씨가 딸을 불렀다.

"네."

할머니는 식모와 함께 시장에 나가고 없었다.

"여러말 하지 않으련다. 그런 줄 알고 잘 생각해서 대답을 해야만 해."

"너 유민호와 결혼을 단념할 수는 없을까?"

영심은 머리를 깊이 숙인 채 대답을 하지 않았다.

유민호와의 결혼에서 오순도순한 행동을 찾으려는 것이 아니기에 그만한 것쯤은 이미 각오가 되어 있는 영심이었다.

아니, 유민호의 행동이 불미로우면 불미로울수록 그만큼 오영심에게는 마음의 초록별을 자유롭게 그리워해도 무방하였다.

또한 그보다 못지않게 중대한 문제 하나가 가로 놓여 있는 것이다. 그것은 제자인 유민호에게 대한 아버지의 의리 문제였다.

체면과 의리를 인생의 황금률(黃金律)로서 내세우고 살아온 오진국 씨가 물질적인 원조를 꾸준히 받아온 유민호에게 대한 인간적 의리를 딸의 정략결혼으로서 갚으려는 것은 아니지만 그러나 같은 값이면 딸의 의향대로 유민호에게 시집을 보내는 것이 마땅한 노릇이었다.

아버지의 그러한 심정을 너무나 잘 알고 있는 영심이기에 아버지의 말씀대로 그리 간단히 단념할 수 있는 결혼도 또한 아니었다. 더구나 내일 모레로 박두한 결혼식이고 보면 이왕 택한 길이니 그냥 내버티고 싶었다.

"그만한 것 쯤 가지고 아버지 뭘 그러세요?"

한참 만에 영심은 태연히 대답하였다.

"아니다. 제 버릇 남 못준다고, 하나를 보면 열을 알 수가 있는 거다. 그런 패륜의 종자를 내 사위로 맞아들일 수는 없어. 결혼식을 치르기 전에 안 것이 다행이다. 음, 나쁜 놈 같으니라구!"

"그렇지만 그이에게는 지금까지 여러 가지로……"

"안돼! 의리도 의리지만 의리 때문에 딸을 팔아먹을 오진국은 아니야. 빨리 가서 그놈을 전화로 불러오너라!"

그러는데 자동차 소리가 들리며 가방을 든 유민호가 뚜벅뚜벅 들어섰다.

후다닥 놀라며 영심이가 몸을 일으키는데 그 뒤로 허정욱이가 들어왔다.

"일이 좀 바빠서 얼마 동안 못 뵈었읍니다."

유민호가 정중히 인사를 하였다. 그러나 오진국 씨는 유민호는 본 척도 않고,

"일선에서 오늘 아침 떠나왔읍니다."

하고 인사를 하는 허정욱을 향하여,

"음, 마침 잘 왔네. 둘이 다 어서 거기 좀 앉게."

"선생님, 요즈음 건강은 어떻십니까?"

허정욱은 유민호와 나란히 앉으면서 물었다.

"덕분에 괜찮아. 음 ―"

영문은 모르지만 기분이 무척 나쁜 오 선생을 허정욱과 동시에 유민호도 깨달았다.

"어디 편치 않으십니까? 안색이 좋지 못하신데……"

유민호가 물었다.

"응, 몸은 지극히 건강하지만 마음이 다소 편치못하네."

이런 어조로 나오게 되면 걷잡을 수 없는 아버지임을 영심은 안다.

영심은 가만히 일어나서 이층 자기방으로 올라갔다.

"아, 영심 씨 청첩장이 돼 왔는데……"

"유민호는 가방을 들고 영심의 뒤로 따라 올라갔다."

"유군, 곧 내려오게. 이야기할 말이 있으니까—"

"네."

유민호는 어디까지나 침착한 태도로 방을 나섰다.

7

오영심에 대한 끝없는 정열을 품고 일선에서 찾아온 허정욱이었다. 그 허정욱에게 한 마디 인사도 변변치 못한 채 영심은 거북스런 자리를 피하여 이층으로 올라와 털썩 책상 앞에 앉았는데 유민호가 가방을 들고 따라 올라갔다.

"청첩이 돼 왔소."

가방에서 청첩 뭉치와 함께 순금 목걸이가 들어 있는 조그만 케이스를 유민호는 꺼냈다.

"이건 사소한 물건이지만 영심 씨에게 어울릴 것 같아

서 사 갖고 왔지요."

영심이 앞에 앉으며 유민호는 새빨간 레자케이스를 내놓았다.

영심은 가만히 그대로 앉아서 유민호의 얼굴을 조용히 바라보았다. 허정욱의 독실한 침묵의 정열에 비하면 어딘가 다소 사교적인 데가 있기는 하지만 박미경의 순정을 그처럼 무자비하게 유린한 사나이 같이는 통 보이지 않았다.

"대단히 우울해 보이는데…… 영심 씨, 어디 편찮소?"

"아니요."

영심은 가만히 머리를 흔들었다. 자기가 일부러 택한 불행한 길이었기에 박미경의 이야기를 입 밖에 낼 필요는 통 느끼지 않았다. 유민호의 행실이 방탕하면 방탕할수록 그것과 보조를 맞추듯이 마음의 초록별을 마음대로 그리워해도 무방할 것만 같은 자유가 영심에게는 생기는 것이다.

자멸적이요 자학적(自虐的)인 이러한 독특한 인생의 계산법은 현실에서 살고 현실에서 죽기를 원하는 오늘의 젊은 세대의 방법론은 아니다. 또한 그것은 오영심의 도덕률이 낡은 때문도 아니다. 오직 한 길 현실에의 타협을 끝끝내 거부함으로써 참되고 아름다운 이상의 추구 속에서 고독한 영혼 하나를 끝끝내 붙들고 살려는 가열하고도 처참한 투쟁의 자세일 따름이었다.

"영심 씨, 우울하지 맙시다. 우리들의 화려한 인생의 출발이 눈앞에 다가오지 않았소?"

영심의 이 급작스런 우울의 원인은 허정욱의 돌연한 출현에 있는 것이라고 유민호는 생각하며,

"나는 자신이 있지요. 영심 씨를 행복하게 만들 자신이 있답니다."

"저는 행복을 원하고 있지는 않아요."

"옛, 무슨 소린데요?"

그러는데 아랫층에서 오진국 씨가 유민호를 부르는 소리가 들렸다.

"그럼 잠깐 가보고 오지요."

유민호는 아래로 내려와서 오진국 씨 앞에 공손히 꿇어 앉았다.

그때까지 허정욱은 유민호에 관한 이야기는 통 입에 담지 않고 있었다. 유민호가 없는 자리에서 그런 말을 하기가 허정욱은 싫었다. 오진국 씨 역시 마찬가지 심정에서 유민호에 대한 비방의 말은 한마디도 없이 일선지구의 상황을 몇 마디 묻고 나서는 화난 벙어리처럼 마주앉아서 유민호가 내려오기를 기다리고 있었던 것이다.

"유군에게는 지금까지 많은 신세를 졌어 내 능력으로는 일생을 두고도 갚을 가망이 없을 거네."

어지간히 성미가 급한 위인이었다. 다짜고짜로 오진국 씨는 그렇게 말했다.

"예? 무슨 말씀입니까?"

그러면서 유민호는 힐끔 옆에 앉아 있는 허정욱을 쳐다보았다. 통찰력이 유민호는 빠르다. 허정욱이가 뭐라고 고자질을 한 것이라고 생각했기 때문이다. 그러나 기실 오진국 씨의 두서없는 그 한 마디에는 허정욱도 어지간히 놀라고 있었다.

"그렇다고 옛날 사람들처럼 그런 종류의 대가로서 딸을 내놓을 만큼 오진국의 머리는 낡아빠지지는 않았네!……"

"…………"

8

유민호는 대답을 못하고 시선만 들었다. 너무도 예고 없이 달려온 한마디에 허정욱도 긴장했다.

"유군!"

"네."

"영심을 아내로 맞을 생각을 단념하게."

"선생님, 갑자기 무슨 말씀인지?……"

"잠자코 단념하게 그리고 잠자코 물러가게!"

하고 부동한 선고였다.

유민호는 조금도 떠들지 않았다. 두 손을 무릎에 올려 놓고 곧장 꿇어앉은 그대로의 단정한 자세로 잠깐 동안 그 무엇을 골똘히 생각하다가,

"물러가라면 선생님 말씀이니 물러는 가겠읍니다만 물러가는 이유를 알으켜 주시면 좋겠읍니다."

"잠자코 물러가는 것이 서로가 좋을 거네."

오진국 씨는 조용히 눈을 감아버렸다.

"그렇지만 내일 모레가 결혼식인데…… 선생님의 말씀은 너무도 청천벽력과 같아서……"

순간, 오진국 씨는 눈을 번쩍 뜨면서 꽥 하고 소리를 쳤다.

"썩 내 앞에서 못 물러갈 테야?"

"선생님 이것은 인생 일생의 대사가 아닙니까?"

어디까지 유민호는 침착한 어조로,

"만일 영심 씨가 물러가라면 애정의 소재가 분명하니까 이유 여하를 막론하고 물러갈 수도 있읍니다만……"

"무엇이 어째서?……?"

오진국 씨는 주먹을 부들부들 떨었다.

"선생님은 이 결혼의 당사자는 아니올시다. 저는 선생님과 결혼하는 것이 아니고 오영심과 결혼하는 것입니다."

유민호는 마침내 본바탕을 내고야 말았다. 그는 이미 모든 사태가 삐뚜러진 사실을 민첩하게 관찰하고 있었다. 골수에 사무치는 증오의 념을 가지고 유민호는 허정욱을 쏘아보았다.

"음, 자네 말은 어버이가 자식의 운명은 좌우하지 못한다는 뜻이겠다!"

"그런 시대는 이미 지나갔읍니다."

"시대에 좌우될 오진국은 아니다! 오진국은 시대를 좌우할 것이다."

"당랑(螳螂)의 도끼로 우마차는 멎지 않습니다."

"내가 멈춰 볼까?……"

"영심 씨가 혹시 멎을는지 모르지만, 그렇게 되면 선생님의 인격은 파산을 당할 것입니다."

"좋아! 어디까지나 법률가다운 형식 논리다. 그러나 군의 그 재치 있는 고무총은 퉁바리위의 사과는 떨어뜨렸으나 오영심은 못 떨어뜨릴 거야. 이건 분명 자네 명함일 텐데……"

그러면서 오진국 씨는 아까 박미경에게서 빌린 명함을 문갑 설합에서 꺼내주었다.

　　명함을 보자 유민호의 표정이 후딱 어두워졌다가 다시금 태연히 사라졌다.

　　"아, 박미경이가 찾아 왔었군요."

　　조금도 떨리지 않는 목소리였다.

　　"인제야 모든 것을 짐작할 수가 있읍니다. 이래서 선생님이 그처럼 노하셨군요. 이 문제라면 선생님 안심하십시오. 선생님의 오해는 제가 명백히 풀어드리겠읍니다."

　　"어서 말해 봐."

　　"한편 쪽 말만 듣고는 송사를 못한다는 말이 있읍니다. 선생님 앞에서 박미경과 직접 대면을 해야 겠읍니다. 지금이라도 가서 박미경을 데려오겠읍니다만 우선 박미경이라는 여자가 어째서 이처럼 고의적이요 악질적인 의도를 품고 제 결혼을 방해하려는지 조리를 따져서 말씀드리겠읍니다."

　　허정욱은 여전히 침묵을 지키고 있었고 영심은 벌써부터 아버지의 고함소리를 듣고 뛰쳐내려오다가 미닫이 밖에서 걸음을 멈추고 귀를 기울이고 있었다.

애욕의 곡예사[161]

1

유민호는 박미경에 관한 이야기를 다음과 같이 조리 있는 어조로 설명하였다.

"선생님도 만나보셨으니까 아실 테지만 박미경이란 여자는 참으로 불쌍한 사람이지요. 천사와 같이 얌전한 사람이지만 생각하면 가엾은 여성이랍니다. 이 박미경양에게는 벌써부터 청년 하나가 붙어 돌아다니는데 그 청년으로 말하면 소위 뒷골목의 깡패로서 박양의 얌전한 성품을 이용하여 여기저기서 상스럽지 못한 금품 편취를 꾀하고 있었답니다. 박양이 어떠한 약점을 잡혔는지는 모르지만 뱀 앞에 개구리모양으로 그 청년의 말이라면 도시 거역을

---

161) 愛慾의 曲藝師

못하지요. 박양이 나를 유혹하기 시작했을 무렵에는 이미 박양은 그 청년의 씨를 받고 있었답니다. 그러나 그 당시 나는 그들에게 그러한 악질적인 계획이 있을 줄은 꿈에도 모르고 유혹하는 대로 박양과 한두 번 저녁식사를 한 적이 있었지요. 어떤 날, 저녁을 먹고 나서는데 그 청년이 골목에서 불쑥 나서며 하는 말이 왜 남의 계집을 빼앗아 갖고 다니느냐고 협박공갈을 하여 소지품 전부를 강탈해 갔읍니다. 그때부터 나는 자기의 체면을 돌보아 박양을 경계하는 한편 퇴직을 시키려고 했으나 그때마다 박양은 나를 협박하여 자기를 내보내면 사장의 입장이 좋지 못할 것이라고요. 그리고 박양은 그때 임신 삼 개월이었는데 그 청년은 거기 대한 책임을 내가 지지 않으면 고소를 하겠다고요. 이 뜻은 박양이 전해 왔지만 그런 엉터리 이야기가 어디 있느냐고 질책을 했더니만 박양이 하는 말이, 엉터리없는 것이 뒷골목의 사회니까 돈 백만 환이라도 집어주면 무사하지 않겠느냐고요."

거기서 유민호는 잠시 말을 끊고 전후 사정에 무슨 모순되는 점은 없는가고[162] 골똘히 생각하면서,

"저도 그런 사건에 여러 번 변호를 선 경험이있지만요

---

162) 없는가 하고

이런 종류의 사건에는 도시 증인이 없는 만큼 흑백을 가릴 도리가 전연 없읍니다. 결국 양심에 맡겨야겠는데, 청년에게 약점을 잡힌 박양으로서는 그럴 힘이 전연 없읍니다. 그렇다고 백만 환이란 결코 적지 않은 돈을 제공하기도 싫어서 그대로 내버려 뒀더니만, 바로 어제입니다. 박양이 들어와서 하는 말이 사장도 녹녹치 않는 분이니까, 자기네의 말대로 될 것 같지가 않다고 하면서 불량배의 씨를 낳기도 싫으니 적당히 처리해 버리기로 결심했다기에, 그것 참 좋은 생각이라고 나는 한숨을 내쉬었지요. 그래 박양은 어디 아는 병원이 있으면 소개를 해 달라기에 마침 종로 삼가에 아는 산부인과가 있다고 바로 이 명함을 써 주었답니다. 이 명함을 가지고 여기까지 찾아와서 이러한 행패를 하려는 계획인 줄이야……"

참으로 유민호는 천재에 가까운 두 뇌의 소유자였다.

이처럼 이론 정연한 허구(虛構)가 당장에 뛰어 나올 수는 도저히 힘든 일이다.

이만한 답변이면 옆에서 듣는 사람으로 하여금 유민호가 이 시끄러운 문제에 관해서 적어도 한두 달 동안은 신경을 쓰고 있었다는 심증(心證)을 갖게 할 것이다. 유민호에게 만일 좀 더 시간의 여유를 주었던들 좀 더 실감 있는 답변을 꾀했을 것이 틀림없었다.

"그렇지만 선생님, 박미경 자신은 절대로 나쁜 여자가 아니랍니다. 천사와 같이 얌전하지만 마음이 약한 것이 탈이지요."

오진국 씨는 직접 박미경을 보았을 것이니까, 자기 답변에는 박미경을 악인으로 만든다는 것은 오진국 씨의 선입감을 파괴하는 결과를 가져오게 되어 답변의 허위성이 눈에 뜨일 우려가 다분히 있다.

그래서 박 미경의 인간성을 유민호는 옹호하는 구상을 꾀한 것이다.

이만한 구상이면 세상사에 어두운 오진국 씨 부녀 앞에서 박미경을 대면하더라도 증인 없는 일인 만큼 양심만 방해하지 않는 한 흑백을 가릴 수가 없는 노릇이었다.

2

오진국 씨는 반신반의의 심정으로 있었다. 원체가 선량한 위인이라, 남의 말을 넘겨짚을 줄을 모르기 때문에 경솔히 화를 냈던 자신이 다소 부끄럽기도 했다.

"선생님이 그래도 저를 미심하게 생각하신다면 내일이라도 박미경을 데리고 오겠읍니다."

"그럴 필요는 없어!"

그것은 오진국 씨가 아니고 그때까지 일언반구도 없이 부처처럼 묵묵히 앉아 있던 허정욱의 분노에 찬 한 마디였다.

"이 이상 더 참는다는 것은 하나의 불의를 이겨야만 하기 때문에 나는 군을 위하여 이 자리에서 축문을 낭독해야만 할 필요를 느끼는 것이다."

허정욱은 분연히 유민호 변호사의 소행 조사 보고서를 안주머니에서 꺼내들었다.

"실은 이런 종류의 축문을 낭독하지 않고 군이 이 결혼을 조용히 단념해주기를 나는 진정으로 원했다. 그러나 군은 그것을 거부했을 뿐 아니라, 지금 또 전연 허위의 구상으로 자기를 변명했다. 이 이상 참을 수 있다는 것은 겸양의 미덕이 아니고 비겁을 의미할 것이다."

허정욱의 전신은 글자 그대로의 단순한 정의감에 불붙고 있었다. 라이발(戀敵[연적])에 항거한다는 의식은 이미 없었다.

그러나 유민호는 잠자코 허정욱을 쳐다볼 뿐이다. 한 고비를 간신히 넘어섰는데 또 무엇이 튀어나오려는고 그러나 하늘이 무너져도 빠져 나갈 구멍은 있을 것만 같았다.

"그게 뭐고?"

오진국 씨가 물었다.

"이 축사의 작성자는 제가 아니고 동일 흥신소올씨다."

이 순간처럼 유민호의 얼굴이 빛을 잃은 적은 없었다. 흥신소라는 한 마디가 튀어나오는 순간 유민호는 이미 모든 것이 틀어진 것이라고 각오를 하면서도 떠들 필요는 조금도 느끼지 않았다.

"어서 읽어 주게 동창생의 축사인 만큼 훌륭한 찬사가 많을 줄 아는데……"

그리고 유민호는 다시금 침착한 어조로,

"그렇지만 동시에 군은 영심 씨의 의사를 무시한 짝사랑의 고민자인 만큼 나를 실없이 공격하는 데 효과가 있을 훌륭한 문구도 많은 줄 알지만……"

그렇게 말하여 유민호는 오진국 씨의 정당한 판단력을 미리부터 교란시키고 있었다.

허정욱은 읽기 시작하였다. 그것은 유민호 변호사의 갖은 비행을 폭로하는 긴 보고서였다. 부산 송도원에서 자기 사원의 아내와 침실을 같이했다는 사실에서부터 대청동의 김옥영의 이야기, 마담로우즈와의 관계, 타이피스트 박미경의 이야기, 헤어졌다고 알려진 인숙 엄마와도 아직 손을 끊지 않고 있다는 경위, 그밖에도 모 접대부, 모 유한 마담 등…… 십여 건에 걸친 유민호의 스캔들(醜聞[추문])이 어떤 것은 상세히, 어떤 것은 줄거리만 쭈욱 기록되어 있었다.

허정욱이가 보고서를 마지막까지 읽고 났을 때, 오진국 씨의 얼굴은 분노를 넘어 흡사 울고 있는 것 같았다.

가만히 듣고 앉았던 유민호가 얼굴을 돌리며 먼저 입을 열었다.

"자네의 축사는 감사히 들었네 흥신소와 자네 사이에 어떤 종류의 흑막이 있는지는 모르지만 멀지 않아 그 흥신소의 책임자와 자네는 명예훼손죄의 피고로서 법정에 서야만 할 테니까 각오를 해두는 것이 좋아!"

"잔말 말고 내 눈앞에서 썩썩 못 물러갈 테야?"

오진국 씨가 반신불수의 몸을 부들부들 떨면서 와락 소리를 치는데 미닫이가 열리며 영심이가 조용히 들어섰다.

3

"아버지 진정하셔야겠어요."

전신을 와들와들 떨고 있는 아버지 옆에 가만히 꿇어앉

으며 영심은 어두운 표정을 지었다.

"군과 마주앉아 있으면 내 눈이 자꾸만 더럽혀져! 보기 싫으니, 빨리 물러가 주게."

"아니올씨다, 선생님!"

유민호는 똑바로 오진국 씨를 바라보며 반항의 태세를 취하기 시작하였다.

"못 물러가겠읍니다. 일이 이처럼 되어 버린 이상 이 누명을 벗기 전에야 어떻게 물러갈 수가 있겠읍니까?"

"자네 말대로 누명은 법정에 가서 벗는 것이 좋을 거야."

"그러겠읍니다. 그러나 선생님, 너무 편벽된 생각을 가져서는 아니 되지요. 공평한 눈으로 저희들의 흑백을 가려 주시기 바랍니다. 그런 얼토당토않은 허위의 사실을 날조하여 사람을 모함한다는 것은 ……허군!"

유민호는 획 허정욱으로 시선을 돌리며,

"그러나 군의 축사는 사람 하나를 잡아먹는 재료로서 다소 부족한 데가 있어 설사 그것이 전부 사실이라고 가정한 대로 오늘의 군의 그 추한 행동을 가지고는 영심 씨의 호의를 살 수는 없을 거야. 영심 씨가 다행히 군의 축사를 듣지 못했으니까 말이지. 그것을 들었던들 군이 지닌 인격적 추잡만 폭로시켰을 거네."

"저도 다 들었어요!"

영심이가 얼굴을 들며 허정욱을 대신하여 명확한 대답을 했다.

"영심아, 저 녀석은 내가 결혼의 당사자가 아니니까 못 물러가겠다는 것이다."

"아버지 말씀대로 돌아가시는 것이 좋을 거예요."

"아, 그러면 그건 영심 씨의 생각인가요? 그렇지 않으면 선생님의 의사를 존중해서 하는 말이 아니요?"

영심은 머리를 가만히 흔들며,

"틀림없는 제 생각이예요. 돌아가시거든 이 목걸이는 채정주란 여자에게 돌려주세요. 제가 받을 물건은 분명 아닌 듯 싶어서요."

영심은 그러면서 쥐고 있던 조그만 케이스를 유민호 앞에 가만히 밀어 놓았다.

"채정주?……"

무슨 영문인지, 유민호는 통 알 수가 없다.

"영심 씨, 무슨 말이요? 영심 씨를 위해서 사 온 제 마음의 선물인데……"

"암말마시고 잠자코 가지고 돌아가세요. 그리고 이 약혼반지도……"

영심은 왼 손가락에서 다이아 반지를 같이 빼 주었다.

유민호는 덤덤히 영심의 표정 없는 얼굴을 한동안 멍하니 바라보고 앉았다가 얼른 목걸이 케이스를 집어 들고 열어 보았다.

케이스 속에는 목걸이와 함께 종이조각 하나가 착착 접힌 채 들어 있었다.

유민호는 얼른 그것을 펼쳐들고 읽어 보았다.

유선생의 호의는 감사하오나 제가 이런 물건을 받아도 무방할 만한 마음의 태세도 서지 않았을뿐더러 이것을 받는다는 것은 사흘 후면 유선생의 부인이 되실 그 미지의 여성에게 대하여 죄를 범하는 것 같아서 하늘이 무서워집니다. 단지 은사에 대한 의리 때문에 애정 없는 결혼을 하신다는 유선생의 불행에는 동정의 념을 금하지 못하는 바이오나 그것은 어디까지 유선생의 자신이 개척할 문제이고 그 불행의 틈사리를 타는 것 같은 비겁한 행동을 저로서는 양심상 도저히 취할 수 없음을 절실히 깨달았기 때문에 단순한 직무상의 보수인 줄로만 믿고 허심하게 받았던 이 선물을 도로 유선생 가방 속에 넣어두고 저는 지금 학교에 갑니다.

즉일 아침 —— 채정주 올림

4

　도대체 이것이 어떻게 된 셈인고?

　유민호는 얼굴이 새파래지며 옆에 놓인 가방을 끌어당겨 부리나케 손을 쑥쓰러 넣어 보았다. 또 하나의 조그만 케이스가 손에 잡혔을 순간 유민호는 모든 것을 최후적으로 각오하고 다시금 본연의 자태로 침착하게 돌아갔다.

　실로 뜻하지 않은 이러한 사무적인 착오가 자기 앞 길에 가로 놓여 있는 줄을 누가 알았으랴?…… 오늘 아침 눈을 떴을 때 채정주는 이미 학교에 가고 없었다. 그리고는 들고 나온 가방을 한 번도 들여다보지 못한 유민호였다.

　"이 청첩도 가지고 가세요. 그리고 유선생에 대한 아버지의 의리 문제에 관해서는 미약하나마 제가 살아있는 동안에는 반드시 적당히 보답을 하겠어요."

　"잘 알았읍니다."

　유민호는 조금도 떠들지 않았다.

　"허군의 축사도 그리고 이 채정주의 문제도 그렇고, 지금 당장에 뭐라고 설명을 했댔자 모든 것을 하나의 변명이라고 들을 테니까 그것은 후일로 밀고 여기서는 전연 터치하지 않겠읍니다. 그러나 영심 씨의 의사가 최후적으로 그렇게 나왔으니까, 오늘은 조용히 물러가지요."

유민호는 목걸이 케이스와 청첩뭉치를 도루 가방에 집어넣고,

"나를 하나의 패륜탕자로서 보아 주는 이 자리에서 무슨 말을 지껄여 보았댔자 아무런 효과도 없을 줄을 잘 알고 있지요. 설사 이 유민호가 그러한 패륜탕자라도 스승에 대한 의리는 끝끝내 지켜야겠습니다. 영심 씨는 인제 보답을 한다고 했었지만 나도 그것을 바랄 수 있는 몰상식한 인간도 아니며 또한 그러한 장사치의 근성도 불행히 못 가진 인간입니다. 이후에도 선생님의 가족이 경제적인 충분한 자립 상태가 설 때까지는 선생님을 모시겠습니다. 원체 그것은 제 결혼과는 아무런 관련성도 없는 문제였으니까요. 단지 한 가지 슬픈 일은 제 직업이 학자나 군인처럼 단순한 것이 못되어 여성들과의 사교적인 접촉이 다소 있었던 것이 오늘날 이런 종류의 오해를 받게 되었다는 것뿐입니다. 그리고 이건……"

유민호는 약혼반지를 도로 영심의 앞으로 밀어 놓으며,

"이것을 내가 가지고 갈 수 있으리라고 생각하는 영심 씨의 냉혹한 심정이 원망스럽습니다. 내가 일단 받았다는 것으로 우리들의 약혼은 취소된 것으로 치고 내가 존경하는 스승의 따님의 자격으로서 도로 받아 두시요."

감정의 아우성을 열심히 억제하며 어디까지나 끈기 있

는 백년대계의 수법을 유민호는 썼다. 삼 년 후에도 좋고 십 년 후에도 무방하다. 언젠가 한 번은 자기 수중에 들어올 수 있도록 지금부터 적당한 포석(布石)을 다시금 펴고 있는 것이다.

"아냐요. 갖고 가시는 것이 좋을 거야요."

영심은 아주 똑 잘라서 말을 했다.

"정히 그렇다면 어쩌는 도리가 없지요."

유민호는 반지를 집어 들자 냉큼 자리에서 일어서며 뜰로 면한 창문을 홱 열어 재쳤다.

"유민호는 사나이다! 사나이의 인격에 똥칠을 하는 것 보다는……"

그렇게 외치자마자 멀리 앞 집 지붕 너머로 쥐었던 약혼 반지를 전신의 분노와 함께 돌팔매나 하듯이 힘껏 집어 던졌다.

"어머나?……"

영심은 놀랐다. 다이야 한 캐럿의, 당시의 시가로 이십 여만 환의 귀중품이 아닌가!

5

"영심 씨, 존경하는 스승의 따님의 자격으로서도 못 받겠다는 그 더러운 반지는 이미 처분되었소! 사랑하는 이의 눈앞에서, 라이벌의 눈앞에서 존경하는 스승의 눈앞에서 약혼반지를 도로 받아 가지고 어정어정 걸어 나가는 싱거운 사나이의 꼬락서니를 영심 씨는 보고 싶다는 말이지요?"

영심은 시선을 무릎에 떨어뜨리고 대답을 못했다. 행실은 어떻든 이 사나이가 자기를 진심으로 사랑하고 있던 것만은 사실인 것 같았다.

사실 웬만한 인간으로서는 생각조차 못할 과단성 있는 행동이었다. 실로 이 사람의 의표(意表)를 찌르는 유민호의 조치에는 오진국 씨와 허정욱도 적지 않은 마음의 충동을 받지 않을 수 없었다. 시가 이십여만 환의 귀중품을 그처럼 아낌없이 포기해 버린다는 사실 하나의 허세라고 보는 것은 너무나 지나친 생각이라고, 선량한 인품인 오진국 씨와 허정욱까지도 유민호의 그 절실한 심정에 이해가 갔다.

"그러나 영심 씨, 그러한 싱거운 꼬락서니를 사랑의 원수인 허정욱에게 보일 유민호는 아니었소. 이렇게 함으로써 내 얼굴에 똥칠을 하려는 영심 씨의 가혹한 눈물도,

피도 없는 냉혹한 조치로부터 나 자신의 체면과 인격을 간신히 붙든 것이요.”

유민호는 그러면서 분연히 가방을 들었다.

“내가 영심 씨를 얼마나 소중히 여겨왔는가는 여태까지 약혼자인 영심 씨에게 대해서 얼마나 점잖았는가를 곰곰히 생각해 보면 알 것이요!”

그렇게 말하여 최후의 못 하나를 영심의 순진한 가슴 한 복판에다 견고하게 박아 놓은 후에,

“이것으로서 만사는 원하는 대로 해결을 지었소. 영심 씨 부디 행복하시요! 선생님도 건강에 항상 조심하셔서……”

유민호는 꿇어앉아 최후의 인사를 정중히 하고 일어서며,

“허군!”

하고 부르며 손을 내밀어 악수를 청했다. 허정욱도 일어나서 청하는 대로 유민호의 손을 잡았다.

“자네는 기쁠 테지?”

“…………”

허정욱도 대답을 하지 않았다.

“자네는 승리를 했으니까 말이네.”

“잠자코 헤어지세 침묵이란 좋은 거야.”

무뚝뚝한 표정으로 허 중령은 간단한 대답을 했다.

"영심 씨를 행복하게 할 자신은 물론 있을 테지?"

"돈이 영심 씨를 행복하게 만들 수 있다면 나도 이제부터 돈을 좀 모아보지!"

영심은 두 사람의 대립된 감정의 노출을 그 이상 더 듣고 앉아 있을 수가 없어서 자리에서 일어나 이층으로 올라가 버렸다.

"허군!"

"어서 말을 하게."

"이번에는 이 유민호가 자네의 결혼식장에서 읽을 축사를 준비해 둬야겠네!"

"좋아!"

"자네에게도 축사의 재료는 다소간 있을 거니까——"

"글쎄 좋다니까?……"

유민호는 탁 허정욱의 손을 놓고 총총이 밖으로 사라졌다.

6

인간 무대(人間舞臺)에 있어서 유민호는 실로 비범한 연출(演出)의 기능을 가진 곡예사였다. 사방 팔면으로부터

화살이 비오듯이 쏟아져 내리는 이 곤궁한 처지에 빠져 있었음에도 불구하고 약혼반지 하나를 아낌없이 희생하여 사나이의 체면과 성의를 세움으로서 재치 있는 통쾌한 종막(終幕)을 내릴 수 있었다는 것은 범인이 쉽사리 취할 인생의 연기(演枝)는 아니었다.

사실 이십여만 환의 다이아 반지를 집어 던진 유민호의 곡예는 그의 원한에 찬 대사(臺詞)와 함께 영원히 오영심의 가슴에다가 못 하나를 박을 것임에 틀림이 없었다.

그런 종류의 무대 효과를 생각하며 곡예사 유민호는 시보레 오십이 년도에 몸을 싣고 경학원 마당을 빠져나오고 있었다.

"이렇게 되면 이 약혼반지는 불가불 채정주의 손가락에 끼워 줄 수밖에……"

양복바지 주머니에서 유민호는 다이야반지 하나를 꺼내면서 혼자말로 중얼거리고 있었다.

영심을 비롯하여 오진국 씨와 허정욱에게까지도 그처럼 마음의 충동을 일으켰던 약혼반지는 유민호의 양복바지 주머니 속에 그대로 들어 있었다.

"착상도 좋았지만 생각하면 명연기(名演技)였어!"

집어던지는 흉내만을 유민호는 냈을 뿐, 반지는 그냥 유민호의 손아귀 속에 담아 있었다. 누구 하나 예상조차 못했던 돌연한 행동인데다 워낙이 조그만 물체여서 분노와 함께 내던지는 유민호의 소의를 의심할 수 있다는 것은 기적에 가까운 노릇일 수밖에 있었다.

미리부터 곰곰히 계획을 했던 행동이면 누구에게나 수월한 일이지만 유민호의 경우에 있어서는 그것은 글자 그대로의 순간적인 창작이요, 순간적인 연기였던 것이다.

"남성에 대해서 여성의 생리 조직은 대국적이요 총괄적인 비판이 만족치 못하는 결함을 가졌다. 비록 내 행실이 아무리 불미로운 것이라고 생각은 하면서도 자기를 그처럼이나 사랑하고 있었다는 이 유민호의 애정만은 영심의 소아적(小我的)인 자존심이나 허영심을 결국에 있어서는 만족시킬 것이다."

꾸준한 경제적인 원조와 내버린 약혼반지와 영심의 가슴속에 못 박아 놓은 사랑의 원학관― 애욕의 곡예사요 인생의 마술사인 유민호가 끈기 있게 이 세 가지의 주문(呪文)만 되풀이한다면 그 어떤 강열한 행복이 영심을 붙들지만 않는 한, 언젠가 한 번은 자기 손에 떨어질 영심임을 유민호는 자신하는 것이다.

"나쁜 사나이지만 내게는 좋게 했다――"

행복문답163)

1

그러나 유민호가 생각하는 것처럼 그토록 견고한 못이 오영심의 가슴속에 박혀지기에는 유민호의 애욕의 곡예가 다소 지나치게 영심의 인격을 무시하고 있었다. 다른 것은 그만두고 단지 채정주라는 여자와의 관계만을 가지고 생각해 보더라도 유민호가 어떠한 위인이라는 것쯤은 넉넉히 짐작할 수가 있었다.

현실의 불행 속에서 초록별의 행복을 찾으려던 영심의 계산법이 한낱 어린 소녀의 부질없는 꿈만 같이 생각되어 악몽에서 깨어난 사람처럼 영심은 눈을 부볐다. 오영심이야말로 성실한 의미에 있어서의 인생의 곡예사를 지망했던 셈이 되는 것이다.

"오늘의 내 행동을 영심 씨는 아마 불쾌하게 생각할 거요."

그날 밤 이층 영심의 방에서, 조그만 화로 하나를 사이에 두고 허정욱은 오영심과 마주앉아 있었다.

"아니요."

영심은 불 젓가락으로 불티를 모아 올리고 있었다.

"질투의 감정처럼 추한 것은 없지요. 그래서 그런 감정을 억제하고 끝끝내 눈을 감아 버리려고 했지만 유군의 행동이 너무 지나치는 것 같아서……"

"잘 하셨어요. 가만히 생각하면 결국 제가 잘못 택했던 길이었나 봐요. 정욱 씨의 애정을 좀 더 순수하게 받아들이지 못했던 것이 뉘우쳐져요."

불 젓가락을 잡은 손을 멈추고 영심은 햇볕에 타서 까마특특한 허정욱의 무뚝뚝한 얼굴 모습을 가만히 쳐다보았다. 침묵의 정열을 담뿍 감추고 있는 얼굴이었다.

"정욱 씨, 용서하세요, 저 때문에 마음고생 많이 하신 줄 잘 알고 있어요."

영심은 핑 눈시울이 뜨거워졌다. 육·이오 동란이 발생하던 그날 그때의 생각이 뭉클하고 가슴에 왔다.

"제가 너무 마음이 꼬응해서…… 육·이오 때만 해도

......"

영심은 손가락 끝으로 눈시울을 한 번 꼭 눌렀다 놓으면서,

"제가 그때, 정욱 씨의 뒤를 따라 전찻길꺼정 나갔던 것 모르시죠?"

"아, 그랬었어요?"

하정욱의 표정이 미소를 띠면서 번쩍 들렸다.

"트럭을 잡아타고 뛰쳐올랐지요. 그래서 제가 정욱 씨를 부르면서 한길로 뛰어나갔어요 교통순경이 붙들지만 않았던들 미아리 고개까지라도 따라갔을 거예요."

"아, 난 그런 줄도 모르고……"

허정욱의 커다란 손길이 불 젓가락을 잡은 영심의 손등을 덮었다.

영심은 부끄러워 고개를 가만히 숙였다. 지나간 날 유민호에게 손을 잡혔을 적에는 그러한 부끄럼이 별반 없었던 사실을 영심은 생각한다.

불 젓가락이 쓰러지며 영심의 조그만 손이 허정욱의 완강한 두 손길 속에서 해변의 조갑지모양 가만히 엎디어 있었다.

이런 경우에는 무슨 이야기로 상대자를 기쁘게 해야 하는지를 허정욱은 모른다.

그저 커다란 감사의 념이 가슴속에 꽉악 충만해 있을 뿐이다.

"영심 씨, 감사합니다."

그 이상의 웅변을 갖지 못한 자신을 허정욱은 슬퍼하였다.

영화나 소설 같은 데서도 이런 장면을 많이 봤을 텐데 멋들어진 대사 한 마디 기억이 없다. 이럴 줄을 알았으면 그 수많은 아름다운 애정의 말들을 수첩에라도 적어 두었던들……

"나는 솔직합니다. 영심 씨, 고맙습니다!"

그저 고맙기만 하다. 그래서 그 한 마디를 되풀이하며 허정욱은 손길에 힘만 자꾸 주었다.

2

말이 모자라 영심의 손길만 어루만지며,

"돈을 벌지요. 유군의 말처럼 영심 씨가 그것을 원한다면 나도 이제부터 돈을 벌겠읍니다."

그 말에 숙였던 고개를 영심은 들며 가만히 머리를 흔들었다.

"오해하시면 슬퍼요. 없는 것보다는 날는지 모르지만 그런 것 때문에 했던 약혼은 아니지요."

"고맙습니다. 그 말이 내게는 제일 고마워요. 사실 말이지 돈을 벌 자신이 내게는 통히 없어요."

영심의 손을 놓고 허 중령은 무연히 얼굴을 들었다.

"무리를 하면 나도 남만 못지않게 한 재산 만들 수도 있지만…… 그럴 생각이 아직은 없어요. 그러나 유군에 대한 선생님의 의리쯤은 나로서도 지켜야 할 테니까요."

"건강만 더 악화하지 않으면 저로서도 그만한 것 쯤 어떻게 될 것 같으니까, 지나친 심뇌는 안하시는 게 좋을 거예요."

그러는데 아버지가 할머니의 부축을 받아 가면서 이층으로 올라 왔다. 아버지의 손에는 흰 봉투 하나가 쥐어져 있었다.

"이 편지를 가지고 내일이라도 임 교수를 찾아봐야겠다. 부득이한 사정으로 혼례식을 중지했다는 말과 이런 기회가 없어도 임 교수와는 친교를 맺고 싶다는 의향을 잘 적어 놨다."

"네."

영심은 편지를 받아 무릎 위에 놓았다.

"내일 아침 저도 같이 가보겠습니다. 영심 씨의 말을

듣고 비로소 안 일이지만 임 교수의 아드님과는 다소의 친분이 있어서 그렇지 않아도 한 번 찾아볼까 했었으니까요."

"그러다면 더욱 좋고……"

영심의 성냥불로 오진국 씨는 담배 한 대를 붙여 무며,

"인제 밑에서 할머니와도 상의한 일이지만 영심의 장래에 관해서는 자네가 적당한 시기에 책임을 져야겠네."

허정욱은 단정히 꿇어앉아서 군대식 주목의 자세를 취했다.

"그러나 이것은 어디까지나 할머니와 내 의향일 뿐 당사자들의 의사를 무시하고 하는 말은 아니네 다행히 그러한 의사를 둘이가 다 가졌다면 좋고 또한 그렇지도 못한다면 내 말은 입 밖에 내지 않았던 것으로 생각해 주면 될 테니까——"

"알아 모셨읍니다!"

엄숙한 어조로 분명한 대답을 허정욱은 했다.

"모르긴 하지만두……"

옆에서 조모가 뒤를 이어,

"애당초부터 그래야 했을 건데…… 혼사란 양편에 너무 처지면 못쓰는 법이라고…… 아버지의 똑같은 제자라도 어쩐지 민호에겐 정이 덜 가더라만……"

"고맙습니다, 할머니! 영심 씨만 별다른 의향이 없다면 부족한 인간입니다다만 제게는 분에 넘치는 요행입니다."

"애가 원체 말이 없고 꽁해서 잘은 모르지만두 별다른 의향이 있을 것 같은 영심이 아니고…… 저번 육·이오 때만 해도 자네를 떠나보내고는 하룻밤을 꼼박 울어 새웠다네."

"할머니, 거짓말도……?"

얼굴을 붉히며 고개를 들고 쥐었던 봉투로 입을 가리우면서 영심은 곱게 조모를 흘겼다.

"글쎄 어느 편이 거짓말인지, 알 사람은 알 테지만……"

그래서 조모도 웃고 허정욱도 씨무룩하고[164] 굳어진 표정을 비로소 풀어놓았다.

오영심은 이리하여 다시금 새로운 운명체의 주인공으로서 재출발을 하게 되었다.

3

파사현정(破邪顯正)의 전통적 도덕률이 연대장 허 중령

---

164) 씨무룩하고

으로 하여금 오늘의 이 감격에 찬 행복을 누리게 한 것이라는 굳은 신념을 갖게 하였다. 그러한 행복감을 한아름 품고 허정욱은 이층 영심의 방에서 운전수와 함께 하룻밤을 자면서 후방으로 배치가 되는 대로 결혼식을 거행하리라고 생각하였다.

영심은 조모와 함께 아래층 온돌로 내려와 자면서 오늘날, 이처럼 곡절 많은 운명의 주인공이 된 온갖 책임은 오로지 자기에게 있는 것이라고 비현실적이었던 자기 자신의 인생의 척도(尺度)를 돌이켜 보며 허정욱의 무게 있는 정열을 솔직하게 받아들일 것을 마음으로 맹세하였다.

지금까지의 영심의 행복은 한낱 꿈과 같은 관념세계에서만 살고 있었다.

그 관념적인 행복의 공허가 오늘밤처럼 영심에게 절실히 느껴진 것은 없다.

"마음의 초록별을 깨끗이 추방하고 허 중령의 정열 속에서 행복을 찾자!"

생각하면 오영심이야말로 전설의 주인공과도 같은 로맨티스트였다. 십 년 전에 있어서의 행복체였던 곡절이 극심했던 십 년 후인 오늘에 있어서 과연 옛날과 같은 하나의 행복체로서 자기 눈앞에 나타날 수 있다는 것은 한낱 기적일 수밖에 없었다.

새삼스럽게 그런 생각을 영심이 하여 보며 연령에 비해 성숙하지 못했던 자신의 동화적(童話的)인 영혼의 세계가 차츰차츰 부끄러워지기도 했다.

　"애정의 발견에 있어서도 여성은 수동적이나 봐요."

　아까 낮에 박미경이가 입에 담은 한 마디가 불쑥 생각키웠다.

　유민호의 애정의 반사 작용으로서 박미경도 유민호를 사랑하게 되었다. 그것과 비슷한 것이라고 영심은 자기와 허정욱 사이에 움트기 시작한 애정의 성질을 저울질해 보는 것이다.

　그리고 실로 역사적인 사실이 그것을 증명하고 있었다. 과거 수천 년에 걸쳐 우리의 조상인 태반의 여성들은 애정의 독창적(獨創的)인 발견을 꾀하지 못하고 언제나 피발견체(被發見體)로서의 애정만을 발휘하고도 평온하게 살아 왔었기 때문이다.

　"어머니도 그랬고 할머니도 그랬다. 이 평범한 애정의 수입태세(受入態勢)에서 그들은 평범한 행복을 누리며 일생을 평온하게 살다가 죽었다. 여성의 행복이란 도리어 그 평범한 결혼 형태 속에서 발견할 수 있는 애정의 안정감을 말하는 것이 아닐까? 수동적인 애정의 진지한 발휘야말로 여성의 참된 행복을 의미하는 것일는지 모른다."

평범한 결혼을 하여 평범한 행복 속에서 일생을 평범하게 살다가 죽기를 원하는 심정이 오영심은 되어 가고 있었다.

창경원의 그 중학생도 그렇고 오늘의 유민호와도 그렇고 그것은 결코 평범한 인생의 길은 아니나. 자기의 인생이 높다란 낭떨어지[165] 위에서 오직 하나의 기적만을 믿고 한들거리던 위험성을 깨닫고 가벼운 전률을 느끼는 것이었다.

그 순간 임학준 교수의, 소위 아름답고 진실한 연애로서 굳건한 부부애를 이룩해야만 한다는 한 마디가 학교 교단 위에서나 문학 작품 속에서만 존재할 수 있는 한낱 고매한 논리일 뿐 그것은 잘못하면 학생들로 하여금 평범한 결혼조차 향유하지 못하게 할 우려가 다분히 있는 위험한 사상같이만 생각키웠다.

"어쨌든 내일 아침에는 아버지의 편지를 갖고 임 교수를 찾아 봐야지만……"

영심은 불을 끄고 잠을 청할 셈으로 눈을 감았으나 하룻동안에 급변한 자기의 운명이 자꾸만 신경을 자극하고 있었다.

---

165) 낭떠러지

4

그러나 이튿날 아침 영심은 임 교수 내외분을 만나기가 부끄러워졌다. 내일이 결혼식이었는데 하룻동안에 남편될 사람이 허정욱으로 바뀌어졌다는 말을 영심 자신의 입으로서 도저히 꺼낼 수가 없는 일이 아닌가. 사실 영심의 입장으로서는 남부끄러운 노릇이 아닐 수 없었다. 그래서 허 중령이 영심을 대신하여 혼자 지이프차를 타고 떠났다.

안국동에 다달았을 때, 임 교수는 이미 학교에 출근한 후였다. 임지운과 임 교수 부인이 허정욱을 반가히 맞아 주었다.

"임형의 결혼을 축복하러 왔소."

허정욱은 우선 축하의 인사를 하고 나서,

"오늘은 대단히 바쁠 테니까 내일 식장에서 다시 만나기로 하고 이 편지를 춘부장께……"

그러면서 허정욱은 오진국 씨의 편지를 내놓고 영심의 결혼식이 중지되었다는 말을 하였을 때, 임지운 모자는 적지 않게 놀랐다.

"아, 바로 여기 찾아왔던 그 여자가 허형의……"

"아, 하하…… 바로 그 여잡니다."

허정욱은 유쾌한 대답을 했다.

"어쩌면……?"

부인도 반색을 하며,

"아이구, 그럴 줄이야 또 누가 알았소? 참말 세상이란 넓고도 좁지!"

"하하하……"

허정욱은 유쾌히 웃으며,

"임형, 춘부장께 다시 한 번 주례를 부탁하러 오게 될는지 모르겠소. 그때는 좀 잘 부탁하오. 하하하……"

그리면서 허정욱은 권하는 대로 차를 마셨다.

"허형, 어떻게 된 사정인지는 잘 모르지만 형의 다행한 앞날을 위하여 진심으로 축복합니다."

"서로 서로 축복해 가면서 살아 봅시다. 사정이란 별것 없고…… 내일 결혼식장에서 읽으려던 축문을 하루 앞서서 읽어 버리고 말았지요."

"허형, 실로 통쾌한 거사입니다. 허형이 아니고는 감히 하지 못할…… 정의는 마침내 승리를 했었군요! 하하하……"

"하하하……"

두 사람은 실로 통쾌한 웃음을 폭발시켰다.

"글쎄 애야, 어떻게나 얌전한 색신지, 내가 한 눈에 홀딱 반해 버렸단다.”

“아하하…… 사모님 감사합니다요!”

허정욱은 정말 고마워서 굽실하고 고개를 숙이며 머리를 벅작벅작 긁었다.

“어머니는 남의 며느리만 칭찬 마시고 자기 며느리도 좀 칭찬해 주세요.”

그래서 또 일동은 한바탕 명랑하게 웃었다.

“글쎄 석란일 나쁘다는 거냐? 그렇지만 정말로 얌전한 색시더라. 그런 며느리를 한 번 맞아보고 죽었으면 한이 없겠더라.”

“아이구, 사모님, 이거 큰일 났읍니다.”

허정욱은 그저 기쁘기만 하다.

“생김새나 마음씨가 어찌나 오순도순한지……”

“아이, 어머니 석란의 앞에서는 정말 그런 말씀 좀 말아 주세요.”

“애두 내가 뭐 어린앤 줄 아느냐?”

그래서 또 웃었다.

“허형, 어쨌든 한 턱 잘 내야겠소. 어머니 눈에 그만큼이나 든 분이면 아마도 서울 장안에서는 최상급일 테니까요.”

“하지요. 자아, 나갑시다. 임형의 전축(前祝)을 겸해서

......"

허정욱은 훌쩍 일어썼다.

"아이구, 집에선 술을 못 자시나?"

"아닙니다, 사모님. 임형이 오늘 다소 바쁘겠지만 장안의 술을 좀 마셔야 겠읍니다."

허정욱은 임지운의 팔을 끌고 나가자 기다리고 있는 지이프차로 밀어 넣었다.

5

그날 밤 지운은 통행금지, 시간이 거의 가까워서야 집으로 돌아왔다.

마음을 탁 놓고 우쭐한 기쁨을 있는 그대로 발휘하는 허 중령을 상대로 술추념을 하다가 헤어진 지운은 석란과 만나 내일의 준비를 지장 없이 타협하고 식장 관계를 비롯한 기타 잔 자부런한 사무처리를 완료하였다.

"오늘은 일찌감치 자거라."

"네."

불을 끈 안방에서 어머니와 아버지의 말소리가 중얼중얼 거렸다.

지운은 자기 방으로 들어가서 불을 켜고 웃을 벗었다. 잠옷으로 갈아입고 일단 자리에 들어 보았으나 좀처럼 잠이 오지 않았다.

결혼식은 될 수 있는 대로 검소하게 하자는 것이 지운의 의사였다. 그러나 그러한 지운의 의사를 무시하고 마담로우즈는 대단한 호화판을 준비하고 있었다.

"내일 굶는 한이 있어도 일생에 단 한 번인 결혼식만은 호화롭게 하는 것이 석란의 추억을 위해서도 행복된 일이야."

행복의 기준을 마담로우즈는 그런데다 두고 결혼식 비용의 대부분을 담당하고 있었다. 신혼여행은 동래온천으로 하라고 마담은 벌써부터 연줄을 더듬어 호텔까지 정해 놓았다고 했다.

"배가 고프면 자존심으로 요기할 생각은 아예 말고 쌀 먹을 생각을 해요."

유민호에게서 들은 말을 그대로 마담은 사위에게 전했다.

지운도 웃고 석란도 웃었다. 그러나 지운의 웃음에는 비판이 있었으나 석란의 웃음에는 동감이 있는 것 같았다.

지운의 마음이 갑자기 쓸쓸해졌다. 쓸쓸해진 마음의 틈사리를 타서 창경원 연못가의 애인을 후딱 생각했다. 사람 하나 없는 고적한 절간에서 밥 한 그릇, 산나물 한 접시를 차려 놓은 결혼식의 주인공이 지운은 갑자기 되어 보고 싶었다.

그러한 쓸쓸하고도 가난한 마음의 소유자가 되어 가지고 돌아온 지운이었다.

지나간 날, 중학교 교장을 상대로 싸움을 계속하다가 똥이 무서워서 비키는 줄 아느냐는 한 마디를 남겨놓고 학교를 사직하고 나온 지운이었다. 그리고 마담로우즈의 이 한 마디는 석란의 동감의 미소와 함께 그러한 임지운을 비웃고 있는 것이다.

지운은 잠자리에 누워서 석란의 그러한 미소가 결코 동감의 그것이 아니기를 경건한 마음으로 하늘에 빌었다.

"마음이 가난한 자야말로 행복해야만 되고 또한 행복할 수도 있는 거야. 석란 알아듣겠어?"

석란의 환영을 눈앞에 그리며 지운은 소리를 내어 가만히 물어 보았다.

그러나 천장 위에 그림 그려진 석란의 얼굴은 지운의 환영 속에서 언제까지나 정체불명의 미소를 짓고 있었다.

지운은 머리를 한두 번 휙휙 흔들며 자리에서 벌떡 일어났다. 책상으로 걸어가서 유리문을 열고 눈앞에 주르르 꽂힌 『세계문화사 대계』 제삼권을 빼들었다.

'愛人[애인]'의 두 글자가 씌어진 편지 한 장은 그냥 타다 남은 파란 손수건에 싸여져 있었다.

저번 말라빠진 은행잎과 꽃봉투를 태우던 이튿날 아침 이 편지와 손수건마저 불살러 버리려고 했으나 지운의 예술가적인 꿈 하나가 끝끝내 고집을 하여 그냥 그대로 꽂아 두었던 것이다.

"당신의 마음은 가난하고 약했다! 내 마음처럼 가난하고 약했다!"

지운은 다시 편지를 손수건에 싸서 책갈피에 끼워 제자리에 꽂아 두었다.

그리고는 불을 끄고 자리에 들었다.

이튿날 임지운과 이석란의 결혼식은 마담로우즈의 화려한 준비 밑에서 성대히 거행되었다.

신혼여행[166]

그날 밤 여덟 시 반 차로 지운과 석란은 부산행 이등객실에 몸을 싣고 서울역을 떠났다.

"오늘 아침에 전보를 쳤으니까 내일 아침 들어 닿기만 하면 호텔 준비는 다 돼 있을 거다."

차가 떠날 무렵, 마담로우즈는 상기한 얼굴로 그런 말을 했다.

임 교수 내외를 비롯하여 전송 나온 다른 사람들은 벌써 다 차에서 내렸는데 마담로우즈만이 아직 내리지 않고 이것 저것 주문이 많다.

"아이, 어머니, 어서 내리세요. 누굴 어린애인 줄 아슈? 호텔을 못 정하면 길가에서라도 잔다는 밖에……"

그 말이 웃으워서[167] 옆에 앉은 승객들이 빙글빙글 웃

---

166) 新婚旅行
167) 우스워서

었다.

"글쎄 문전걸식을 해도 둘이는 좋을 테지만 객지에 나가면 불편한 것이 좀 많은 줄 아니?"

동래 청운각 호텔의 마담과는 부산 피난 시절부터 안면이 많은 석란의 어머니였다.

"어머니가 그 처럼 어린애 취급만 자꾸 하니까 내 성장이 자꾸만 늦어지는 거야요."

그래서 지운도 빙그레 웃었다.

"네가 어린애지. 무얼 안다고?"

"글쎄 나도 다 알긴 알고 있어요."

그 말에 마담로우즈는 후딱 생각이 난 듯이 석란의 귀에다 입을 갖다 대고 무엇인가 속삭이면서 모녀가 킥킥 웃었다.

"글쎄 다 안다는밖에……"

석란이가 얼굴을 붉히며 마담의 가슴을 떠밀어냈다.

"아이고, 갓난애는 배꼽으로 낳는다고 떠들던 것이 언젠데……"

어지간한 마담도 그 말만은 목소리를 낮추어 했다.

"글쎄, 어머니, 빨리 내리세요!"

석란이가 뾰르릉 소리를 쳤다.

그러나 마담로우즈는 유쾌한 듯이 빙글빙글 웃고 섰

다가,

"미스터 지운, 책임이 중해요."

했다. 지운은 웃었다.

"아까 주례 선생 앞에서 뭐라고 했지? 내가 다 들었지. 일생동안 석란을 단 한 번이라도 구박만 해 봐라. 내 가만 안 있을란다!"

익살맞은 웃음과 함께 주먹 하나를 불끈 쥐어보이며 마담은 부산말을 일부러 썼다.

"네네, 잘 알아 모셨읍니다."

지운도 유쾌히 웃으며 머리를 끄덕 숙여 보였다.

"아비 없는 자식이라고, 얕잡아 보았다간 코 다쳐! 내 성미 알지?"

"네네, 욕하고 싶을 때는 칭찬을 하고, 때리고 싶을 때는 쓸어 드리겠읍니다."

그 말에 마담로우즈는 깔깔깔깔 웃어대며,

"아이고 나이찬 신랑은 징그러워!"

했다.

"마담, 인제 그만해 두고 내려가세요."

"마담이 뭐야? 어머니라고 그래 봐."

"아, 참 어머니! 다소 어색한 걸."

지운은 머리를 긁었다. 석란도 웃고 마담도 웃었다.

"오늘부터 석란에 대한 주권(主權)은 제게로 옮아 왔으니까, 어머니의 여러 가지 주문은 단지 참고 재료밖에 안되는 줄을 아셔야 합니다."

그때 석란이가 냉큼 나서며,

"아이 내가 무슨 물건인 줄 아시나 봐? 주권 운운은 싫어. 어디가지나 부부는 동권이야."

그러는데 종이 울리며 마담은 서서히 차에서 내렸다.

어수선한 차 속 안이다.

신혼여행답게 전등이 좀 더 찬란했으면 하였다. 짐이라고는 선반에 올려놓은 트렁크 하나 보스턴 백 하나—— 트렁크에는 갈아입을 옷벌이 들어 있고 보스턴백에는 마담로우즈가 꾹꾹 눌러가면서 넣어준 과자류와 깡통류가 하나 가득 들어 있었다.

창가에 석란이가 앉았고 그 옆에 지운이가 앉았다.

"아까 축사를 한 무슨 중령이 있었죠?"

"아, 허 중령…… 일선 연대장이야."

"쑥이에요."

"왜?"

"결혼은 두 사람이서 하는데 신부에 대해서는 이렇다는 말 한마디 없이 신랑만 자꾸 칭찬하잖아요?"

"아, 하하…… 신부에 대한 예비지식이 없으니까 그랬

겠지. 왜 서운해?"

"그런 것도 아니지만…… 사람이란 다소 세련될 필요가 있어야겠다고 생각했기 때문에 말이예요."

"지나치게 세련되는 것보다는 오히려 그 편이 낫지. 알고 보면 진실한 사람이야."

"아무리 진실해도 그런 위인 난 싫어."

지운은 귀여운 듯이 석란의 다소 피곤해 보이는 모습을 들여다보며,

"그럼 나는 어때?……"

하고, 무슨 감미로운 대답이라도 기대하는 심정으로 석란의 귀에다 속삭이었다.

석란은 힐끗 맞은 편에 앉은 중년 부부의 표정을 살피고 나서,

"무던하죠."

했다.

"무던하다고…… 다소 서운한 걸."

그러면서 지운은 두 사람의 무릎을 덮은 흰 바탕에다 누런 줄이 굵다라니 뻗친 털 담요 밑으로 석란의 손가락 세 낱을 걸핏 쥐어짰다.

"무던하다는 말은 칠팔십 점밖에 안된다는 말인데 그래, 이래도 무던밖에 안해?"

"아야야…… 백 점…… 백이십 점……"

"그럼 그렇지!"

지운은 싱긋이 웃었다.

"막 폭력으로 애정을 강요하네요. 결혼식을 치렀다고, 막 주권을 부리고 폭력을 사용하고…….."

석란은 곱게 눈흘김을 해왔다.

"애정의 채찍질! 폭력은 일종의 애정을 의미하는 거야. 애정 없는 곳에 폭력은 있을 수 없어."

"그건 어디까지나 남성들의 괴변이에요. 여성의 입장에서 보면 폭력은 여성의 애정에다 냉수를 끼얹는 효과밖에 없다는 걸 아셔야 해요. 십 년 묵은 애정도 단번에 식어버릴 거예요. 그래서 내가 뭐다고 했잖았어요?"

"뭐라고?"

"결혼조건 제일조에 뭐라고 했었죠?"

"아, 그것 말이야?"

"어디 한 번 외워 보세요."

"아내를 절대로 때리지 말 것 ──"

"잘 기억하고 계시는군 그래. 난 또 잊어먹으셨다고?"

지운의 손길이 또 석란의 세 손가락을 확대했다.

"아야야…… 그렇지만 그만한 폭력은 허용해 드리지. 감미로운 폭력이니까."

담요 밑에서 실행되는 손가락과 손가락의 애정의 유희를 맞은편 중년 신사부부도 물론 알 길이 없었다. 그러한 비밀의 열락(悅樂)을 싣고 기차는 지금 광막한 황야를 쏜살같이 달리고 있는 것이다.

기차는 무슨 뚜렷한 의욕을 가진 거대한 동물인양 두 사람의 새로운 인생의 창조를 위하여 달리고 있는 것만 같았다.

처음에는 소란스럽던 기차의 소음이 이제는 일정한 리듬을 가지고 둘이의 다소 피곤한 몸을 상쾌하게 주물어 주는 것 같았다.

"손 좀 펴 보세요."

석란은 쿳션에 기대인 채 두 눈을 가만히 감아버렸다. 남이 보면 피곤해서 그러고 있는 것만 같다, 그러나 기실 담요 밑에서는 손가락과 손가락이 감미로운 애정의 말을 속삭이고 있는 것이다. 지운이가 편 손바닥 위에서 석란의 손가락이 낙서(落書)를 시작했다. 그는 한 자 한 자를 모아 보니,

"결혼 조건 제 이 조는 뭐랬죠?"
하는 의식을 구성하고 있었다.

지운은 맞은편 중년 신사의 얼굴을 후딱 바라보고 나서 행복한 미소 하나를 입가에 지으며 석란의 지극히 말랑말

랑한 손길을 자기 무릎 위에 펴 놓았다. 그리고는 석란의 본을 따서 사랑의 낙서를 시작했다.

"하루에 한 번 씩은 꼭꼭 안아 드리겠읍니다. 석란부인!"

석란은 킥하고 웃었다. '석란 부인'이라는 마지막 한 마디가 자기감정과는 통히 어울리지가 않았기 때문이다.

내가 벌써 부인이 됐어? 인생의 계단 하나를 아무런 마음의 준비도 없이 멋도 모르고 훌쩍 뛰어오른 것 같은 허무하고도 맹랑한 느낌이었다.

그러나 기실 부인임에는 틀림없다고, 낯설어하는 감정을 석란은 무마하는 것이다.

석란은 또 썼다.

"오늘은 언제 안아 주실 테야요?"

지운은 또 희답을 썼다.

"큰일났소. 안아 드릴 적당한 장소가 없군요."

석란은 또 썼다.

"첫날부터 이행을 못하면 어떻게요? 그 책임은 오로지 남편 되는 사람에게 있을 거예요."

지운은 또 희답을 썼다.

"불가항력은 책임의 소재를 추궁할 수 없는 것이요."

석란은 또 썼다.

"열두 시까지는 아직도 시간이 더 남았으니까, 벌써부터 불가항력으로 돌린다는 것은 책임의 회피가 아니면 성의의 결핍을 말하는 것이예요. 낙심 말고 잘 연구해 보는 것이 좋을 거예요."

지운은 썼다.

"부인, 정말 큰일 났소. 오늘만은 부인의 관용을 빌어야겠소."

석란은 또 썼다.

"안돼요. 절대로 안돼요. 첫날부터 이렇게 되면 후일이 염려돼요. 그것은 오로지 남편 되는 사람의 무능을 폭로하는 것이니까."

지운은 또 썼다.

"부인, 정말 한 번만 용서하시요. 소설 쓰는 능력은 가졌지만 이 수많은 눈동자 앞에서 부인을 안아 드릴 용기는 불행히도 못 가졌읍니다."

석란은 또 썼다.

"서양 사람들은 한길가에서도 포옹을 한다는데, 그만한 용기도 없다는 것은 아내를 사랑하지 않는다는 확고한 증거라고 치부를 하겠어요."

지운은 또 받아썼다.

"부인, 불행히도 저는 된장찌개에 김치 깍두기를 먹고

자란 한국인이올시다."

석란은 또 썼다.

"정말 용기가 없다면 조약 위반이니, 당장에 이혼을 해요."

지운은 또 썼다.

"이거 정말 야단났소. 포옹 대신에 악수나 하면서 어디 좀 천천히 기회를 타 봅시다."

그러면서 지운은 석란의 손을 오그라지도록 꼭 쥐어 주었다.

마담로우즈가 정성껏 넣어준 맥주 깡통을 두개 따서 지운은 마셨고 석란은 오물오물 과와 초콜렛을 혀끝으로 녹이고 있었다.

대전이 거의 가까운 무렵이었다. 승객들은 태반이 가느스럼히 졸고 있었고 맞은편 중신사도 눈을 감고 부인의 턱을 어깨로 받쳐 주고 있었다.

"정주 언니, 종시 안 왔어요. 청첩은 분명히 전했는데."

"안 오는 것이 당연하겠지."

"동무 하나 잃어버리고 말았어요."

지운은 대답을 않고 깡통 하나를 또 땄다.

"아, 참 나 야단 난 것이 하나 있어요."

석란은 갑자기 말머리를 돌렸다.

"뭔데?"

"어제까지는 선생님이라고 불러 왔는데 오늘부터는 뭐라고 불러야 해요? 우리말 가운데는 적당한 것이 하나도 없잖아요?"

이것은 벌써부터 작가인 지운에게도 큰 부담의 하나로 되어 있는 문제였다. 소설을 쓸 적마다 부닥치는 문제이다. 그래서 뭐라고 호칭을 않고 그대로 어물어물 넘겨 버려야만 하는 경우가 허다했다.

"외국 사람들은 남편의 성이나 이름을 부르는데 우리에게는 그런 습성이 통 없잖아요? 지운 씨 하고 부르면 남 같고, 지운 하고 부르면 어린애 같고 남편을 선생님이라고 부르는 사람도 가끔 있으나 그건 구역질이 나고, 그렇다고 미스터 임이나 미스터지운 하면 빠다[168] 냄새가 나서 싱겁고 당신이라고 부르면 늙은이들 같아서 정떨어지고…… 통 적당한 호칭이 없어서 선뜻선뜻 말을 못 붙이겠어요. 정말 큰일 났어!"

석란은 그러면서 얼굴을 찌푸리고 어리광을 부린다.

"뭐라고 불러요?"

"참 딱한 노릇이야 작품을 쓸 때마다 부딪치는 문젠

___

168) 버터의 속된 말

데……"

"나 그냥 선생님이라고 부를까?"

"안돼. 그건 내 편에서 싫어."

"나보다 지식이 많고 나이도 위니까……"

"글쎄 싫다니까……"

"그럼 지운 씨 해요?"

"아이고, 서먹서먹이야."

그때, 석란은 돌연 킥킥 혼자서 웃어대다가 지운의 귀에 입을 대고 어린애를 부르듯이 낮은 소리로,

"지운아!"

했다.

"으아, 하하핫……"

지운의 웃음소리가 커서 졸고 있던 중년 신사는 눈을 번쩍 떴고 석란은 허리가 끊어지게 깔깔깔깔 웃어댔다.

웃어대다가 이번에는 후딱 웃음을 거두고 아주 엄숙한 표정과 음성을 가지고, 다소 코에 걸린 능글맞은 소리를 중년 부인네들처럼 내면서,

"여보오!"

했다.

"으와…… 징그러워!"

지운은 손으로 귓전을 빽빽 씻어 내면서,

"적당한 호칭이 없으니까, 결국 야단났어. 이것도 하나의 민족적 운명이라고 생각하고 우리도 어물어물 해 버릴 수밖에……"

그러는데 다시금 석란의 익살맞은 목소리가 귀밑에서,

"당, 신"

하고, 악센트를 넣어서 부르면서 또 깔깔 웃었다.

"아이고, 인젠 손을 들었어! 여보고, 당신이고 다 집어치우고 우리 열심히 사랑해서 실속만 채우면 될 테니까……"

"군더더기는 다 떼 버리고……"

"암 그렇지!"

지운은 명랑하다.

"가만히 생각하면 참 웃으워요."

유과를 씹고 있던 석란이가 밑도 끝도 없이 톡하고 뱉는 말이다.

"뭐가 그리 웃으워?"

총알처럼 흐르는 창밖의 어둠을 물끄러미 바라보고 있던 지운이가 시선을 옮겼다.

"웃읍지 않고 뭐예요? 듣도 보도 못하던 생면 부지의 남녀가 만나서 변함이 없는 마음으로 일생을 같이 살다가 죽겠다는 맹세를 했으니, 곰곰히 생각해 봄 참 대담무쌍해요."

대담무쌍하다는 말이 웃으워서 지운도 처음에는 웃었으나 다시 한 번 씹어 생각해 볼 때 그것은 실로 원숭이의 호도까기와도 같은 일종의 모험을 말하고 있는 것 같아서 석란의 결혼관을 내심으로 수긍하지 않을 수 없었다.

그러나 수긍은 하면서도 자기 결혼에 대하여 그러한 의구심을 품고 있는 한 여성을 아내로 맞이했다는 사실은 지운의 마음을 적지 않게 쓸쓸하게 하였다.

"그런 의미에서 결혼은 인생의 한 모험일런지 모르지만 인간적인 의미에서 서로가 다 성실만 하다면 대담무쌍하게 생각키우던 그 모험의 고개를 다사로운 이해와 즐거움을 가지고넘을 수도 있는 것이 또한 결혼 생활의 한 속성(屬性)인지도 모르지. 우리의 조상들이 다 그렇게 살아왔으니까 말이야."

사실 지운은 자기의 결혼 생활을 옹호하기 위해서는 온갖 성실을 다할 것을 깊이 각오하고 있는 것이다.

"그렇지만 생각하면 야단 난 것이 하나 있어요. 서로가 다 일시에 싫어지면 모르지만 한 편만이 싫어지고 한 편은 그냥 좋다는 경우엔 어떻게 해요."

"그것 참 큰일인 걸."

"백년해로의 맹세는 했는데……"

"그러니까 그건 말하자면 싫어지지 말자는 맹세야."

"그걸 어떻게 알아요? 싫어지지 말자고 해서 싫어지지 않을 수 있는 문제가 아니니까 걱정이예요."

"석란의 마음, 다소 위험한 걸!"

지운은 불현 듯 정주를 생각했다. 채 정주의 차거운 이성과 석란과 자기의 결혼을 위험시하던 기억을 지운은 새롭게 하는 것이다.

"위험하다는 것보다도 앞날의 자기 자신을 모르니까 하는 말이지요."

이러한 의구심은 누구나가 다 가지고 있을지 모른다. 단지 여기서 문제되는 것은 석란이가 지나치게 솔직하다는 것이다. 마음의 풍경을 조그만 음영도 남기지 않고 개방해 음영(陰影) 버리는 석란의 습성이 문제일 뿐이라고 지운은 석란의 그러한 성격을 이해하려고 노력을 하며, 앞날은 앞날이고, 오늘은 오늘이야. 앞날의 의구심을 가지고 오늘의 행복감을 위축시킬 필요는 없어. 이건 나보다도, 석란의 이론일 텐데……

"물론!"

그러는데 객실 안의 전등이 껌벅하고 꺼졌다.

그것은 대전을 출발한 지 오 분도 못되어서였다. 대전서 대구까지는 소위 위험지대라 해서 기차는 온통 불을 끄고 달렸다.

캄캄한 차간 안에서 처음에는 어수선하던 승객들도 이윽고 조용해지며 드르렁 드르렁 코를 고는 취객도 있었다.

지운은 어둠 속에서 손을 뻗쳐 석란의 얼굴을 가만히 쓸어 보았다. 머리에서부터 이마 눈 코, 입술, 턱…… 이렇게 하나하나씩 더듬어 내려오는 지운의 손길을 석란은 부여잡고 자기 볼에다 가만히 부벼보았다. 그리고는 지운의 손바닥에 입술을 갖다댔다.

지운은 이윽고 석란을 조용히 끌어안았다. 자연스런 포오즈로 석란은 안기워 왔다. 입술도 왔다.

결혼 조건 제 이 조의 이행이었다.

——(愛人 上卷 끝)——

김내성 『애인』에 나타난 욕망과 윤리

한국 근대 탐정소설계의 독보적인 인물이었던 '김내성'은 1940~50년대에 주로 작품활동을 전개하였으며, 치밀한 사건구조를 바탕으로 대중적 관점에서 인간사를 서술하고자 했다.

『애인』은 1954년 경향신문에 연재된 장편소설이다.

10년 전 사랑을 다짐했던 청춘 남녀가, 10년 후 여자의 결혼식장에서 재회하게 되면서 일어나는 이야기이다. 영화로도 제작되어 폭발적인 인기를 끌었다.

1950년대는 전쟁이라는 악조건 속에서 실존의 불안, 미국 문화의 급속한 유입에 따른 향락적 이기주의 등의 팽배로 사회적 윤리와 욕망의 부조화가 극심했던 시기다. 이 시기에 창작된 『애인』은 김내성의 후기소설로 전후 젊은 지식인 사이에 싹트던 연애에 대한 욕망을 개인의 자유 의지와 사회적 윤리라는 측면에서 진지하게 다루고 있다.

　이 작품은 애욕의 철학자, 명동형 인물, 성실한 도덕주의자 등의 인물을 통해 현실을 재현함으로써 연애나 성적 욕망을 가족을 구성하는 중요한 요소로 생각하면서도, '졸렌'적 인물을 통해 가족을 둘러싼 제도나 사회적 윤리의 불합리성에 대해 비판적 거리를 유지하고 있다. 특히 자매애의 형성과 낭만적 사랑의 순교로 맺어지는 결말 구조는 가족 내에서 남녀 성별 위계화와 성적 영역의 분할을 기획하고 있던 지배담론과는 차이가 있다. 이런 결말 구조는 축첩이나 남성의 애욕만을 용인하는 가부장적인 사회 윤리에 대응하기 위해 여성들이 자매애로 유대함으로써 가부장적 사회 윤리의 모순을 폭로한다. 또한 근대적 가치의 분열과 혼란을 제시함으로써 당대 젊은 지식인의 삶 자체가 비판적이고 회의적인 세계인식에 기대고 있음을 보여주고 있으며, 사랑의 감정과 성적 욕망을 지닌 이성(理性)적인 연인이 가족제도의 제약 때문에 죽음을 택하는 이러한 재현방식은 일부일처주의 가족제도조차도 인권의 법적 보호망이 되지 못하는 현실세계에 대한 역설이기도 하다.

　이러한 측면에서 볼 때, 『애인』은 개인의 욕망을 단순히 가부장적 제도라는 지배담론의 틀 속에 귀속되지 않으면서도 그 시대를 성실하게 살아가는 인물들의 이상을 다양하면서도 심층적으로 형상화하고 있다는 점에서, 즉 양가적인 감정구조를 드러내는 대중서사 방식을 취하면서도 절대적인 것을 부정하고 사물화되고 파편화되어 있는 현상을 세계 파악의 중요한 단서로 삼고 있다는 점에서 미적 모더니티에의 지향을 보여주고 있다.

김내성

(金來成, 1909~1957)

1909년 평안남도에서 태어난 김내성은 평양공립고등보통학교를 거쳐 일본 와세다대학 독법학과를 졸업한 엘리트다. 당시에는 최고의 명문 학부를 졸업해 법관이나 변호사로 보장된 길을 갈 수 있음에도 추리소설가로서의 길을 선택한 것은 대단히 이례적이고 파격적인 일이다.

대학에 재학 중이던 1935년에 일본 탐정소설 전문잡지 『프로필』에 「타원형의 거울」을 발표했다.

이후 탐정소설 작가로서 이름을 알린 김내성은 한국 추리소설의 터전을 닦은 명실상부한 우리나라 최초의 본격 추리소설 작가이다.

한국 추리소설의 아버지라고도 불리는 김내성의 소설 때문에 종잇값이 올랐다는 말이 있을 정도로 당대 최고의 베스트셀러 작가였고, 『마인』, 『청춘극장』, 『쌍무지개 뜨는 언덕』, 『실낙원의 별』 등 어린이 모험소설과 라디오 연속극, 대중소설에까지 그 명성을 떨쳤다.

큰글한국문학선집: 김내성 장편소설

애인(上)

© 글로벌콘텐츠, 2016

1판 1쇄 인쇄_2016년 08월 01일
1판 1쇄 발행_2016년 08월 10일

지은이_김내성
엮은이_글로벌콘텐츠 편집부
펴낸이_홍정표

펴낸곳_글로벌콘텐츠
    등 록_제25100-2008-24호
    이메일_edit@gcbook.co.kr

공급처_(주)글로벌콘텐츠출판그룹
    기획·마케팅_노경민   편집_송은주   디자인_김미미   경영지원_이아리
    주소_서울특별시 강동구 천중로 196 정일빌딩 401호
    전화_02-488-3280   팩스_02-488-3281
    홈페이지_www.gcbook.co.kr

값 40,000원
ISBN 979-11-5852-108-0 04810
      979-11-5852-107-3 04810(set)